La garden party

DU MÊME AUTEUR
AUX ÉDITIONS STOCK

Œuvres romanesque (en volume), comprenant :
- Félicité, *nouvelles.*
- La garden party, *nouvelles.*
- Le nid de colombes, *nouvelles.*
- Quelque chose d'enfantin, *nouvelles.*

Lettres.
Cahier de notes.
Pension allemande.

LA BIBLIOTHÈQUE COSMOPOLITE

Katherine Mansfield

La garden party

et autres histoires

TRADUIT DE L'ANGLAIS
PAR M. DUPROIX

STOCK

Sur la baie

« At the Bay »

I

Très tôt le matin. Le soleil n'était pas encore levé et la baie du Croissant tout entière était cachée par un brouillard blanc venu de la mer. Tout au fond, les grandes collines recouvertes de broussailles étaient submergées. On ne pouvait voir où elle finissaient, où commençaient les enclos et les bungalows. La route sablonneuse avait disparu, avec les bungalows et les enclos de l'autre côté ; par-delà, il n'y avait plus de dunes blanches couvertes d'herbe rougeâtre ; rien n'indiquait ce qui était la grève, ni où se trouvait la mer. Une rosée abondante était tombée. L'herbe était bleue. De grosses gouttes pendaient aux buissons, prêtes à tomber ; le *toï-toï* argenté et duveteux se courbait, amolli sur ses longues tiges ; l'humidité inclinait jusqu'à terre tous les soucis et les œillets des jardins. Les froids fuchsias étaient trempés ; de rondes perles de rosée reposaient sur les feuilles plates des capucines. On eût dit que la mer était venue doucement mourir jusque-là dans les ténèbres, qu'une vague immense était venue clapoter, clapoter... jusqu'où ? Peut-être, si on s'était éveillé au milieu de la nuit, on aurait pu voir un gros poisson affleurer brusquement à la fenêtre et s'enfuir...

Ah… ah… ah! faisait la mer ensommeillée. Et des fourrés venait le son des ruisselets qui coulaient vivement, légèrement, glissaient entre les pierres lisses, pénétraient, bouillonnant, dans des vasques ombragées de fougères et en ressortaient; on entendait le bruit de grosses gouttes éclaboussant des feuilles larges et autre chose encore — qu'était-ce donc? — un vague frémissement, une secousse légère, une brindille qui se rompait, puis un silence tel qu'il semblait que quelqu'un écoutât.

Tournant le coin de la baie du Croissant, entre les entassements de masses de rocs, un troupeau de moutons avança à petits pas. Ils se pressaient les uns contre les autres, petite masse ballottante et laineuse, et leurs pattes minces, semblables à des baguettes, trottinaient bien vite comme si le froid et le silence les avaient effrayés. Derrière eux, un vieux chien de berger, ses pattes mouillées couvertes de sable, courait, le museau contre le sol, d'un air distrait comme s'il pensait à autre chose. Puis, dans l'encadrement rocheux, parut le berger lui-même. C'était un vieil homme maigre et droit, vêtu d'une veste de bure parsemée de fines gouttelettes, de pantalons de velours attachés sous le genou et d'un large chapeau avec un mouchoir bleu plié et noué autour du bord. Il avait une main passée dans sa ceinture; l'autre étreignait un bâton jaune, merveilleusement poli. Et tandis qu'il marchait sans se presser, il ne cessait de siffloter tout doucement, légèrement, un air lointain et aérien qui sonnait mélancolique et tendre. Le vieux chien esquissa une ou deux de ses cabrioles d'autrefois, puis s'arrêta vivement, honteux de sa frivolité, et fit à côté de son maître quelques pas pleins de dignité. Les moutons avançaient à petites courses précipitées ; ils se mirent à bêler et des troupeaux fantômes leur répondirent en dessous de la mer : « Bê... ê... ê... ! bê... ê... ê ! » Ils semblèrent, durant un temps, demeurer sur la même parcelle de terre. Là, devant eux, s'étendait la route sablonneuse avec des flaques peu profondes ; de chaque côté se montraient les mêmes buissons mouillés, les mêmes palissades noyées d'ombre. Puis quelque chose d'immense apparut : un géant énorme, la tignasse ébouriffée, les bras étendus. C'était le gros eucalyptus devant la boutique de Mrs. Stubbs et, lorsqu'ils passèrent à sa hauteur, une forte bouffée aromatique s'en exhala. A présent de grosses taches lumineuses luisaient dans la brume. Le berger cessa de siffler ; il frotta sur sa manche mouillée son nez rouge, sa barbe humide, et, plissant les yeux, jeta un regard dans la direction de la mer. Le soleil se levait. C'était merveilleux de voir avec quelle rapidité le brouillard se levait, se dissipait, se dissolvait sur la plaine peu encaissée, s'élevait en volutes et disparaissait comme s'il avait hâte de s'échapper ; des torsades et spirales se heurtaient, se repoussaient les unes les autres à mesure que les rayons argentés devenaient plus larges. Le ciel lointain, d'un bleu éclatant et pur, se reflétait dans les flaques ; les gouttes d'eau qui glissaient le long des poteaux télégraphiques scintillaient en points lumineux. Maintenant, la mer bondissante, étincelante, était d'un tel éclat qu'à la regarder les yeux vous faisaient mal. Le berger tira de sa poche de côté une pipe au fourneau aussi petit qu'un gland, fouilla à la recherche d'un peu de tabac tacheté, en racla de quoi bourrer sa pipe. C'était un vieil homme grave et distingué. Tandis qu'il allumait et que la fumée bleue tourbillonnait autour de sa tête, le chien qui le contemplait semblait fier de lui.

« Bê... ê... ê! bê... ê... ê! » Les moutons se déployèrent en éventail. Ils dépassèrent la colonie de vacances avant que le premier dormeur se fût retourné et eût soulevé sa tête ensommeillée ; leur cri résonna parmi les rêves des petits enfants... qui tendirent les bras pour attirer, pour dorloter les mignons petits agneaux frisés du sommeil. Alors le premier des habitants apparut : c'était Florrie, la chatte des Burnell, perchée sur le pilier du portail, levée beaucoup trop tôt, comme d'habitude, et qui guettait leur laitière. Quand elle vit le vieux chien de berger, elle bondit bien vite, arqua le dos, rentra sa tête bigarrée de gris et de roux qui sembla avoir un petit frisson de dédain. « Pouah! quelle grossière et dégoûtante créature! » dit Florrie. Mais le vieux chien, sans lever les yeux, passa en se dandinant, allongeant les pattes d'un côté, puis de l'autre. Seule, une de ses oreilles se crispa pour prouver qu'il l'avait vue et qu'il la considérait comme une jeune personne bien sotte.

La brise matinale s'éleva sur les fourrés, et l'odeur des feuilles de la terre noire et mouillée se mêla à l'odeur âcre de la mer. Des myriades d'oiseaux chantaient. Un chardonneret vola par-dessus la tête du berger et, se perchant à l'extrémité d'une brindille, il se tourna vers le soleil, ébouriffant les petites plumes de sa poitrine. Et maintenant le troupeau avait dépassé la cabane du pêcheur, dépassé la petite hutte noircie et comme calcinée où Leïla, la jeune laitière, habitait avec sa vieille grand-mère. Les moutons s'éparpillèrent dans un marécage jaune et Wag, le chien, les suivit de son pas élastique, les rassembla, les dirigea vers la gorge rocailleuse, plus abrupte et plus étroite, qui menait de la baie du Croissant vers la crique du Point-du-Jour. « Bê... ê... ê ! bê... ê... ê ! » Faible, leur cri parvenait, tandis qu'ils suivaient en se dandinant la route qui séchait vite. Le berger quitta sa pipe, la glissa dans sa poche de côté, de façon que le petit fourneau pendît par-dessus. Et le doux sifflement aérien recommença aussitôt. Wag se mit à courir le long d'une arête rocheuse, à la recherche de quelque chose qui eût une odeur, et s'en revint, dégoûté. Alors, se poussant, se bousculant, se dépêchant, les moutons tournèrent le coin de la route et le berger les suivit et disparut avec eux.

II

Quelques instants après, la porte arrière de l'un des bungalows s'ouvrit et une silhouette en costume de bain à larges raies s'élança à travers le clos, franchit d'un bond la barrière, se précipita parmi l'herbe touffue, pénétra dans le ravin, remonta en trébuchant le coteau sablonneux et s'élança avec fougue, à toute allure par-dessus les gros cailloux poreux, par-dessus les galets froids et humides, jusqu'au sable dur qui luisait comme de l'huile. Flic-flac! Flic-flac! L'eau bouillonnait autour des jambes de Stanley Burnell, tandis qu'il avançait, pataugeait, exultant. Le premier comme d'habitude. Il les avait tous battus, une fois encore. Et il fonça se tremper la tête et le cou.

« Salut, ô frère! Salut à toi, ô Puissant! » Une voix de basse, au velours sonore, résonnait au-dessus de l'eau.

Bon Dieu! Le diable l'emporte! Stanley se redressa pour voir une tête sombre ballottée au loin et un bras levé. C'était Jonathan Trout... là, devant lui!« Matinée superbe! chanta la voix.

— Oui, très belle », dit brièvement Stanley. Pourquoi diable ce gars-là ne s'en tenait-il pas à son coin de mer? Pourquoi fallait-il qu'il se mette précisément ici ? Stanley se jeta, détendit son bras et se mit à nager à l'indienne. Mais Jonathan le valait bien. Il le rejoignit, ses cheveux noirs luisant sur son front, sa courte barbe luisante et lisse.

« J'ai eu un rêve extraordinaire, la nuit dernière ! » cria-t-il.

Qu'avait-il donc, cet homme-là ? Cette manie de conversation agaçait Stanley au-delà de toute expression. Et c'était toujours la même chose, toujours quelque ineptie à propos d'un rêve qu'il avait eu, ou de quelque idée bizarre qu'il s'était fourrée dans la tête, ou de quelque ânerie qu'il venait de lire. Stanley se retourna sur le dos et frappa l'eau avec ses jambes jusqu'à se transformer en un jet d'eau vivant. Mais cela même ne put...

« J'ai rêvé que j'étais au-dessus d'une falaise d'une hauteur terrifiante, criant à quelqu'un au-dessous... »

« Ça vous ressemblait ! » pensa Stanley. Il ne put en endurer davantage. Il cessa de faire gicler l'eau. « Dites donc, Trout, fit-il, je suis assez pressé, ce matin.

— Vous êtes QUOI ? » Jonathan était si surpris — ou feignait de l'être — qu'il se laissa glisser sous l'eau, puis reparut soufflant.

« Tout ce que je veux dire, reprit Stanley, c'est que je n'ai pas de temps à perdre avec... avec des balivernes. Je veux en finir. Je suis pressé. J'ai du travail à faire ce matin... Compris ? »

Stanley n'avait pas achevé que Jonathan avait disparu. « Passez, ami ! » dit doucement la voix de basse, et il s'esquiva, glissant sur l'eau presque sans une ondulation... Mais peste soit de l'animal! Il avait gâché le bain de Stanley. Quel pauvre idiot, ce type! Stanley nagea de nouveau vers le large, puis aussi rapidement revint vers la terre et grimpa vivement sur la grève. Il se sentait frustré.

Jonathan resta un peu plus longtemps dans l'eau. Il flottait en agitant doucement les mains comme des nageoires, laissant la mer bercer son long corps parcheminé. C'était curieux, mais en dépit de tout il aimait bien Stanley Burnell. Il est vrai qu'il avait parfois l'envie perverse de le taquiner, se payer sa tête, mais au fond il le plaignait beaucoup. Il y avait quelque chose de pathétique dans sa résolution de tout prendre au sérieux. On ne pouvait s'empêcher de sentir qu'il se ferait rouler un jour, et alors quel bouillon ! A cet instant, une vague immense souleva Jonathan, puis poursuivit son galop et vint se briser le long de la plage avec un bruit joyeux. Qu'elle était belle! Puis une autre arriva. Voilà comment il fallait vivre! Avec insouciance, avec témérité, en se donnant tout entier. Il se remit sur ses pieds et commença à regagner le rivage en pataugeant, enfonçant ses orteils dans le sable ferme et ridé. En prendre à son aise, ne pas batailler contre le flux et le reflux de la vie, mais s'abandonner à eux, voilà ce dont on avait besoin. Vivre! vivre! Et la parfaite matinée si fraîche, si charmante, baignant dans la lumière comme si elle riait à sa propre beauté, semblait murmurer : « Pourquoi pas? »

Mais à présent qu'il était sorti de l'eau, Jonathan devenait bleu, saisi par le froid. Tout son corps lui faisait mal, c'était comme si quelqu'un l'avait tordu pour en exprimer le sang. Et remontant la grève à longues enjambées, frissonnant, tous ses muscles tendus, il sentit, lui aussi, que le plaisir de son bain était gâté. Il y était resté trop longtemps.

III

Béryl était seule dans la salle de séjour quand Stanley apparut en costume de serge bleue, col empesé et cravate à pois. Il avait l'air propre et bien brossé, de façon presque insolite, il allait en ville pour la journée. Se laissant tomber sur sa chaise, il tira sa montre et la posa auprès de son assiette.

« J'ai tout juste vingt-cinq minutes, dit-il. Vous pourriez allez voir si le porridge est prêt, Béryl.

— Maman vient d'y aller », répondit Béryl.

Elle s'assit à la table et lui versa son thé.

« Merci. »

Stanley avala une petite gorgée.

« Tiens ! dit-il d'une voix étonnée, vous avez oublié le sucre.

— Oh ! pardon ! »

Mais Béryl, même alors, ne le servit pas : elle poussa vers lui le sucrier. Qu'est-ce que cela voulait dire ? Les yeux bleus de Stanley, tandis qu'il se servait, s'agrandirent ; ils semblaient frémir. Il jeta un coup d'œil rapide à sa belle-sœur et se renversa en arrière.

« Rien ne cloche, n'est-ce pas ? » demanda-t-il négligemment, en tiraillant son col.

Béryl baissait la tête; elle faisait tourner son assiette entre ses doigts.

« Rien », dit sa voix légère. Puis elle aussi leva les yeux et sourit à Stanley.

« Pourquoi y aurait-il quelque chose qui cloche?

— O... oh! Pour rien du tout, à ma connaissance. Il me semblait que vous aviez l'air un peu... »

A ce moment, la porte s'ouvrit et trois petites filles parurent, chacune portant une assiettée de porridge. Elles étaient pareillement vêtues de chandails bleus et de culottes courtes; leurs jambes brunes étaient nues et elles avaient toutes trois les cheveux nattés et relevés en ce qu'on appelait alors une queue de cheval. Derrière elles, venait Mrs. Fairfield avec le plateau.

« Faites attention, les enfants! » avertit-elle.

Mais elles prenaient le plus grand soin. Elles adoraient qu'on leur permît de porter des objets.

« Avez-vous dit bonjour à votre père?

— Oui, grand-mère. » Elles s'installèrent sur le banc, en face de Stanley et de Béryl.

« Bonjour, Stanley. »

La vieille Mrs. Fairfield lui tendit son assiette.

« B'jour, mère. Comment va le petit?

— Admirablement. Il ne s'est réveillé qu'une fois la nuit dernière. Quelle matinée idéale! »

La vieille femme s'interrompit, la main posée sur la miche de pain, pour regarder le jardin par la porte ouverte. On entendait la mer. A travers la fenêtre largement ouverte, le soleil entrait à flots, rayonnant sur les murs vernis en jaune et le plancher nu. Tout sur la table étincelait et scintillait. Au milieu se trouvait un vieux saladier rempli de capucines jaunes et rouges. Elle sourit et un regard de profond contentement brilla dans ses yeux.

« Vous pourriez plutôt me *couper* une tranche de ce pain, mère, dit Stanley. Je n'ai que douze minutes et demie avant que la diligence passe. Quelqu'un a-t-il donné mes chaussures à la bonne ?

— Oui, elles sont prêtes. »

Le calme de Mrs. Fairfield n'était nullement troublé.

« Oh, Kézia ! Pourquoi donc es-tu si sale ? cria Béryl au désespoir.

— Moi, tante Béryl ? »

Kézia la regarda en ouvrant de grands yeux. Qu'avait-elle bien pu faire ? Elle avait seulement creusé une rigole au beau milieu de sa bouillie, l'avait remplie de lait et était en train d'en manger les bords. Mais elle faisait cela tous les matins, sans que personne lui eût dit un mot jusqu'à présent.

« Pourquoi ne peux-tu pas manger convenablement, comme Isabel et Lottie ? »

Que les grandes personnes sont injustes !

« Mais Lottie fait toujours une île, n'est-ce pas, Lottie ?

— Moi non, dit vivement Isabel. Je saupoudre tout simplement la mienne de sucre, je mets du lait dessus et je la finis. Il n'y a que les bébés qui jouent avec la nourriture. »

Stanley repoussa sa chaise et se leva.

« Voudriez-vous me faire apporter ces chaussures, mère ? Et, Béryl, si vous avez fini, je voudrais bien que vous filiez jusqu'à la porte et que vous fassiez arrêter la diligence. Isabel, cours demander à ta mère où on a mis mon chapeau melon. Attends une minute : vous êtes-vous amusées avec ma canne, les enfants ?

— Non, papa.

— Mais je l'avais mise ici. »

Stanley commença à tempêter.

« Je me rappelle nettement l'avoir posée dans ce coin. Alors qui l'a prise ? Il n'y a pas de temps à perdre. Dépêchez-vous ! Il faut absolument qu'on retrouve cette canne. »

Même Alice, la bonne, dut prendre part à la chasse.

« Vous ne vous en êtes pas servie pour tisonner le feu de la cuisine, par hasard ? »

Stanley se précipita dans la chambre où Linda était couchée.

« C'est insensé ! Je n'arrive pas à conserver un seul des objets que je possède. On a fait disparaître ma canne, à présent !

— Ta canne, mon cher ? Quelle canne ? »

L'air absent de Linda en des circonstances pareilles ne pouvait être sincère, décida Stanley. Personne ne sympathiserait donc avec lui ?

« La diligence ! La diligence ! Stanley ! » cria de la porte du jardin la voix de Béryl.

Stanley fit signe du bras à Linda : « Pas le temps de dire au revoir ! » cria-t-il. Et il avait l'intention de la punir ainsi.

Il saisit brusquement son chapeau melon, s'élança hors de la maison et descendit au pas de course l'allée du jardin. Oui, la diligence était là qui attendait et Béryl, se penchant sur le portail ouvert, riait, le visage levé vers quelqu'un, comme si de rien n'était. Les femmes n'ont pas de cœur ! Cette manière qu'elles ont de considérer comme naturel que vous vous éreintiez pour elles, alors qu'elles ne lèveraient pas le petit doigt pour empêcher votre canne de se perdre! Kelly fit glisser son fouet sur le dos des chevaux.

« Au revoir, Stanley! » cria Béryl, d'une voix douce et gaie. C'était assez facile de dire au revoir. Et elle se tenait là, oisive, abritant ses yeux de sa main. Le pire, c'est que Stanley était forcé de crier au revoir lui aussi, pour sauver les apparences. Puis il la vit se détourner, esquisser un petit saut et revenir en courant à la maison. Elle était contente d'être débarrassée de lui.

Oui, elle était soulagée. Elle entra en courant dans la salle et cria : « Il est parti! » Linda appela de sa chambre : « Béryl! Stanley est-il parti? » La vieille Mrs. Fairfield apparut, portant le bébé en petite veste de flanelle.

« Il est parti?

— Parti! »

Oh! quel soulagement, quelle différence cela faisait lorsque l'homme était hors de la maison! Leurs voix elles-mêmes avaient changé, lorsqu'elles s'appelaient entre elles; leur ton était chaud et tendre, on eût dit qu'elles avaient un secret en commun. Béryl alla vers la table : « Prends donc une autre tasse de thé, maman. Il est encore chaud. » Elle avait envie de célébrer, en quelque sorte, le fait qu'elles pouvaient maintenant faire ce qu'elles voulaient. Il n'y avait pas d'homme pour les déranger; toute cette journée parfaite leur appartenait.

« Non, merci, mon enfant », dit la vieille Mrs. Fairfield, mais sa façon, à ce moment-là, de ballotter le bébé et de lui dire : « A-gue... a-gue... a-ga! » indiquait que son sentiment était le même. Les petites filles s'enfuirent dans le clos comme des poulets échappés d'une cage.

Même Alice, la bonne, qui lavait la vaisselle dans la cuisine, fut gagnée par la contagion et utilisa l'eau précieuse de la citerne d'une manière absolument extravagante.

« Oh! ces hommes! » dit-elle. Et elle plongea la théière dans le baquet et la maintint sous l'eau, même après que les bulles eurent cessé de s'échapper, comme si elle était, elle aussi, un homme et que la noyade leur fût un sort trop doux pour eux.

IV

« Attends-moi, I-sa-bel! Kézia, attends-moi! »

Voilà que la pauvre petite Lottie restait de nouveau en arrière, parce qu'elle trouvait si terriblement difficile d'escalader l'échalier toute seule. Quand elle se tenait perchée sur le premier échelon, ses genoux commençaient à trembler; elle se cramponnait au montant. Alors il fallait lancer une jambe par-dessus. Mais laquelle? Elle n'était jamais capable de le décider. Et quand enfin elle passait une jambe de l'autre côté, en la plaquant désespérément... alors la sensation était épouvantable. Elle était à moitié encore dans l'enclos et à moitié dans l'herbe touffue. Elle étreignait le poteau avec désespoir et élevait la voix :

« Attendez-moi!

— Non, tu ne vas pas l'attendre, Kézia! dit Isabel. C'est une telle petite sotte. Elle fait toujours des histoires. Viens donc! »

Et elle tira le chandail de Kézia.

« Tu pourras prendre mon seau, si tu viens avec moi, dit-elle gentiment. Il est plus grand que le tien. » Mais Kézia ne pouvait pas laisser Lottie livrée à elle-même. Elle revint vers elle en courant. A ce moment-là, Lottie avait la figure toute rouge et respirait péniblement.

« Allons, mets ton autre pied par-dessus, dit Kézia.

— Où ? »

Lottie regardait Kézia comme du haut d'une montagne.

« Là, où est ma main. »

Kézia tapota l'endroit.

« Oh ! *là*, tu veux dire. » Lottie poussa un profond soupir et passa le second pied par-dessus.

« A présent... fais comme si tu tournais, assieds-toi et laisse-toi glisser, dit Kézia.

— Mais il n'y a rien pour s'asseoir dessus, Kézia », dit Lottie.

Elle finit par s'en tirer et, dès que ce fut fini, elle se secoua et devint rayonnante.

« Je fais des progrès pour grimper par-dessus l'échalier, pas vrai, Kézia ? »

Lottie avait une de ces natures qui espèrent toujours.

Capeline rose et capeline bleue suivirent la capeline rouge vif d'Isabel jusqu'au sommet de ce coteau glissant, fuyant sous le pied. Au sommet, elles s'arrêtèrent pour décider où elles iraient et pour bien noter qui s'y trouvait déjà. Vues de dos, debout sur le fond du ciel, gesticulant vigoureusement avec leurs pelles, elles faisaient l'effet d'explorateurs minuscules et fort embarrassés.

Toute la famille Samuel Joseph était déjà là avec leur chaperon, assise sur un pliant, qui maintenait la discipline au moyen d'un sifflet qu'elle portait suspendu au cou et d'une badine avec laquelle elle dirigeait les opérations. Jamais les Samuel Joseph n'étaient laissés à eux-mêmes pour s'amuser ou organiser leurs propres jeux. Si par hasard cela arrivait, les garçons finissaient toujours par verser de l'eau dans le cou des filles, ou les filles par essayer de glisser des petits crabes noirs dans les poches des garçons. Aussi Mrs. Samuel Joseph et la pauvre demoiselle dressaient chaque matin ce que la première appelait un « brogramme » pour « abuser les enfants et les empêcher de faire des pêtises ». Il consistait toujours en concours, courses ou jeux de société. Tout commençait par un son perçant du sifflet de la demoiselle et finissait de même. Il y avait même des prix — de gros paquets enveloppés de papier assez sale, que la demoiselle, avec un petit sourire aigre, tirait d'un filet rebondi. Les Samuel Joseph se battaient comme de beaux diables pour gagner, trichaient, se pinçaient les bras car ils étaient tous experts en cet art. La seule fois où les enfants Burnell avaient pris part à leurs jeux, Kézia avait remporté un prix et, après avoir déplié trois bouts de papier, elle avait découvert un minuscule crochet à boutons tout rouillé. Elle n'avait pas compris pourquoi ils faisaient tant d'histoires...

Mais maintenant, elles ne jouaient plus avec les Samuel Joseph et n'allaient même pas à leurs fêtes. Les Samuel Joseph donnaient toujours des fêtes d'enfants sur la baie et il y avait toujours le même goûter. Une grande cuvette de salade de fruits tavelés, des brioches coupées en quatre et un pot à eau rempli de quelque chose que la demoiselle appelait de la « limonadeu ». Et le soir, on rentrait chez soi avec la moitié du volant de sa robe arraché, ou avec le devant de son tablier ajouré tout éclaboussé par quelque chose, tandis que les Samuel Joseph restaient à bondir comme des sauvages sur leur pelouse. Non ! ils étaient trop épouvantables !

De l'autre côté de la baie, tout au bord de l'eau, deux petits garçons aux culottes retroussées s'agitaient comme des araignées. L'un creusait le sable, l'autre trottinait, entrant et sortant de l'eau pour remplir un petit seau. C'étaient les petits Trout, Pip et Rags. Mais Pip était si occupé à creuser et Rags si occupé à l'aider, qu'ils ne virent leurs cousines qu'au moment où elles arrivèrent tout près.

« Regardez ! dit Pip. Regardez ce que j'ai découvert ! »

Et il leur montra une vieille bottine imbibée d'eau et écrasée. Les trois fillettes écarquillèrent les yeux.

« Qu'est-ce que tu vas en faire ? demanda Kézia.

— La garder, bien sûr ! »

Pip prit un air fort dédaigneux.

« C'est une trouvaille... tu vois ? »

Oui. Kézia voyait. Tout de même...

« Il y a des tas de choses enterrées dans le sable, expliqua Pip. Elles ont été abandonnées à la suite des naufrages. Des trésors. Tiens... On pourrait trouver...

— Mais pourquoi faut-il que Rags verse tout le temps de l'eau dessus ? demanda Lottie.

— Oh ! c'est pour mouiller le sable, dit Pip, pour rendre le travail un peu plus facile. Continue, Rags. »

Et le bon petit Rags continua à courir, à verser dans le trou l'eau qui devenait brune comme du chocolat.

« Tenez, voulez-vous que je vous montre ce

que j'ai trouvé hier ? » dit Pip, mystérieusement ; et il planta sa pelle dans le sable. « Promettez de ne rien dire. »

Elles promirent.

« Dites : croix de bois, croix de fer, si je mens je vais en enfer. »

Les petites filles le dirent.

Pip tira quelque chose de sa poche, le frotta longtemps sur le devant de son chandail, puis souffla dessus, puis frotta encore.

« A présent, tournez-vous ! » commanda-t-il.

Elles se retournèrent.

« Regardez toutes du même côté ! Bougez pas ! Maintenant ! »

Et sa main s'ouvrit ; il éleva dans la lumière quelque chose qui lançait des éclairs, qui scintillait, qui était du vert le plus ravissant.

« C'est un némeraude, dit Pip avec solennité.

— C'est vrai, Pip ? »

Même Isabel était impressionnée.

La belle chose verte semblait danser dans les doigts de Pip. Tante Béryl avait un némeraude dans une bague mais il était tout petit. Ce némeraude-là était aussi gros qu'une étoile et bien plus beau.

V

Comme la matinée se prolongeait, des groupes nombreux apparurent au sommet des dunes et descendirent à la plage pour se baigner. Il était convenu qu'à onze heures la mer appartenait aux femmes et aux enfants de la colonie d'été. Les femmes se déshabillaient les premières, enfilaient leurs costumes de bain, se couvraient la tête de hideux bonnets qui ressemblaient à des serviettes éponges; puis on déboutonnait les vêtements des enfants. La plage était jonchée de petits tas de vêtements et de souliers; les grands chapeaux à large bord, tenus par des pierres pour empêcher le vent de les emporter, avaient l'air de coquillages immenses. Il était étrange que la mer elle-même parût prendre un son différent lorsque toutes ces silhouettes bondissantes, en riant, en courant, entraient dans les vagues. La vieille Mrs. Fairfield, en robe de coton lilas, un chapeau noir attaché sous le menton, rassembla sa petite couvée et la prépara. Les petits Trout firent prestement passer leurs chemises par-dessus leurs têtes, et les cinq enfants, tandis que leur grand-mère restait assise, une main dans le sac qui contenait son tricot, prête à en tirer la pelote de laine dès qu'elle aurait la certitude qu'ils étaient dans l'eau, sains et saufs.

Les petites filles au corps ferme et compact n'étaient pas moitié moins braves que les petits garçons à l'aspect tendre et délicat. Pip et Rags, frissonnant, s'accroupissant, battant l'eau, n'hésitaient jamais. Mais Isabel, qui pouvait faire douze brassées à la nage, et Kézia, qui était capable d'en faire presque huit, les suivaient seulement à la stricte condition qu'on ne les éclabousserait pas. Quant à Lottie, elle ne suivait pas du tout. Elle aimait qu'on la laissât, s'il vous plaît, entrer dans l'eau à sa manière à elle. Et cette façon consistait à s'asseoir tout au bord, les jambes droites, les genoux serrés l'un contre l'autre, et à faire avec ses bras de vagues mouvements, comme si elle s'attendait à être mollement portée vers le large. Mais quand une vague plus grosse que les autres, une vieille vague moustachue arrivait, en se balançant, dans sa direction, elle se remettait précipitamment sur ses pieds, l'horreur peinte sur sa figure, et remontait la plage à toute vitesse.

« Tiens, maman, veux-tu me garder ça ? »

Deux bagues, une mince chaîne d'or tombèrent sur les genoux de Mrs. Fairfield.

« Oui, ma chérie. Mais tu ne vas pas te baigner ici ?

— N... n... non... »

La voix de Béryl traînait ; le ton en était vague.

« Je me déshabille plus loin, par là. Je vais me baigner avec Mrs. Harry Kember.

— Très bien. »

Mais Mrs. Fairfield serra les lèvres. Elle avait mauvaise opinion de Mrs. Harry Kember. Béryl le savait.

« Pauvre vieille maman ! se disait-elle avec un sourire, tout en effleurant les galets. Pauvre vieille maman ! Vieille ! Oh ! quelle joie, quelles délices que d'être jeune...

— Vous avez l'air bien contente », dit Mrs. Harry Kember. Elle était assise, ramassée sur les galets, les bras noués autour des genoux, en train de fumer.

« C'est une si belle journée, dit Béryl en lui souriant.

— Oh ! ma *chère* ! » L'intonation de Mrs. Harry Kember semblait indiquer qu'elle n'était pas dupe de tout cela. Mais, à vrai dire, le son de sa voix laissait toujours entendre qu'elle en savait sur votre propre compte bien plus que vous-même. C'était une longue femme, à l'air étrange, les mains étroites, les pieds étroits. Son visage aussi était étroit et long, avec une expression exténuée ; même la frange blonde et frisée de ses cheveux semblait brûlée, desséchée. Dans la baie, elle était la seule femme qui fumât et elle fumait sans cesse, gardant la cigarette entre les lèvres tandis qu'elle parlait, ne la retirant que lorsque la cendre était si longue qu'on ne pouvait comprendre comment elle ne tombait pas. Quand elle ne jouait pas au bridge — elle jouait au bridge tous les jours de sa vie —, elle passait son temps couchée en plein soleil. Elle pouvait le supporter sans mesure, jamais elle n'en avait assez. Et tout de même, il ne semblait pas la réchauffer. Desséchée, flétrie, froide, elle gisait étendue sur les galets comme un bout de bois jeté là par le flot. Les femmes de la baie pensaient qu'elle était très, très indécente. Son manque de vanité, son argot, sa manière de traiter les hommes comme si elle eût été l'un d'entre eux, le fait qu'elle ne se souciait pas le moins du monde de son ménage et qu'elle appelait sa bonne Gladys « les Yeux doux », étaient honteux. Debout sur les marches de la véranda, Mrs. Kember appelait de sa voix indifférente et lasse : « Dites donc, les Yeux doux, vous pourriez me balancer un mouchoir s'il m'en reste encore, hein? » Et les Yeux doux, portant un nœud de ruban rouge dans les cheveux à la place d'un petit bonnet et chaussée de souliers blancs, accourait avec un sourire effronté. C'était un véritable scandale. Il est vrai qu'elle n'avait pas d'enfant, et quant à son mari... Ici, les voix s'élevaient toujours d'un ton, elles devenaient ferventes. Comment avait-il bien pu l'épouser? comment? comment? Ce devait être pour de l'argent, bien entendu, mais même ainsi!

Le mari de Mrs. Kember était de dix ans au moins plus jeune qu'elle et d'une si incroyable beauté qu'il avait l'air d'une gravure ou d'une illustration extraordinairement réussie de roman américain, bien plus que d'un homme. Des cheveux noirs, des yeux bleu sombre, des lèvres rouges, un lent sourire somnolent, excellent joueur de tennis, parfait danseur, il était en outre un mystère. Harry Kember était comme un somnambule. Les autres hommes ne pouvaient pas le souffrir, ils étaient incapables de tirer un mot de ce type; il semblait ignorer l'existence de sa femme exactement comme elle semblait ignorer la sienne. Comment vivait-il? On racontait naturellement des histoires, et quelles histoires! On ne pouvait tout simplement pas en parler. Les femmes avec lesquelles on l'avait vu, les endroits où on l'avait aperçu... mais rien n'était jamais certain, rien n'était précis. Quelques-unes des dames de la baie croyaient secrètement qu'il finirait par commettre un assassinat, un jour. Oui, et même lorsqu'elles parlaient avec Mrs. Kember et prenaient note de l'épouvantable assemblage de vêtements qu'elle portait, elles la voyaient étendue, telle qu'elle gisait sur la plage, mais froide, ensanglantée, une cigarette encore plantée au coin de la bouche.

Mrs. Kember se leva, bâilla, dégrafa brusquement la boucle de sa ceinture, et tirailla le cordon de son corsage. Et Béryl laissa tomber sa jupe, fit un pas, enleva son chandail, et resta debout dans son court jupon blanc, en cache-corset, avec des nœuds de ruban sur les épaules.

« Bonté divine, dit Mrs. Harry Kember, vous êtes une vraie beauté !

— Je vous en prie ! » fit doucement Béryl, mais ôtant un bas, puis l'autre, elle avait le sentiment d'être en effet une beauté.

« Ma chère... et pourquoi pas ? » dit Mrs. Harry Kember, piétinant son jupon.

Vraiment... ses dessous ! Une culotte de coton bleu et un corsage de toile qui faisait, on ne sait pourquoi, penser à une taie d'oreiller... « Et vous ne portez pas de corset, bien sûr ? » Elle toucha la taille de Béryl et Béryl s'écarta d'un bond, avec un petit cri affecté. Puis : « Jamais ! dit-elle d'un ton ferme.

— Petite veinarde ! » soupira Mrs. Harry Kember, en dégrafant le sien.

Béryl tourna le dos et se mit à faire les mouvements compliqués de quelqu'un qui tâche d'enlever ses vêtements et d'enfiler son costume de bain tout à la fois.

« Oh ! ma chère... ne faites pas attention à moi, dit Mrs. Harry Kember. Pourquoi cette timidité ? Je ne vais pas vous manger. Je ne serais pas choquée, comme ces autres gourdes. » Et elle rit de son rire étrange qui ressemblait à un hennissement, en grimaçant du côté des autres femmes.

Mais Béryl était gênée. Elle ne se déshabillait jamais devant personne. Était-ce stupide ? Mrs. Harry Kember lui donnait le sentiment que c'était idiot, et même une chose dont on devait avoir honte. Pourquoi cette timidité, vraiment ? Elle jeta un regard rapide à son amie qui se tenait là si hardiment, avec sa chemise déchirée, en train d'allumer une nouvelle cigarette ; et une sensation hardie, vive, mauvaise jaillit dans sa poitrine. Avec un rire insouciant, elle fit glisser sur elle le maillot de bain flasque, couvert de sable et qui n'était pas encore tout à fait sec, et elle boutonna les boutons entortillés.

« C'est bien mieux », dit Mrs. Harry Kember. Elles commencèrent ensemble à descendre la plage. « Vraiment c'est un crime de porter des vêtements quand on est comme vous, ma chère. Il faudra bien qu'un jour ou l'autre, quelqu'un vous le dise. »

L'eau était parfaitement tiède. Elle était de ce bleu merveilleux et transparent, tacheté d'argent, mais le sable, au fond, semblait d'or ; quand on le heurtait du bout des orteils, une petite traînée de poudre d'or s'élevait. A présent, les vagues atteignaient juste sa poitrine. Béryl demeurait les bras étendus, le regard au loin ; à chaque vague qui venait, elle faisait un petit saut imperceptible, de sorte qu'il semblait que c'était la vague qui la soulevait si doucement.

« Mon opinion est que les jolies filles doivent prendre du bon temps, dit Mrs. Harry Kember. Pourquoi pas ? N'allez pas vous méprendre, ma chère. Amusez-vous. »

Et soudain elle se mit sur le dos, disparut et fila, nageant vite, comme un rat. Puis elle vira brusquement et commença à revenir. Elle allait dire quelque chose encore. Béryl sentait que cette femme froide était en train de l'empoisonner ; pourtant elle mourait d'envie de l'écouter. Mais, oh ! que c'était étrange, que c'était horrible ! Lorsque Mrs. Harry Kember approcha, elle ressemblait, avec son bonnet imperméable en caoutchouc noir, avec son visage somnolent dressé au-dessus de l'eau que son menton effleurait, elle ressemblait à une affreuse caricature de son mari !

VI

Sur une chaise longue pliante, sous un manuka qui poussait au milieu de la pelouse, devant la maison, Linda Burnell passait la matinée à rêver. Elle ne faisait rien. Elle regardait les feuilles sombres, serrées et sèches du manuka, les trouées bleues entre ces feuilles, et de temps à autre une fleur minuscule et jaunâtre tombait sur elle. Jolies... oui, si vous teniez une de ces fleurs sur votre paume et que vous la regardiez de près, c'était une petite chose exquise. Chaque pétale jaune pâle brillait, comme s'ils étaient l'œuvre soigneuse d'une main aimante. La fine langue, au cœur, lui donnait la forme d'une cloche. Et quand on la retournait, l'extérieur était d'une couleur de bronze profond. Mais dès qu'elles étaient épanouies, elles tombaient et s'éparpillaient. Tandis que vous parliez, vous passiez la main sur votre robe pour les faire tomber : ces horribles petites choses se prenaient dans vos cheveux. Alors, pourquoi donc cette floraison ? Qui prend la peine — ou le plaisir — de faire toutes ces choses qui se perdent, se perdent ?... C'était étrange.

Auprès d'elle, sur l'herbe, couché entre deux oreillers, reposait son petit enfant. Il était là, profondément endormi, tournant la tête du côté opposé à sa mère. Ses cheveux foncés et fins ressemblaient à une ombre plus qu'à de vrais cheveux, mais son oreille était d'un rose de corail vif et chaud. Linda noua ses mains au-dessus de sa tête et croisa ses pieds. Il était bien agréable de savoir que tous ces bungalows étaient vides, que tout le monde était là-bas sur la plage, hors de vue, inaudible. Elle avait le jardin tout à elle ; elle était seule.

Des fleurettes blanches brillaient éblouissantes ; les soucis aux yeux d'or scintillaient ; les capucines enguirlandaient de flammes vertes et dorées les piliers de la véranda. Si seulement on avait le loisir de regarder assez longtemps ces fleurs, le temps de laisser passer le sentiment de leur nouveauté, de leur étrangeté, le temps de les connaître ! Mais dès qu'on s'arrêtait à séparer les pétales, à découvrir le revers de la feuille, la Vie s'en venait et vous emportait. Et Linda, étendue sur sa chaise longue de bambou, se sentait si légère ; elle se sentait comme une feuille. La Vie venait pareille au vent ; elle était saisie, secouée ; elle était forcée de fuir. Oh ! mon Dieu, en serait-il ainsi toujours ? N'y avait-il aucun moyen d'échapper ?

A présent... elle était assise sous la véranda de la maison paternelle, en Tasmanie, appuyée contre le genou de son père. Et il lui faisait cette promesse : « Dès que nous serons assez vieux, toi et moi, Line, nous filerons quelque part, nous nous sauverons. Comme deux garçons, ensemble. J'ai idée que ça me plairait de remonter en bateau une rivière, en Chine. » Linda voyait cette rivière, très large, couverte de petits radeaux, de jonques. Elle voyait les chapeaux jaunes des bateliers, elle entendait leurs voix aiguës et hautes quand ils appelaient...

« Oui, papa. »

Mais, à cet instant-là, un jeune homme aux larges épaules, aux cheveux d'un roux flamboyant, passait lentement devant leur maison et lentement, solennellement même, saluait. Le père de Linda lui tirait l'oreille pour la taquiner, du geste qui lui était familier.

« L'amoureux de Line, chuchotait-il.

— Oh! papa, tu m'imagines mariée à Stanley Burnell! »

Et voilà, elle l'avait épousé. Et qui plus est, elle l'aimait. Non pas le Stanley que tout le monde voyait, le Stanley de tous les jours; mais un Stanley timide, plein de sensibilité, innocent, qui, chaque soir, s'agenouillait pour dire ses prières et qui désirait ardemment être bon. Stanley était une âme simple. S'il avait confiance en quelqu'un — comme il avait confiance en elle, par exemple — c'était de tout son cœur. Il était incapable d'être déloyal; il ne savait pas mentir. Et comme il souffrait cruellement s'il pensait que quelqu'un — elle-même — n'était pas absolument droit, absolument sincère avec lui! « Ça, c'est trop compliqué pour moi! » Il lui jetait ces mots, mais son expression de franchise frémissante et troublée ressemblait à celle d'un animal pris au piège.

Mais le malheur était — ici Linda eut presque envie de rire, bien que, Dieu seul sait, il n'y avait rien de risible! —, le malheur était qu'elle voyait si rarement ce Stanley-là. Il y avait des éclairs, des moments, des trêves de calme, mais tout le reste du temps, on aurait dit qu'on vivait dans une maison qu'on ne pouvait empêcher de prendre feu, sur un navire qui faisait quotidiennement naufrage. Et toujours, c'était Stanley qui se trouvait au plus fort du danger. Tout son temps à elle se passait à venir à son secours, à le réconforter, à l'apaiser, à écouter son récit. Et ce qui lui restait de loisirs s'écoulait dans la terreur d'avoir des enfants.

Linda fronça les sourcils ; elle se redressa vivement sur sa chaise longue et saisit ses chevilles dans ses mains. Oui, c'était là son véritable grief contre la vie ; c'était là ce qu'elle ne parvenait pas à comprendre. C'était la question qu'elle posait, posait et dont elle attendait en vain la réponse. Il était bien facile de dire que le sort commun des femmes est de mettre au monde des enfants. Ce n'était pas vrai. Elle, par exemple, pouvait prouver que c'était faux. Elle était brisée, affaiblie, sans courage, à force d'en avoir eu. Et, ce qui rendait la chose deux fois plus dure à supporter, c'était qu'elle n'aimait pas ses enfants. Il ne servait à rien de prétendre que si. Même si elle en avait eu la force, elle n'aurait jamais soigné ses petites filles, jamais joué avec elle. Non, il semblait qu'un souffle glacé l'avait pénétrée tout entière pendant chacun de ces terribles voyages ; il ne lui restait plus aucune chaleur à leur donner. Quant au petit... eh bien ! Dieu merci, maman s'en était chargée ; il était à elle, ou à Béryl, ou à quiconque le voulait. C'était à peine si elle l'avait tenu dans ses bras. Il lui était si indifférent que, tel qu'il reposait là... Linda jeta un regard vers lui.

Le bébé s'était retourné. Il était couché le visage vers elle, et il ne dormait plus. Ses yeux bleu sombre de petit enfant étaient ouverts ; il semblait regarder sa mère à la dérobée. Et, tout à coup, sa figure se creusa de fossettes ; elle s'irradia d'un large sourire exempt de dents qui, pourtant, était un vrai rayon de lumière.

« Je suis là, semblait dire ce sourire heureux. Pourquoi donc ne m'aimes-tu pas ? »

Il y avait dans ce sourire quelque chose de si drôle, de si inattendu que Linda sourit elle-même. Mais elle se ressaisit et dit froidement au bébé :

« Je n'aime pas les bébés.

— Tu n'aimes pas les bébés ? »

Le petit ne pouvait le croire.

« Moi, tu ne *m*'aimes pas ? »

Il agita les bras du côté de sa mère comme un petit nigaud.

Linda se laissa glisser hors de sa chaise longue sur le gazon.

« Pourquoi souris-tu tout le temps ? dit-elle avec sévérité. Si tu savais à quoi je pense, tu n'en aurais pas envie. »

Mais tout ce qu'il fit fut de plisser ses yeux avec malice et de rouler sa tête sur l'oreiller. Il ne croyait pas un seul mot de ce qu'elle disait.

« On connaît tout ça ! » sourit l'enfant.

Linda fut si stupéfaite de la confiance de cette petite créature... Ah ! non, soyons sincère. Ce n'était pas de la stupéfaction qu'elle éprouvait ; c'était quelque chose de bien différent, c'était quelque chose de si nouveau, de si... Les larmes dansaient dans ses yeux ; dans un sourire, elle murmura au bébé : « Bonjour, mon petit bonhomme ! »

Mais à présent, le petit avait oublié sa mère. Il

était de nouveau sérieux. Quelque chose de rose, quelque chose de doux ondulait devant lui. Il essaya de l'attraper et la chose disparut aussitôt. Mais quand il retomba en arrière une autre chose semblable à la première apparut. Cette fois, il résolut de la saisir. Il fit un effort frénétique et roula sens dessus dessous.

VII

La marée était basse ; la plage déserte ; paresseusement clapotait le flot tiède. Le soleil frappait, frappait ardent, flamboyant, à coups répétés, le sable fin cuisant les galets gris, les galets bleus, les galets noirs, les galets veinés de blanc. Il aspirait la petite goutte d'eau qui gisait au creux des coquillages arrondis ; il pâlissait les liserons roses qui faisaient courir leur feston à travers le sable des dunes. Rien ne semblait bouger que les petites sauterelles des sables. Pitt-pitt-pitt ! elles ne restaient jamais en repos.

Là-bas, sur les rochers tapissés d'algues, qui, à marée basse, ressemblaient à des bêtes au long poil descendues au bord de l'eau pour boire, le soleil paraissait tournoyer comme une pièce d'argent qui serait tombée dans chacune des petites vasques du rocher. Elles dansaient, elles frissonnaient, des rides minuscules venaient baigner les bords poreux. Si on y plongeait son regard, si on se penchait sur lui, chaque bassin devenait comme un lac aux rives duquel se pressaient des maisons bleues et roses ; et, oh ! quel vaste pays montagneux par-delà ces maisons ! — quels ravins, quelles gorges, quelles dangereuses criques, quels sentiers effrayants conduisant au bord de l'eau! Sous sa surface ondulait la forêt marine : arbres roses filiformes, anémones veloutées, algues tachetées de fruits orangés. Parfois, une pierre du fond bougeait, oscillait, et un noir tentacule se laissait entrevoir; parfois, une créature effilée passait sinueuse, et disparaissait. Il arrivait quelque chose aux arbres roses et mobiles; ils changeaient, devenaient d'un bleu froid de clair de lune. Et maintenant, on entendait le plouf le plus léger. Qui faisait ce bruit? Que se passait-il là-dessous? Et comme les algues au brûlant soleil avaient une odeur forte et mouillée!...

Les stores verts étaient baissés dans les bungalows de la colonie d'été. Sur les vérandas, disposés sur le gazon du clos, ou jetés sur les palissades, étaient des costumes de bain à l'aspect exténué, de rêches serviettes rayées. Chaque fenêtre de derrière semblait avoir sur son rebord une paire de sandales, des fragments de rocher ou un seau, ou une collection de coquillages de pawa. Les broussailles frémissaient dans une brume de chaleur; la route sablonneuse était déserte et, seul, le chien des Trout, Snooker, reposait étendu au beau milieu. Son œil bleu regardait le ciel, ses pattes étirées toutes raides, et il poussait de temps à autre un halètement désespéré, comme pour dire qu'il avait décidé d'en finir et qu'il attendait seulement la venue de quelque charitable véhicule.

« Que regardes-tu, grand-mère? Pourquoi tu t'arrêtes tout le temps et pourquoi tu fixes le mur comme ça? »

Kézia et sa grand-mère faisaient la sieste

ensemble. La petite fille, vêtue seulement de sa culotte courte et de son corsage de dessous, les bras et les jambes nus, reposait sur l'un des oreillers rebondis du lit de sa grand-mère, et la vieille femme, en peignoir plissé blanc, était assise à la fenêtre, dans un fauteuil à bascule, un long tricot rose sur les genoux. Cette chambre qu'elles partageaient avait, comme les autres pièces du bungalow, des parois de bois verni clair et le plancher était nu. Les meubles étaient des plus pauvres, des plus simples. La coiffeuse, par exemple, était une caisse emballée d'un jupon de mousseline à fleurettes et le miroir accroché au-dessus était très étrange : on eût dit qu'un petit fragment d'éclair en zigzag y était emprisonné. Sur la table se trouvaient un vase plein d'œillets marins si serrés qu'ils ressemblaient plutôt à une pelote de velours, un coquillage spécialement choisi que Kézia avait donné à sa grand-mère pour servir de coupe à épingles, et un autre, plus spécialement choisi encore, qui lui avait paru offrir un écrin très agréable pour qu'une montre s'y blottît.

« Dis-le-moi, grand-mère », dit Kézia en insistant.

La vieille femme soupira, enroula rapidement la laine par deux fois autour de son pouce et passa l'aiguille d'os à travers la boucle. Elle ajoutait des mailles.

« Je pensais à ton oncle William, ma chérie, dit-elle tranquillement.

— Mon oncle William d'Australie? » demanda Kézia.

Elle en avait un autre.

« Oui, bien sûr.

— Celui que je n'ai jamais vu ?

— Celui-là, oui.

— Eh alors, qu'est-ce qui lui est arrivé ? » Kézia le savait fort bien, mais elle voulait se le faire redire.

« Il s'en était allé aux mines, il y a pris une insolation, et il est mort », dit la vieille Mrs. Fairfield.

Kézia cligna de l'œil et considéra de nouveau le tableau… un petit homme renversé comme un soldat de plomb à côté d'un grand trou noir.

« Ça te rend-il triste de penser à lui, grand-mère ? » Elle détestait la voir attristée.

Ce fut au tour de la vieille femme de méditer. Cela la rendait-il triste, de regarder loin, loin derrière elle ? De contempler la longue perspective des années enfuies, comme Kézia le lui avait vu faire ? De les regarder, « elles », comme le fait une femme, longtemps après qu'elles avaient disparu ? Cela la rendait-il triste ? Non, la vie était ainsi.

« Non, Kézia.

— Mais pourquoi ? » demanda Kézia.

Elle leva un bras nu et se mit à dessiner dans l'air.

« Pourquoi oncle William a-t-il été obligé de mourir ? Il n'était pas vieux. »

Mrs. Fairfield commença à compter les mailles par trois.

« C'est arrivé comme ça, dit-elle, d'un ton absorbé.

— Est-ce que tout le monde est obligé de mourir ? demanda Kézia.

— Tout le monde !

— *Moi* aussi ? »

La voix de Kézia avait un accent de terrible incrédulité.

« Un jour, ma chérie.

— Mais, grand-mère… » Kézia agita sa jambe gauche et remua les orteils. Elle y sentait du sable. « Et si je ne veux pas, moi ? »

La vieille femme soupira de nouveau et tira un long fil de la pelote.

« On ne nous demande rien, Kézia, dit-elle tristement. Ça nous arrive à tous, tôt ou tard. »

Kézia resta immobile, réfléchissant à ces choses. Elle n'avait pas envie de mourir. Mourir signifiait qu'il faudrait partir d'ici, tout quitter pour toujours, quitter… quitter sa grand-mère. Elle roula vivement sur elle-même.

« Grand-mère, dit-elle d'une voix surprise et émue.

— Quoi, mon lapin ?

— Il ne faut pas que tu meures, toi. »

Kézia parlait avec décision.

« Ah ! Kézia » — sa grand-mère leva les yeux, sourit, hocha la tête —, « ne parlons pas de cela.

— Mais il ne faut pas. Tu ne pourrais pas me quitter. Tu ne pourrais pas ne pas être là… » Ça, c'était terrible. « Promets-moi que tu ne feras pas ça, jamais, grand-mère », supplia Kézia.

La vieille femme continua à tricoter.

« Promets-le-moi : Dis *jamais* ! »

Mais sa grand-mère restait toujours muette.

Kézia se laissa rouler à bas du lit ; elle était incapable de supporter ça plus longtemps : légère, elle sauta sur les genoux de sa grand-mère, noua les mains autour de son cou et se mit à l'embrasser sous le menton, derrière l'oreille, et à lui souffler dans le cou.

« Dis *jamais*… dis *jamais*… dis *jamais*… » Elle haletait entre les baisers. Ensuite elle commença tout doucement, légèrement, à la chatouiller.

« Kézia ! »

La vieille femme laissa tomber son tricot. Elle se renversa en arrière au balancement du fauteuil. Elle se mit à chatouiller Kézia.

« Dis *jamais*, dis *jamais*, dis *jamais* », gazouillait Kézia, tandis qu'elles reposaient là, riant dans les bras l'une de l'autre.

« Allons, c'est assez, mon écureuil ! C'est assez, mon petit cheval sauvage ! dit la vieille Mrs. Fairfield, rajustant son bonnet. Ramasse mon tricot. »

Elles avaient oublié toutes deux à quoi se rapportait ce *jamais*.

VIII

Le soleil envahissait encore le jardin, quand la porte arrière de la maison des Burnell se referma en claquant et une silhouette très colorée se mit à descendre l'allée qui conduisait au portail. C'était Alice, la bonne, habillée pour son après-midi de sortie. Elle portait une robe de coton blanche à pois rouges, si larges et nombreux qu'ils vous donnaient le frisson, des souliers blancs et un chapeau de paille d'Italie, au bord rehaussé par une touffe de coquelicots. Bien entendu, elle avait enfilé des gants blancs tachés de rouille aux boutonnières et, d'une main, elle tenait une ombrelle à l'aspect fort défait qu'elle désignait comme son « périsol ».

Béryl, assise à la fenêtre, en train d'éventer ses cheveux frais lavés, pensa qu'elle n'avait jamais vu pareil épouvantail. Si Alice s'était noirci la figure avec un bout de bouchon brûlé avant de se mettre en route, le tableau aurait été complet. Et où donc une fille comme celle-là pouvait-elle bien aller, dans un endroit comme celui-ci ? L'éventail fidjien, arrondi en cœur, battit l'air avec dédain autour de la belle crinière éclatante. Elle supposa qu'Alice avait ramassé quelque abominable chenapan et qu'ils s'en iraient ensemble dans les fourrés. Quel dommage de se rendre aussi voyante; ils auraient du mal à se dissimuler, avec Alice attifée de la sorte.

Mais non, Béryl était injuste. Alice allait prendre le thé chez Mrs. Stubbs, qui lui avait envoyé une « invite » par le gamin qui passait prendre les commandes. Elle s'était prise d'une passion pour Mrs. Stubbs depuis la première fois qu'elle était allée acheter dans son magasin quelque chose pour ses piqûres de moustiques.

« Mon Dieu! » Mrs. Stubbs s'était donné une tape sur le flanc. « J'ai jamais vu personne dévoré comme ça. C'est à croire que vous avez été attaquée par des cannibales! »

Alice aurait bien voulu tout de même qu'il y eût un peu de monde sur la route. Ça la rendait toute chose de n'avoir personne derrière elle. Ça lui donnait l'impression qu'elle n'avait plus d'épine dorsale. Elle ne pouvait pas croire qu'il n'y avait pas quelqu'un à la guetter. Et pourtant, c'était stupide de se retourner; ça vous trahissait. Elle remonta ses gants, fredonna pour se réconforter et dit au lointain eucalyptus : « Ça sera pas long maintenant. » Mais tout ça ne lui tenait guère compagnie.

La boutique de Mrs. Stubbs était perchée sur un petit monticule tout à côté de la route. Elle avait deux fenêtres en guise d'yeux, une large véranda pour chapeau, et l'enseigne sur le toit, où le nom : CHEZ MRS. STUBBS, était inscrit, ressemblait à une petite carte cavalièrement plantée sur la calotte du chapeau.

Sur la véranda était suspendue à une corde une longue rangée de costumes de bain, s'accrochant les uns aux autres, comme s'ils venaient d'être arrachés à la mer, au lieu d'attendre le moment de s'y plonger ; auprès d'eux pendait une grappe de sandales tellement mélangées que, pour extraire une paire, il fallait en dégager violemment et séparer de force une cinquantaine au moins. Alors même, il était exceptionnel de découvrir le pied gauche apparié au pied droit. Bien des gens avaient perdu patience et s'en étaient allés avec une espadrille allant bien et une autre un peu trop grande... Mrs. Stubbs mettait son orgueil à avoir chez elle un peu de tout. Les deux fenêtres, où les marchandises étaient amoncelées en forme de pyramides instables, étaient tellement bourrées de piles si hautes que seul un sorcier, semblait-il, pouvait empêcher les monceaux de dégringoler. Au coin gauche d'une des vitrines, collé à la vitre par quatre losanges de gélatine, il y avait — et il y avait eu de temps immémorial — cet avis :

Perdu ! Belle broche en ore
Massife
Sur la plage ou auprès
Récompance offerte.

Alice poussa la porte et l'ouvrit. La sonnette tinta, les rideaux de serge rouge s'écartèrent, Mrs. Stubbs parut. Avec son large sourire et le long couteau à jambon qu'elle tenait à la main, elle avait l'air d'un brigand amical. Alice reçut un accueil si chaleureux qu'elle eut beaucoup de difficulté à conserver ses « bonnes manières ». Celles-ci consistaient en petits toussotements, en petits *hum... hum*, en gestes pour tirailler ses gants, tortiller sa jupe, et en une bizarre difficulté de voir ce qu'on posait devant elle ou de comprendre ce qu'on disait.

Le thé était servi sur la table du salon : du jambon, des sardines, toute une livre de beurre, et un gâteau si gros qu'il faisait l'effet d'une réclame pour quelque levure. Mais le réchaud à pétrole ronflait si bruyamment qu'il était inutile d'essayer de se faire entendre en causant. Alice s'assit au bord d'un fauteuil d'osier, tandis que Mrs. Stubbs activait encore le réchaud. Tout à coup, elle enleva le coussin d'une chaise et révéla un gros paquet enveloppé de papier brun.

« Je viens de me faire tirer de nouvelles photos, ma chère! cria-t-elle joyeusement à Alice. Dites-moi ce que vous en pensez. »

D'un geste fort délicat et distingué, Alice mouilla son doigt et écarta de la première photographie le feuillet de papier de soie. Seigneur! comme il y en avait! Trois douzaines au moins. Elle leva celle qu'elle tenait vers la lumière.

Mrs. Stubbs était assise dans un fauteuil, penchant très fort d'un côté. Son large visage arborait une expression de léger étonnement, et c'était chose bien naturelle. Car, quoique le fauteuil reposât sur un tapis, à sa gauche, longeant miraculeusement la bordure, une cascade se précipitait. A sa droite, se dressait une colonne grecque avec une fougère gigantesque de chaque côté, et à l'arrière-plan s'élevait une montagne austère et nue, pâle de neige.

« C'est un joli genre, n'est-ce pas? » cria Mrs. Stubbs; et Alice venait de hurler : « Délicieusement », quand le grondement du réchaud expira, s'éteignit dans un sifflement, cessa, et elle ajouta : « Joli », au milieu d'un silence effarant.

« Approchez votre fauteuil, ma chère, dit Mrs. Stubbs en commençant à verser le thé. Oui, reprit-elle d'un air méditatif en lui tendant sa tasse, mais le format ne me dit rien. Je me fais faire un agrandissement. Tout ça va bien pour des cartes de Noël, mais moi j'ai jamais été pour les petites photos. On n'en retire aucun agrément. Pour dire vrai, je les trouve décourageantes. »

Alice voyait tout à fait ce qu'elle voulait dire.

« Une grande taille, déclara Mrs. Stubbs. Donnez-moi une grande taille. C'est ce que mon pauvre cher défunt répétait toujours. Il ne pouvait rien supporter de petit. Ça lui donnait la chair de poule. Et, si étrange que ça puisse paraître, ma chère... » Ici, Mrs. Stubbs fit entendre un craquement et elle-même parut se dilater à ce souvenir. « C'est l'hydropisie qui l'a emporté à la fin des fins. Combien de fois qu'ils ont tiré un litre et demi à l'pital... ç'avait l'air d'une pénitence. »

Alice brûlait du désir de savoir exactement ce que c'était qu'on lui avait tiré. Elle se risqua :

« Je suppose que c'était de l'eau. »

Mais Mrs. Stubbs la regarda fixement et répondit d'un ton entendu :

« C'était du *liquide*, ma chère. »

Du liquide ! D'un saut, Alice s'écarta du mot, comme un chat, et revint à lui, le flairant avec prudence.

« Le v'là ici ! » dit Mrs. Stubbs, et elle indiqua d'un geste dramatique la tête et les épaules grandeur nature d'un homme corpulent, étalant à la boutonnière de son veston une rose blanche morte qui faisait penser à une rondelle de gras de mouton froid. Exactement au-dessous, en lettres d'argent sur un fond de carton rouge, se lisait ce texte : « N'ayez pas peur, c'est Moi. »

« C'est une bien belle figure », dit Alice faiblement.

Le nœud de ruban bleu pâle, au sommet des blonds cheveux frisottants de Mrs. Stubbs, frémit. Elle arqua son cou dodu. Quel cou elle avait! Rose vif à la base, il devenait ensuite d'une chaude couleur d'abricot, qui s'affadissait, prenait la teinte d'une coquille d'œuf brune, pour finir en ton crème foncé.

« Tout de même, ma chère, fut sa surprenante réponse, la liberté, c'est c'qu'il y a de mieux. » Son petit rire moelleux et gras ressemblait à un ronron. « La liberté, c'est c'qu'il y a de mieux », répéta Mrs. Stubbs.

La liberté! Alice pouffa d'un rire stupide et bruyant. Elle se sentait gênée. Son esprit s'enfuit vers sa cuisine à elle. Comme c'était bizarre! Elle avait envie d'y être déjà revenue.

IX

Une étrange compagnie était assemblée dans la buanderie des Burnell, après le thé. Autour de la table étaient assis un taureau, un coq, un âne qui sans cesse oubliait qui il était, un mouton, une abeille. La buanderie était l'endroit idéal pour une réunion de ce genre, parce qu'on pouvait faire autant de bruit qu'on voulait et que personne ne vous interrompait jamais. C'était un petit hangar couvert de tôle, bâti à l'écart du bungalow. Contre le mur se trouvait une auge profonde et, dans le coin, une chaudière avec un panier plein de pinces à linge posé dessus. La petite fenêtre, voilée d'un réseau de toiles d'araignées, portait sur son rebord poussiéreux un bout de bougie et une souricière. Des cordes à linge s'entrecroisaient en haut et à une cheville plantée dans le mur était accroché un très grand, un énorme fer à cheval tout rouillé. La table était au milieu, un banc de chaque côté.

« Tu ne peux pas être une abeille, Kézia. Une abeille c'est pas un animal. C'est un ninsèque.

— Oh! mais j'ai tellement envie d'être une abeille, gémit Kézia... Une petite abeille, toute jaune et velue, aux pattes rayées... » Kézia releva ses jambes sous elle et se pencha par-dessus la table. Elle sentait qu'elle était vraiment une abeille.

« Un ninsèque doit être un animal, dit-elle résolument. Ça fait du bruit. C'est pas comme un poisson.

— Moi, je suis un taureau, moi, je suis un taureau ! » cria Pip.

Et il poussa un beuglement si formidable — comment donc faisait-il ce bruit-là ? — que Lottie eut l'air tout effrayée.

« Je vais être un mouton, dit le petit Rags. Des tas de moutons sont passés par ici, ce matin.

— Comment le sais-tu ?

— Papa les a entendus. Bê... ê... ê ! »

Sa voix semblait celle du petit agneau qui trottine par-derrière et a l'air d'attendre qu'on le porte.

« Coquerico ! » cria d'une voix perçante Isabel.

Avec ses joues rouges et ses yeux brillants, elle ressemblait à un jeune coq.

« Qu'est-ce que je serai, moi ? » demanda Lottie à tout le monde, et elle resta là, souriante, à attendre qu'on décidât pour elle.

Il fallait que le rôle fût facile.

« Sois un âne, Lottie. » Telle fut l'idée suggérée par Kézia. « Hi-han ! tu ne peux pas oublier ça.

— Hi-han ! dit solennellement Lottie. C'est quand qu'il faut le dire ?

— J'explique, j'explique », dit le taureau. C'était lui qui tenait les cartes. Il les agita autour de sa tête.

« Restez tous tranquilles ! Écoutez tous ! » Il attendit qu'on fût prêt. « Regarde un peu, Lottie. » Il retourna une carte. « Elle a deux ronds dessus — tu vois ? Eh bien, si tu mets cette carte au milieu et que quelqu'un d'autre en ait une avec deux ronds aussi, tu dis "Hi-han", et la carte est à toi.

— A moi ? »

Lottie ouvrit de grands yeux.

« Pour de bon ?

— Non, bécasse. Juste pour jouer, compris ? Juste pendant qu'on joue. »

Le taureau était très fâché contre elle.

« Oh ! Lottie, tu es vraiment une petite bécasse ! » dit le coq, dédaigneux.

Lottie les regarda tous deux. Puis elle baissa la tête ; sa lèvre trembla.

« Moi, je veux pas jouer », murmura-t-elle.

Les autres se regardèrent comme des conspirateurs. Ils savaient tous ce que cela voulait dire. Lottie s'en irait et on la découvrirait quelque part, debout avec son tablier relevé par-dessus la tête, dans un coin ou contre un mur, ou même derrière une chaise.

« Mais si, tu veux, Lottie. C'est très facile », dit Kézia.

Et Isabel, repentante, ajouta exactement comme une grande personne : « Regarde-*moi*, Lottie, et tu apprendras vite.

— Courage, Lot ! dit Pip. Tiens, je sais ce que je vais faire ; je vais te donner la première carte. Elle est à moi, pour de vrai, mais je te la donnerai. Voilà. » Et il jeta la carte devant Lottie.

Là-dessus, Lottie se ranima. Mais, à présent, elle était aux prises avec une autre difficulté. « J'ai pas de mouchoir, dit-elle. Et je voudrais bien me moucher.

— Tiens, Lottie, tu peux te servir du mien. »
Rags plongea la main dans sa blouse de marin pour en extraire un mouchoir à l'aspect fort humide, et serré d'un nœud. « Fais très attention, prévint-il. Sers-toi de ce coin seulement. Ne le défais pas. Dedans j'ai une petite étoile de mer et je vais essayer de l'apprivoiser.

— Oh ! allez, les filles, dit le taureau. Et faites attention — il ne faut pas regarder vos cartes. Il faut tenir vos mains sous la table, jusqu'à ce que je dise : Allez ! »

Clac ! les cartes s'abattirent tout autour de la table. Ils essayèrent de toutes leurs forces de voir, mais Pip allait trop vite pour eux. Ils étaient tout excités d'être installés là dans la buanderie ; ils purent à peine s'empêcher d'éclater en petits cris d'animaux, tous en chœur, avant que Pip eût fini de distribuer les cartes.

« Maintenant, Lottie commence. »

Timidement, Lottie tendit une main, prit sur son paquet la première carte, la regarda attentivement — il était évident qu'elle comptait les taches rondes — et la replaça.

« Non, Lottie, tu ne peux pas faire ça. Tu n'as pas le droit de regarder d'abord. Il faut que tu la retournes de l'autre côté.

— Mais alors tout le monde la verra en même temps que moi », dit Lottie.

La partie continua. Meû… eû… eû ! Le taureau était terrible. Il chargeait à travers la table, il avait l'air de dévorer les cartes.

B-z-z-z ! disait l'abeille.

Coquerico ! Isabel s'était levée dans son agitation et remuait les coudes comme des ailes.

Bê… ê… ê ! Le petit Rags avait retourné le Roi

de Carreau et Lottie celui qu'ils appelaient le Roi d'Afrique. Il ne lui restait presque plus de cartes.

« Pourquoi ne dis-tu rien, Lottie ?

— J'ai oublié ce que je suis, dit l'âne d'un ton lamentable.

— Eh bien, change. Sois un chien, à la place : Oua-oua !

— Oh ! oui. Ça, c'est *bien plus* facile. » Lottie avait retrouvé son sourire. Mais quand elle et Kézia eurent des cartes pareilles, Kézia attendit tout exprès. Les autres firent des signes à Lottie et montrèrent du doigt les cartes. Lottie devint toute rouge ; elle parut n'y rien comprendre et, à la fin, elle dit : « Hi-han ! Ké-zia.

— Chut ! attendez une minute ! »

Ils étaient au plus fort de la partie quand le taureau les arrêta, levant la main :

« Qu'est-ce que c'est ? Qu'est-ce que c'est que ce bruit ?

— Quel bruit ? Que veux-tu dire ? demanda le coq.

— Chut ! Tais-toi donc ! Écoutez ! » Ils étaient immobiles comme des statues. « J'ai cru entendre un... une espèce de coup à la porte, dit le taureau.

— A quoi ça ressemblait-il ? » demanda le mouton faiblement.

Pas de réponse.

L'abeille eut un frisson.

« Pourquoi avons-nous donc fermé la porte ? » dit-elle à voix basse.

Oh ! pourquoi, pourquoi avaient-ils fermé la porte ?

Pendant qu'ils étaient en train de jouer, le jour avait baissé ; le somptueux soleil couchant avait flamboyé, s'était éteint. Et maintenant, la nuit rapide arrivait vivement au-dessus de la mer, par-dessus les dunes, par les enclos. On avait peur de regarder dans les coins de la buanderie et, pourtant, on était forcé de regarder tant qu'on pouvait. Et quelque part, bien loin, grand-mère allumait une lampe. On baissait les stores, le feu de la cuisine bondissait sur les boîtes de fer-blanc de la cheminée.

« Ça serait affreux maintenant, dit le taureau, si une araignée tombait du plafond sur la table, non ?

— Les araignées ne tombent pas des plafonds.

— Si, elles tombent. Notre Minne nous a dit qu'elle avait vu une araignée grande comme une soucoupe, avec de longs poils dessus comme une groseille verte. »

Vivement, toutes les petites têtes se relevèrent d'un coup, tous les petits corps se rapprochèrent, se pressèrent les uns contre les autres.

« Pourquoi quelqu'un ne vient pas nous appeler ? » cria le coq.

Oh ! ces grandes personnes, qui riaient, bien à leur aise, assises à la lumière de la lampe, buvant dans des tasses ! Elles les avaient oubliées. Non, pas oubliées vraiment : c'était ce que signifiait leur sourire. Elles avaient décidé de les laisser là, toutes seules.

Soudain Lottie poussa un hurlement si perçant qu'ils sautèrent tous à bas de leurs bancs, et se mirent aussi à hurler.

« Une figure... une figure qui regarde ! » clamait Lottie d'une voix aiguë.

C'est vrai, c'était réel. Pressé contre la fenêtre, on voyait un visage pâle, des yeux noirs, une barbe noire.

« Grand-mère ! Maman ! Quelqu'un ! »

Mais ils n'étaient pas arrivés à la porte, en se bousculant les uns les autres, qu'elle s'ouvrit pour laisser entrer l'oncle Jonathan. Il venait chercher ses petits garçons pour les emmener chez eux.

X

Il avait eu l'intention d'être là plus tôt, mais dans le jardin, devant la maison, il avait trouvé Linda, qui se promenait de long en large sur l'herbe, s'arrêtant pour enlever un œillet mort, ou pour donner à une fleur trop lourde un support où s'appuyer, ou pour aspirer profondément quelque parfum, continuant ensuite sa promenade avec son petit air absent. Sur sa robe blanche, elle portait un châle jaune à franges roses, acheté à la boutique du Chinois.

« Ohé! Jonathan! » appela Linda. Et Jonathan ôta prestement son panama défraîchi, le pressa contre sa poitrine, mît un genou en terre et baisa la main de Linda.

« Salut, ma beauté! Salut, ma céleste Fleur de Pêche! gronda doucement la voix de basse. Où sont les autres nobles dames?

— Béryl est sortie pour aller jouer au bridge, et maman est en train de donner à bébé son bain... Êtes-vous venu emprunter quelque chose? »

Les Trout étaient perpétuellement à court de provisions et en envoyaient demander aux Burnell, à la dernière minute.

Mais Jonathan répondit seulement : « Un peu

d'amour, un peu de bonté », et se mit à marcher à côté de sa belle-sœur.

Linda se laissa tomber dans le hamac de Béryl, sous le manuka, et Jonathan s'étendit sur le gazon auprès d'elle, tira un long brin d'herbe et commença à le mâchonner. Ils se connaissaient bien. Les cris des enfants montaient des autres jardins. La carriole d'un pêcheur passa en cahotant le long de la route sablonneuse et, au loin, ils entendirent un chien aboyer ; le son était sourd comme si la bête avait eu la tête dans un sac. Si on écoutait, on pouvait tout juste entendre le doux bruissement de la marée haute, balayant les galets. Le soleil descendait.

« Alors, vous retournez au bureau lundi, n'est-ce pas, Jonathan ? demanda Linda.

— Lundi, la porte de la cage se rouvre et se referme avec fracas sur la victime pour onze mois et une semaine encore », répondit Jonathan.

Linda se balança un peu. « Ce doit être affreux, dit-elle lentement.

— Voudriez-vous que je rie, ma charmante sœur ? Voudriez-vous que je pleure ? »

Linda était si bien habituée à la façon de parler de Jonathan qu'elle n'y faisait aucune attention.

« Je suppose, dit-elle d'un air vague, qu'on s'y accoutume. On s'accoutume à tout.

— Vraiment ? Hum ! »

Le « hum » était si profond qu'il semblait résonner de dessous terre. « Je me demande comment, dit Jonathan d'un air méditatif et sombre. Je n'y suis jamais arrivé. »

En le regardant, tel qu'il reposait là, Linda songea une fois de plus qu'il était bien séduisant. C'était étrange de se dire qu'il n'était qu'un employé ordinaire, que Stanley gagnait deux fois plus d'argent que lui. Qu'est-ce qu'avait donc Jonathan ? Il manquait d'ambition ; c'était cela, supposait-elle. Et cependant on sentait qu'il avait des dons, était exceptionnel. Il aimait la musique avec passion ; il dépensait en livres tout l'argent dont il pouvait disposer. Il était toujours plein d'idées nouvelles, de projets, de plans. Mais rien de tout cela n'aboutissait. Le feu nouveau flambait en Jonathan ; on croyait presque l'entendre gronder doucement tandis qu'il expliquait, décrivait, s'étendait sur la vision neuve ; mais un instant après la flamme était retombée, il ne restait que des cendres et Jonathan allait et venait, ayant dans ses yeux noirs le regard d'un affamé. En des moments pareils, il exagérait son absurde façon de parler, et à l'église — où il conduisait le chœur — il chantait avec une telle intensité dramatique que le cantique le plus médiocre revêtait une splendeur profane.

« Il me paraît tout aussi idiot, tout aussi infernal d'avoir à retourner lundi au bureau, déclara Jonathan, que cela m'a toujours semblé et me semblera toujours. Passer les meilleures années de sa vie assis sur un tabouret, de neuf heures à cinq, à gribouiller le registre de quelqu'un d'autre ! C'est faire un drôle d'usage de sa... seule et unique vie, n'est-ce pas ? Ou bien est-ce un rêve insensé que je fais ? »

Il se retourna sur l'herbe et leva les yeux vers Linda.

« Dites-moi, quelle est la différence entre mon existence et celle d'un prisonnier ordinaire ? La seule que je puisse voir est que je me suis mis en prison moi-même et que personne ne m'en fera jamais sortir. Cette situation-là est plus intolérable que l'autre. Car si j'avais été mis là contre ma volonté — en me débattant même — une fois la porte fermée ou au bout de quelque cinq ans en tout cas, j'aurais pu accepter le fait, commencer à m'intéresser au vol des mouches, ou à compter les pas du geôlier le long du couloir, en observant particulièrement les variations de sa démarche et tout ce qui s'ensuit. Mais là, je ressemble à un insecte qui est venu de son propre gré voler dans une chambre. Je me jette contre les murs, je me jette contre les fenêtres, je me cogne au plafond, je fais, en somme, tout ce qu'on peut faire, sauf m'envoler au-dehors. Et tout le temps, je ne cesse de penser, comme ce phalène, ou ce papillon, ou cet insecte quelconque : “Ô brièveté de la vie! La brièveté de la vie!” Je n'ai qu'une nuit ou qu'un jour, et ce vaste, ce dangereux jardin attend là, dehors, inconnu, inexploré.

— Mais, si vous avez ce sentiment-là, pourquoi..., commença Linda, vivement.

— Ah! » cria Jonathan. Ce « ah! » avait presque un accent d'exultation. « Là, vous me tenez! Pourquoi? Pourquoi, certes? Voilà la question affolante, mystérieuse. Pourquoi est-ce que je ne m'envole pas au-dehors? La fenêtre ou la porte, l'ouverture par laquelle je suis entré est là. Elle n'est pas close à tout jamais... n'est-ce pas? Pourquoi donc ne puis-je la trouver et m'évader? Répondez à cela, petite sœur! »

Mais il ne lui donna pas le temps de la réponse.

« Là encore, je ressemble exactement à cet insecte. Pour une raison quelconque... » Jonathan marqua une pause. « ... Il n'est pas permis, il est défendu, il est contraire à la loi des insectes de cesser, même un instant, de se jeter, se cogner, se hisser le long de la vitre. Pourquoi je ne quitte pas le bureau ? Pourquoi est-ce que je n'examine pas sérieusement, en ce moment, par exemple, ce qui m'empêche de le quitter ? Ce n'est pas que je sois retenu par des liens formidables. J'ai deux enfants à élever, mais après tout, ce sont des garçons. Je pourrais filer, partir en mer ou trouver du travail à l'intérieur du pays, ou bien... » Tout à coup, il sourit à Linda et dit d'une voix changée, comme s'il confiait un secret : « Faible... faible. Pas de vigueur. Pas de port d'attache. Pas de principes directeurs, disons. » Mais allons, sa voix de velours sombre résonna :

Voulez-vous entendre le conte
Et comment il se déroula...

Ils restèrent silencieux.

Le soleil avait disparu. Dans le ciel occidental, il y avait de grandes masses de nuages roses, mollement entassés. De larges rayons de lumière brillaient à travers ces nuages et au-delà, comme s'ils voulaient inonder tout le ciel. Là-haut, le bleu perdait de son éclat ; il se muait en un or pâle, et les broussailles, se profilant sur lui, luisaient obscures et resplendissantes comme un métal. Parfois, ces rayons de lumière, quand ils se montrent dans le ciel, vous remplissent d'épouvante. Ils vous rappellent que là-haut trône Jéhovah, le Dieu jaloux, le Tout-Puissant dont l'œil vous contemple, toujours vigilant, jamais las. Vous vous souvenez qu'à Sa venue, la terre tout entière croulera, réduite en un cimetière de ruines ; que les anges froids et lumineux vous chasseront ici et là et qu'il n'y aura pas de temps pour expliquer ce qui pourrait être expliqué si simplement... Mais ce soir-là, il semblait à Linda qu'il y avait quelque chose d'infiniment joyeux et tendre dans ces rayons d'argent. Aucun bruit maintenant ne venait de la mer. Elle respirait doucement, comme si elle eût voulu attirer dans son sein toute cette beauté tendre et joyeuse.

« Tout cela est mal, tout cela est injuste, répétait la voix crépusculaire de Jonathan. Ce n'est pas le lieu, ce n'est pas le décor... trois tabourets, trois pupitres, trois encriers, un store métallique. »

Linda savait bien qu'il ne changerait jamais, mais elle dit :

« Est-il trop tard, même à présent ?

— Je suis vieux... je suis vieux », psalmodia Jonathan.

Il se pencha vers elle, il passa la main sur sa tête.

« Regardez ! »

Ses cheveux noirs étaient tout striés d'argent, comme sur la poitrine, le plumage noir d'un grand oiseau.

Linda fut surprise. Elle n'avait aucune idée qu'il grisonnât. Et pourtant, lorsqu'il se tint debout auprès d'elle, soupira et s'étira, elle le vit, pour la première fois, non pas résolu, non pas audacieux, non pas insouciant, mais déjà touché par la vieillesse. Il semblait très grand sur l'herbe assombrie, et cette pensée lui traversa l'esprit : « Il est comme une plante sans force. »

Jonathan se pencha de nouveau et lui baisa les doigts.

« Le ciel récompense votre douce patience, ô dame de mes pensées, murmura-t-il. Il me faut aller quérir les héritiers de ma gloire et de ma fortune… » Il avait disparu.

XI

De la lumière brillait aux fenêtres du bungalow. Deux taches d'or carrées tombaient sur les œillets et sur les soucis refermés. La chatte Florrie sortit sous la véranda et vint s'asseoir sur la plus haute marche, ses pattes blanches rapprochées, sa queue enroulée. Elle paraissait satisfaite, comme si elle eût attendu ce moment tout le jour.

« Dieu merci, il se fait tard, dit Florrie. Dieu merci, la longue journée est finie. » Ses yeux de reine-claude s'ouvrirent.

Aussitôt retentit le grondement de la diligence, le claquement du fouet. Elle approcha assez pour qu'on entendît les voix des hommes qui revenaient de la ville et qui causaient ensemble bruyamment. Elle s'arrêta devant le portail des Burnell.

Stanley avait déjà parcouru la moitié de l'allée, lorsqu'il vit Linda.

« Est-ce toi, chérie ?

— Oui, Stanley. »

Il franchit d'un saut la plate-bande et la saisit dans ses bras. Elle fut enveloppée de cette étreinte pleine d'ardeur, robuste et familière.

« Pardonne-moi, ma chérie, pardonne-moi,

balbutia Stanley, et il lui passa la main sous le menton, relevant vers lui son visage.

— Te pardonner ? dit Linda, souriante. Mais pourquoi pas ?

— Bon Dieu ! Ce n'est pas possible que tu aies oublié, cria Burnell. Moi, je n'ai pensé à rien d'autre tout le jour. J'ai passé une journée infernale. J'avais décidé de bondir à la poste te télégraphier, et puis je me suis dit que le télégramme pourrait ne pas arriver avant moi. J'ai été au supplice, Linda.

— Mais, Stanley, dit-elle, que faut-il que je te pardonne ?

— Linda ! »

Stanley était très blessé. « Ne t'es-tu pas rendu compte… tu dois t'être rendu compte… que je suis parti ce matin sans t'avoir dit au revoir ? Je ne peux pas me figurer comment j'ai pu faire une chose pareille. C'est mon sacré caractère, bien entendu. Mais… enfin… » Et il soupira et la reprit dans ses bras.

« J'en ai été assez puni aujourd'hui.

— Que tiens-tu donc à la main ? demanda Linda. Des gants neufs. Laisse-moi voir.

— Oh ! seulement une paire de gants de chamois bon marché, dit Stanley humblement. J'avais remarqué que Bell en portait ce matin, dans la diligence ; aussi, en passant devant le magasin, je suis entré en coup de vent et je m'en suis acheté une paire. Qu'est-ce qui te fait sourire ? Tu ne trouves pas que j'ai eu tort, n'est-ce pas ?

— Bien au contraire, mon chéri, répondit Linda, je pense que c'était tout à fait raisonnable. »

Elle enfila ses doigts dans un des larges gants pâles et regarda sa main, en la tournant de tous côtés. Elle souriait toujours.

Stanley aurait voulu dire : « C'est à toi que je pensais tout le temps, pendant que je les achetais. » C'était la vérité, mais, pour une raison ou une autre, il fut incapable de prononcer ces mots-là. « Rentrons », dit-il.

XII

Pourquoi se sent-on si différent, la nuit ? Pourquoi est-ce si excitant d'être éveillé, quand tout le monde dort ? Tard… il est très tard ! Et cependant à chaque instant, vous vous sentez de plus en plus éveillé, comme si, lentement, presque à chaque respiration, vous entriez plus avant dans un monde nouveau, merveilleux, bien plus émouvant, bien plus passionnant que le monde à la lumière du jour. Et quelle est cette impression bizarre d'être un conspirateur ? Légèrement, à la dérobée, vous allez et venez dans votre chambre. Vous soulevez un objet sur la coiffeuse, vous le replacez sans bruit. Et tout jusqu'aux colonnettes du lit, tout vous connaît, vous répond, partage votre secret…

De jour, vous n'aimez guère votre chambre. Vous n'y pensez jamais. Vous entrez, vous sortez, la porte s'ouvre et claque, l'armoire fait entendre un craquement. Vous vous asseyez sur le bord de votre lit, vous changez de souliers, vous vous précipitez dehors de nouveau. Un coup d'œil vers le miroir, deux épingles dans vos cheveux, un peu de poudre sur votre nez et vous voilà repartie. Mais à présent… elle vous devient soudain chère.

C'est une gentille, une drôle de petite chambre. C'est la vôtre. Oh! la joie de posséder! Mienne... à moi!

« A moi, à moi pour toujours?

— Oui. »

Leurs lèvres s'unirent...

Non, bien sûr, cette phrase n'avait rien à faire là-dedans. Tout ça, ce n'était que des sottises, des folies. Mais, malgré elle, Béryl voyait si nettement un couple debout au milieu de sa chambre. Ses bras à elle étaient autour de son cou; lui la tenait serrée. Et maintenant il murmurait : « Ma beauté, ma petite beauté! »

Elle sauta de son lit, courut à la fenêtre et s'agenouilla sur la banquette, les coudes au rebord de la croisée. Mais la belle nuit, le jardin, chaque buisson, chaque feuille, les blanches palissades, les étoiles elles-mêmes étaient des conspirateurs. Si resplendissante était la lune que les fleurs brillaient comme pendant le jour; l'ombre des capucines, feuilles exquises comme des lys blancs et fleurs largement épanouies, reposait sur la véranda argentée. La manuka, courbé par les vents du sud, ressemblait à un oiseau perché sur une patte et qui déploie une aile.

Mais quand Béryl regarda les halliers, il lui sembla que les halliers étaient tristes.

« Nous sommes des arbres sans voix, tendant les bras dans la nuit, implorant nous ne savons quoi », disaient les buissons désolés.

Il est vrai que, lorsqu'on est seul et qu'on pense à la vie, elle paraît toujours triste. Toute cette agitation et ce qu'elle entraîne vous abandonne tout à coup; on dirait que, dans le silence, quelqu'un vous appelle par votre nom, et que ce nom, vous l'entendez pour la première fois : « Béryl !

– Oui, je suis là. Je suis Béryl. Qui m'appelle ?

– Béryl !

– Laisse-moi venir ! »

On se sent délaissé, quand on vit seul. Bien entendu, il y a la famille, les amis, en foule ; mais ce n'est pas là ce à quoi elle pense. Il lui faut quelqu'un qui découvre la Béryl que nul d'entre eux ne connaît, qui s'attende à ce qu'elle reste cette Béryl, toujours. Elle veut un amoureux.

« Emmenez-moi loin de tous ces gens-là, mon amour. Allons-nous-en bien loin. Vivons notre vie, toute neuve, entièrement à nous seuls, depuis son commencement même. Faisons notre feu. Asseyons-nous pour manger ensemble. Causons longuement, le soir. »

Et sa pensée était presque : « Sauvez-moi, mon amour. Sauvez-moi. »

« Oh ! allons donc ! Ne faites pas la prude, ma petite. Amusez-vous pendant que vous êtes jeune. C'est mon conseil. » Et un brusque éclat de rire aigu et stupide se joignait au rire hennissant, bruyant, plein d'indifférence de Mrs. Harry Kember...

Voyez-vous, tout est si terriblement difficile, quand on n'a personne. On est tellement à la merci des choses. On ne peut pas être simplement impoli. Et puis, on appréhende toujours d'avoir l'air sans expérience et vieux jeu, comme ces autres bécasses, à la baie. Et puis... et puis c'est fascinant de savoir qu'on possède un pouvoir sur les gens. Oui, c'est fascinant...

Oh! pourquoi, oh! pourquoi, ne vient-Il pas bientôt?

« Si je continue à vivre ici, pensa Béryl, n'importe quoi peut m'arriver.

— Mais sais-tu seulement s'"Il" vient? » demanda une petite voix moqueuse, en elle.

Béryl congédia cette pensée. Il était impossible qu'elle fût laissée pour compte. D'autres peut-être; elle, non. On ne pouvait penser que Béryl Fairfield, cette adorable, cette séduisante jeune fille, ne se marierait jamais.

« Vous souvenez-vous de Béryl Fairfield?

— Si je m'en souviens! Comme si je pouvais l'oublier! C'est un été, à la baie, que je l'ai vue. Elle était debout sur la plage, en robe de mousseline bleue — non, rose —, retenant des deux mains un grand chapeau de paille crème — non, noire. Mais il y a des années de cela, maintenant.

— Elle est toujours aussi ravissante, davantage même. »

Béryl sourit, se mordit la lèvre et contempla le jardin. Tandis qu'elle regardait, elle vit quelqu'un, un homme, quitter la route, remonter le pré tout le long de leur palissade, comme s'il s'en venait droit vers elle. Son cœur battit. Qui était-ce? Qui pouvait-il bien être? Ce ne pouvait être un cambrioleur, non certes, pas un cambrioleur, car il fumait et marchait d'un pas léger de promeneur. Le cœur de Béryl bondit; on eût dit qu'il se retournait d'un seul coup puis cessait de battre. Elle l'avait reconnu.

« Bonsoir, Miss Béryl, dit la voix doucement.

— Bonsoir.

— Ne voulez-vous pas venir faire une petite promenade? » poursuivit la voix d'un ton traînant.

Faire une promenade... à cette heure de la nuit! « Impossible. Tout le monde est couché. Tout le monde dort.

— Oh! dit la voix légèrement, et une bouffée de fumée odorante parvint jusqu'à Béryl. Qu'importe tout le monde? Venez donc! C'est une si belle nuit. On ne rencontre pas une âme. »

Béryl secoua la tête. Mais déjà, en elle, quelque chose bougeait, quelque chose dressait la tête.

La voix dit : « Vous avez peur? » Elle railla : « Pauvre petite fille!

— Pas le moins du monde », répliqua Béryl. Comme elle parlait, cette faible créature en elle sembla se dérouler, devenir formidable et puissante; Béryl mourait d'envie de sortir.

Et, tout juste comme si l'autre avait parfaitement compris ceci, la voix dit, doucement, tout bas, mais d'un accent définitif : « Venez donc! »

Béryl enjamba sa fenêtre basse, traversa la véranda, courut à travers la pelouse jusqu'au portail. Il était là devant elle.

« C'est bien! » dit la voix dans un souffle, puis elle se fit taquine : « Vous n'avez pas peur, n'est-ce pas? Vous n'avez pas peur? »

Béryl avait peur; à présent qu'elle se trouvait là, elle se sentait terrifiée et il lui semblait que tout était différent. Le clair de lune la fixait en scintillant; les ombres ressemblaient à des barreaux de fer. On lui saisit la main.

« Pas le moins du monde, dit-elle d'un ton léger. Pourquoi aurais-je peur? »

Sa main fut attirée doucement, tirée. Elle résista.

« Non, je ne vais pas plus loin, dit Béryl.

— Oh! quelle blague! » Harry Kember ne la crut pas.

« Venez donc ! Nous irons seulement jusqu'à ce buisson de fuchsia. Venez donc ! »

Le buisson de fuchsia était haut. Il retombait en pluie par-dessus la palissade. Au-dessous, il y avait un petit creux de ténèbres.

« Non, vraiment, je ne veux pas », dit Béryl.

Pendant un moment Harry Kember demeura sans réponse. Puis il vint tout près, se tourna vers elle, sourit et dit rapidement : « Ne soyez pas stupide. Ne soyez pas stupide ! »

Son sourire était une chose qu'elle n'avait encore jamais vue. Était-il ivre ? Ce sourire éclatant, aveugle et terrifiant la glaça d'horreur. Que faisait-elle ? Comment se trouvait-elle là ? Le jardin sévère le lui demandait, tandis que le portail s'ouvrait d'une poussée et que Harry Kember, prompt comme un chat, entrait et, la saisissant, l'attirait contre lui.

« Froid petit démon ! Froid petit démon ! » disait la voix odieuse.

Mais Béryl était forte. Elle glissa, baissa la tête, tordit un bras, fut libre.

« Vous êtes ignoble, ignoble, dit-elle.

— Alors, mon Dieu, pourquoi êtes-vous venue ? » bégaya Harry Kember.

Personne ne lui répondit.

Un petit nuage serein flottait devant la lune. En cet instant de ténèbres, le bruit de la mer résonna, profond et troublé. Puis le nuage s'en fut voguer au loin et le bruit de la mer devint un vague murmure, comme si elle se réveillait d'un sombre rêve. Tout fut tranquille.

La garden party

« The Garden-Party »

Finalement, il faisait un temps idéal. L'auraient-ils commandée, ils n'auraient pas pu avoir une journée plus parfaite pour leur garden party. Pas de vent, l'air doux, le ciel sans nuage. Le bleu seulement était voilé d'une légère brume d'or, comme il l'est quelquefois au début de l'été. Le jardinier était debout depuis l'aube; il avait tondu et ratissé les pelouses, si bien que le gazon et les cercles de feuilles sombres et plates marquant la place des pâquerettes semblaient luire. Quant aux roses, on ne pouvait s'empêcher de sentir qu'elles avaient conscience d'être les seules fleurs qui impressionnent les invités, les seules que tout le monde soit certain de reconnaître. Par centaines, oui, littéralement par centaines, elles s'étaient épanouies en une seule nuit; les verts ronciers s'inclinaient comme s'ils avaient reçu la visite des anges.

Le déjeuner n'était pas encore achevé que les ouvriers arrivèrent pour dresser la tente.

« Où voulez-vous qu'on mette la tente, maman?

— Ma chère enfant, il est inutile de me le demander. Cette année je suis décidée à m'en remettre entièrement à vous, les enfants. Oubliez que je suis votre mère. Traitez-moi comme un invité de marque. »

Mais il était impossible à Meg d'aller surveiller les ouvriers. Elle s'était lavé les cheveux avant déjeuner et elle était installée pour boire son café, coiffée d'un turban vert, une boucle humide et sombre plaquée sur chaque joue. Josée, le papillon, descendait toujours en petit jupon de soie et en veste de kimono.

« C'est toi qui devras y aller, Laura, c'est toi qui es l'artiste. »

Laura s'envola, tenant encore sa tartine beurrée. Il est si délicieux d'avoir un prétexte pour déjeuner dehors, et de plus elle adorait être chargée d'arranger les choses ; elle avait toujours l'impression de pouvoir le faire mieux que les autres.

Quatre hommes en manches de chemise se tenaient en groupe dans l'allée. Ils portaient des piquets couverts de rouleaux de toile et de gros sacs d'outils sur le dos. Ils paraissaient imposants. Laura aurait bien voulu maintenant ne pas tenir à la main cette tartine, mais elle ne savait où la mettre et il n'y avait pas moyen de la jeter. Elle rougit, elle s'efforça de prendre un air sévère et même un peu myope, en s'approchant d'eux.

« Bonjour ! » dit-elle, imitant la voix de sa mère. Mais ce ton lui sembla tellement affecté qu'elle en eut honte et balbutia comme une petite fille : « Oh... euh... est-ce que vous venez... est-ce que c'est pour la tente ?

— C'est bien ça, Miss », dit le plus grand des ouvriers, un garçon dégingandé, la peau parsemée de taches de rousseur. Il déplaça son sac d'outils, repoussa son chapeau de paille et lui sourit de toute sa hauteur. « C'est pour ça. »

Son sourire était si naturel, si amical, que Laura se ressaisit. Qu'il avait de beaux yeux, petits mais d'un bleu si profond ! Et maintenant elle regarda les autres : ils souriaient aussi. — « Courage, on ne vous mordra pas ! » semblait dire leur sourire. Que les ouvriers étaient donc gentils ! Et quelle belle matinée ! Il ne fallait pas leur parler du beau temps ; il fallait voir l'air d'être tout à son affaire. La tente.

« Bon ! Que pensez-vous de la pelouse couverte de lys ? Est-ce que ça irait ? »

Et elle indiqua la pelouse bordée de lys, de la main qui ne tenait pas la tartine. Ils pivotèrent, ils regardèrent de tous leurs yeux dans cette direction. Un gros petit bonhomme avança sa lèvre inférieure, le grand gaillard fronça le sourcil.

« Ça ne me dit pas grand-chose, dit-il. Ça n'est pas assez en vue. Voyez-vous, avec une chose comme une tente — et il se tourna vers Laura de son air dégagé —, faut la mettre quelque part où elle vous tape dans l'œil, si vous voyez ce que je veux dire. »

De par son éducation, Laura se demanda un instant si un ouvrier était autorisé à lui parler de taper dans l'œil. Mais elle voyait tout à fait ce qu'il voulait dire.

« Sur le court de tennis ? suggéra-t-elle. Mais l'orchestre va s'installer dans un coin.

— Hum ! C'est-y que vous allez avoir un orchestre ? » dit un autre des ouvriers. Il avait un aspect hagard, tandis que ses yeux sombres examinaient le court de tennis. A quoi pensait-il ?

« Un tout petit orchestre », répondit Laura

avec douceur. Peut-être, si l'orchestre était tout petit, en serait-il moins affecté. Mais le grand gaillard interrompit :

« Regardez, Miss, voilà l'endroit. Contre ces arbres. Par là-bas. C'est ce qu'il faut. »

Contre les *karakas*. Alors les *karakas* seraient cachés ; ils étaient si beaux avec leurs larges feuilles luisantes et leurs grappes de fruits jaunes. Ils ressemblaient aux arbres qu'on imagine poussant dans une île déserte, orgueilleux, solitaires, dressant vers le soleil leur feuillage et leurs fruits en une sorte de splendeur silencieuse. Fallait-il qu'ils soient cachés derrière une tente ?

Il le fallait. Déjà les ouvriers avaient mis les piquets sur leurs épaules et se dirigeaient vers l'emplacement. Seul le grand gaillard demeurait là. Il se pencha, froissa un brin de lavande, porta son pouce et son index à son nez et aspira le parfum. A la vue de ce geste, Laura oublia les beaux arbres, étonnée de ce qu'il aimât des choses pareilles, le parfum de la lavande. Combien d'hommes de sa connaissance auraient touché une fleur ? « Oh ! pensa-t-elle, c'est extraordinaire ce que les ouvriers sont gentils. » Pourquoi ne pouvait-elle pas avoir des ouvriers pour amis, au lieu de ces jeunes gens stupides qui dansaient avec elle et venaient souper le dimanche soir ? Elle s'entendrait beaucoup mieux avec des hommes comme ceux-là.

Tout cela, décida-t-elle, tandis que le grand gaillard dessinait quelque chose au revers d'une enveloppe, quelque chose qu'il fallait relever ou bien laisser pendre, tout cela, c'était la faute de ces absurdes distinctions de classes. Eh bien, pour sa part, elle ne les ressentait pas. Non, pas du tout, pas le moins du monde… Et maintenant le choc régulier des marteaux de bois résonnait. Quelqu'un sifflait, quelqu'un cria : « Ça va là-bas, vieux ? » *Vieux ?* Comme c'était amical, comme c'était… Rien que pour prouver à quel point elle était heureuse, rien que pour montrer au grand gaillard combien elle se sentait à l'aise, combien elle méprisait les stupides conventions sociales, Laura mordit largement dans sa tartine en examinant le petit croquis. Elle se sentait tout à fait comme une ouvrière.

« Laura, Laura, où es-tu ? Laura, le téléphone ! cria de la maison une voix.

— Je viens ! » Elle s'envola, par-dessus la pelouse, le long de l'allée, jusqu'au bout du perron, traversa la véranda, et entra sous le porche. Dans le hall, son père et son frère Laurie brossaient leurs chapeaux, prêts à partir pour le bureau.

« Dis donc, Laura, fit Laurie, très vite, tu pourrais donner un petit coup d'œil à mon veston avant cet après-midi. Regarde s'il a besoin d'un coup de fer.

— Entendu ! » dit-elle. Tout à coup, elle ne put se retenir. Elle courut vers Laurie, le prit vivement dans ses bras. « Oh ! j'adore les fêtes. Et toi ? dit-elle, palpitante.

— Et comment ! » répondit Laurie de sa voix jeune et chaleureuse, et il étreignit vivement aussi sa sœur et la poussa doucement. « File au téléphone, ma vieille ! »

Au téléphone : « Oui, oui ; oh oui ! C'est Kitty ? Bonjour, chérie. Venir déjeuner ? Mais certainement, chérie. Enchantée, cela va sans dire. Ce ne sera qu'un repas de rien du tout… seulement des miettes de sandwiches, des morceaux de meringues et ce qui restera. Oui, n'est-ce pas, c'est une matinée idéale! La robe blanche? Oh! moi je la mettrais. Un instant... Ne quitte pas, maman m'appelle. » Laura se redressa. « Qu'est-ce que c'est, maman? Je n'entends pas. »

La voix de Mrs. Sheridan vint, légère et lointaine : « Dis-lui de mettre ce délicieux chapeau qu'elle portait dimanche dernier.

— Maman dit qu'il faut que tu mettes ce délicieux chapeau que tu portais dimanche dernier. Bon. Une heure. A bientôt... »

Laura raccrocha le récepteur, leva les bras au-dessus de sa tête, respira profondément, s'étira, les laissa retomber. « Ouf! » soupira-t-elle, et vivement elle se redressa. Elle resta immobile, écoutant. On aurait cru que toutes les portes étaient ouvertes. La maison entière semblait animée de pas doux et rapides, de voix pressées. La porte capitonnée de serge verte qui conduisait aux domaines des cuisines s'ouvrait d'un coup et se refermait avec un choc amorti. Et maintenant s'élevait un son prolongé, ricaneur et cocasse. C'était le lourd piano qu'on poussait sur ses roulettes grinçantes. Et puis, l'air! Si l'on y prêtait attention, l'air était-il toujours comme cela? De petites brises légères jouaient à se poursuivre au haut des fenêtres, à se faufiler par les portes. Et il y avait deux minuscules taches de soleil qui jouaient aussi, l'une sur l'encrier, l'autre sur le cadre d'argent d'une photographie. Adorables petites taches. Surtout celle du couvercle de l'encrier. Elle était toute chaude. Une chaude petite étoile d'argent. Laura l'aurait embrassée.

La sonnette de la porte d'entrée carillonna et on entendit sur l'escalier bruire la jupe à motifs de Sadie. Une voix d'homme murmurait ; Sadie répondit avec insouciance :

« Je n'en sais rien, ma foi ! Attendez. Je vais demander à Mrs. Sheridan.

— Qu'est-ce que c'est, Sadie ? » Laura entra dans le vestibule.

« C'est le fleuriste, Miss Laura. »

C'était lui, en effet. Là, juste devant la porte, s'étalait un large plateau peu profond, rempli de pots de lys roses. Aucune autre espèce de fleurs. Rien que des lys... des lys canna, de grandes fleurs roses, largement épanouies, radieuses, vivantes presque à faire peur, sur d'éclatantes tiges cramoisies.

« O-oh, Sadie ! » dit Laura, et l'exclamation ressemblait à une petite plainte. Elle s'accroupit comme pour se chauffer à ce flamboiement de lys ; elle les sentait dans ses doigts, sur ses lèvres, poussant dans sa poitrine.

« Il y a une erreur, dit-elle faiblement. Jamais on n'en a commandé autant. Sadie, allez chercher maman. »

Mais, à cet instant, Mrs. Sheridan les rejoignit.

« Ça va bien, dit-elle avec calme. Oui, je les ai commandés. N'est-ce pas qu'ils sont ravissants ? » Elle pressa le bras de Laura. « Je passais hier devant le magasin et je les ai vus à la devanture. Et tout à coup, je me suis dit : "Une fois dans ma vie, j'aurais des lys canna tant que j'en veux. La garden party sera un excellent prétexte."

— Mais je croyais que tu avais dit que tu ne voulais pas t'en mêler ? » dit Laura. Sadie avait disparu. Le garçon du fleuriste était encore dehors, près de la charrette. Elle passa le bras autour du cou de sa mère et doucement, tout doucement, elle lui mordilla l'oreille.

« Mon enfant chérie, tu ne voudrais pas avoir une mère logique, n'est-ce pas ? Ne fais pas ça ! Le voilà. »

Il apportait encore des lys, un autre plateau tout rempli.

« Entassez-les juste après la porte, des deux côtés du porche, s'il vous plaît, dit Mrs. Sheridan. Tu n'es pas d'accord, Laura ?

— Oh si, bien sûr, maman. »

Dans le salon, Meg, Josée et le brave petit domestique Hans avaient enfin réussi à déplacer le piano.

« Maintenant, si nous mettions le canapé contre le mur, et si nous sortions tous les meubles de la pièce, excepté les chaises, qu'en pensez-vous ?...

— Parfait !

— Hans, mettez ces tables dans le fumoir, et apportez un balai pour enlever ces traces sur le tapis, et... un instant, Hans... »

Josée adorait donner des ordres aux domestiques et ils adoraient lui obéir. Elle leur faisait toujours sentir qu'ils prenaient part à quelque drame.

« Dites à maman et à Miss Laura de venir ici, tout de suite...

— Très bien, Miss Josée. »

Elle se tourna vers Meg. « Je veux me rendre compte du son du piano, au cas où on me demanderait de chanter cet après-midi. Essayons *La vie nous lasse*.

Poum ! Ta-ta-ta-ti-ta ! Le piano éclata en un air

si passionné que le visage de Josée changea. Elle joignit les mains. Elle regarda sa mère et Laura d'un air désolé et énigmatique lorsqu'elles entrèrent.

La vie nous la...asse,
Une larme... un soupir,
Un amour qui pa...asse,
La vie nous lasse,
Une larme... un soupir,
Un amour qui pa...asse,
Et puis... partir!

Mais au mot « partir », et bien que le son du piano fût plus désespéré que jamais, un sourire éclatant, complètement déplacé, illumina sa figure.

« Ne suis-je pas bien en voix, maman? » dit-elle rayonnante.

La vie nous la...asse,
L'espoir vient pour mourir,
On rêve... on s'éveille...

Mais Sadie les interrompit.

« Qu'y a-t-il, Sadie?

— Pardon, Ma'me, la cuisinière demande si Madame a les petites étiquettes pour les canapés?

— Les petites étiquettes pour les canapés, Sadie? » répéta, comme un écho rêveur, Mrs. Sheridan. Les enfants virent à sa figure qu'elle ne les avait pas.

« Voyons un peu... »

Puis elle dit à Sadie d'un ton ferme :

« Dites à la cuisinière que je les lui enverrai dans dix minutes. »

Sadie sortit.

« A présent, Laura, lui dit vivement sa mère, viens au fumoir avec moi. J'ai noté ces noms quelque part au dos d'une enveloppe. Il faut que tu me les recopies. Meg, monte tout de suite et ôte de ta tête cette chose mouillée. Josée, cours finir de t'habiller, immédiatement. Entendez-vous, les enfants, ou va-t-il falloir que je le dise à votre père quand il rentrera ce soir ? Et puis… et puis, Josée, calme un peu la cuisinière si tu entres dans la cuisine, veux-tu ? Elle me fait une peur bleue ce matin. »

On retrouva finalement l'enveloppe derrière la pendule de la salle à manger, bien que Mrs. Sheridan ne pût imaginer comment elle était allée se fourrer là.

« Les enfants, l'une de vous a dû me la voler dans mon sac, parce que je me souviens très nettement… fromage blanc et gelée au citron. C'est fait.

— Oui.

— Œuf dur et… »

Mrs. Sheridan tint l'enveloppe éloignée d'elle. « On dirait "souris". Ça n'est pas possible que ce soit "souris", n'est-ce pas ?

— "Olive", mon chou, dit Laura, en regardant par-dessus son épaule.

— Oui, c'est "olive", naturellement. Quel horrible mélange ! "Œuf dur et olive." »

Les étiquettes furent enfin achevées et Laura les emporta à la cuisine. Elle y trouva Josée en train de calmer la cuisinière, qui n'avait pas du tout l'air terrible.

« Jamais je n'ai vu de canapés si délicieux, dit la voix extasiée de Josée. Combien d'espèces avez-vous dit qu'il y en avait ? Quinze ?

— Quinze, Miss Josée.

— Eh bien, je vous félicite. »

La cuisinière balaya les miettes avec le long couteau à pain et eut un large sourire.

« L'homme de chez Godber est là », annonça Sadie en sortant de l'office. Elle l'avait vu passer devant la fenêtre.

Cela voulait dire que les choux à la crème étaient arrivés. La pâtisserie Godber était renommée pour ses choux à la crème. Personne n'aurait jamais pensé à en faire chez soi.

« Apportez-les et mettez-les sur la table, ma fille », commanda la cuisinière.

Sadie les apporta et retourna à la porte. Il va de soi que Josée et Laura étaient bien trop grandes pour se préoccuper vraiment de pareilles choses. Tout de même force leur fut de convenir que les choux avaient l'air appétissants. La cuisinière se mit à les arranger, à faire tomber le surplus du sucre glace.

« Ne te rappellent-ils pas les fêtes d'autrefois ? dit Laura.

— Sans doute, dit la positive Josée qui n'aimait pas regarder en arrière. Ils ont l'air admirablement légers, de vraies plumes, je dois l'avouer.

— Prenez-en donc un chacune, mes mignonnes, dit la cuisinière de sa voix confortable. Vot' maman n'en saura rien. »

Oh ! impossible. Songez un peu, des choux à la crème si tôt après le déjeuner. La seule pensée vous faisait frémir. Tout de même, deux minutes après, Josée et Laura se léchaient les doigts avec cette expression de concentration intérieure que seule peut donner la crème fouettée.

« Allons au jardin, en passant par-derrière, suggéra Laura. Je veux voir où en sont les ouvriers avec la tente. Ils sont tellement gentils. »

Mais la porte de service était obstruée par la cuisinière, Sadie, le garçon de chez Godber et Hans.

Il était arrivé quelque chose.

« *Tohk, tohk, tohk...* », caquetait la cuisinière, comme une poule excitée.

Sadie se tenait la joue comme si elle avait mal aux dents. Hans plissait son visage en faisant un effort pour comprendre. Seul le garçon de chez Godber paraissait jouir de la situation. C'était lui qui contait l'histoire.

« Qu'y a-t-il ? Qu'est-il arrivé ?

— Il y a eu un accident épouvantable, dit la cuisinière. Un homme a été tué.

— Un homme tué ! Où ? Comment ? Quand ? »

Mais le garçon de chez Godber n'allait pas se laisser souffler son histoire, comme ça, sous le nez.

« Vous connaissez ces petites maisons, juste en dessous, Miss ? » Si elle les connaissait ? Mais naturellement.

« Eh bien, y a un jeune gars, un nommé Scott, un charretier. Son cheval a fait un écart devant un tracteur automobile ce matin, au coin de Hawke Street, et lui, il a été projeté, il est tombé sur la nuque. Tué net.

— Mort ! » Laura regardait fixement le garçon de chez Godber. « Mort quand on l'a relevé, dit le garçon de chez Godber, comme s'il savourait sa phrase. On emportait le corps chez eux, le moment que je venais ici. » Et il dit à la cuisinière :

« Il laisse une femme et cinq gosses.

— Josée, viens ici. » Laura saisit la manche de sa sœur et, traversant la cuisine, l'entraîna de l'autre côté de la porte capitonnée de serge verte. Là, elle s'arrêta et s'appuya contre elle.

« Josée ! dit-elle avec horreur, comment allons-nous faire pour tout arrêter ?

— Tout arrêter, Laura ? cria Josée stupéfaite. Que veux-tu dire ?

— Arrêter la garden party, bien entendu. » Pourquoi Josée faisait-elle semblant de ne pas comprendre ? Mais Josée était encore plus stupéfaite qu'avant.

« Arrêter la garden party ? Ma chère Laura, ne sois pas si absurde. On ne peut pas faire une chose pareille. Personne n'attend cela de nous. Ne sois pas si extravagante.

— Mais il n'est pas possible que nous donnions une garden party alors qu'un homme vient de mourir juste à notre porte. »

C'était vraiment extravagant, puisque les petites maisons se trouvaient à l'écart dans une ruelle, au pied même d'une pente abrupte qui montait jusqu'à la maison. Une large route les en séparait. Il est vrai qu'elles étaient beaucoup trop près. Elles gâchaient complètement la vue et n'avaient, dans ce quartier-là, aucun droit à l'existence. C'étaient de misérables petites demeures peintes en brun chocolat. Dans leurs jardinets, on ne voyait que des tiges de choux, des poules maladives et des boîtes de conserves de tomates. Même la fumée qui sortait de leurs cheminées avait un air indigent. Ces petits lambeaux, ces débris de fumée étaient bien différents des grands panaches argentés qui se déroulaient au sortir des cheminées des Sheridan. Dans la ruelle habitaient des blanchisseuses, des ramoneurs et un homme dont la maison avait sa façade toute couverte de minuscules cages d'oiseaux. Les enfants fourmillaient. Quand les Sheridan étaient petits, il leur était défendu de mettre le pied dans ce chemin à cause du langage odieux qu'on y entendait et des maladies qu'ils auraient pu attraper. Mais, depuis qu'ils avaient grandi, Laura et Laurie dans leurs escapades y passaient quelquefois. C'était dégoûtant et sordide. Ils en sortaient avec un frisson. Mais cependant il fallait bien aller partout ; il fallait tout voir. Donc ils y allaient.

« Pense un peu à l'effet que ferait le bruit de l'orchestre sur cette pauvre femme, dit Laura.

— Oh ! Laura ! » Josée commençait à être sérieusement agacée. « Si tu te mets à empêcher un orchestre de jouer chaque fois qu'il arrive un accident à quelqu'un, tu mèneras une vie bien difficile. Je regrette cette catastrophe tout autant que toi. Je me sens tout aussi émue. » Ses yeux devinrent durs. Elle regarda sa sœur comme elle le faisait quand elles étaient petites et qu'elles se battaient.

« Tu ne ressusciteras pas un ouvrier ivre par ta sentimentalité ! dit-elle doucement.

— Ivre ! Qui a dit qu'il était ivre ? »

Laura se tourna furieuse vers Josée. Elle dit, exactement comme elles en avaient eu coutume dans ces moments-là :

« Je m'en vais tout droit le dire à maman.

— Vas-y, chérie, roucoula Josée.

— Maman, puis-je entrer dans ta chambre ? » Laura tourna le gros bouton de verre de la porte.

« Certainement, ma petite. Quoi, qu'est-ce

qu'il y a ? Qu'est-ce qui t'a donné des couleurs pareilles ? » Et Mrs. Sheridan se détourna de sa coiffeuse. Elle essayait un chapeau neuf.

« Maman, un homme vient d'être tué, commença Laura.

— Pas dans le jardin, au moins ? interrompit sa mère.

— Non, non !

— Oh ! quelle peur tu m'as faite ! » Mrs. Sheridan poussa un soupir de délivrance, ôta le grand chapeau et le tint sur ses genoux.

« Mais écoute, maman », dit Laura. Hors d'haleine, étouffant à moitié, elle raconta la terrible histoire.

« Nous ne pouvons pas donner notre fête, bien sûr, n'est-ce pas ? dit-elle. Avec l'orchestre et tous les invités qui arriveront. On nous entendrait, maman ; ce sont presque nos voisins ! »

Au grand étonnement de Laura, sa mère fit exactement comme Josée ; ce fut plus dur à supporter, parce qu'elle paraissait amusée et refusait de prendre Laura au sérieux.

« Mais, ma chère enfant, fais appel à ton bon sens. Ce n'est que par hasard que nous avons appris la chose. Si quelqu'un était mort là-bas d'une façon normale — et je ne peux pas comprendre comment ils arrivent à rester en vie dans ces trous misérables —, nous ne renoncerions pas à donner notre fête, n'est-il pas vrai ? »

Laura dut répondre « oui », mais elle avait le sentiment que tout cela n'allait pas. Elle s'assit dans le canapé de sa mère et pinça le volant du coussin.

« Maman, n'est-ce pas très dur de notre part ? demanda-t-elle.

— Ma chérie ! » Mrs. Sheridan se leva et vint vers elle, portant le chapeau. Avant que Laura eût pu l'arrêter, elle l'en avait prestement coiffée.

« Mon enfant, dit-elle, ce chapeau t'appartient. Il est fait pour toi. Il fait trop jeune pour moi. Tu n'as jamais tant ressemblé à un tableau. Regarde-toi donc ! » Et elle lui tendit son miroir.

« Mais, maman… », recommença Laura. Elle ne put pas se regarder ; elle se détourna.

Cette fois, Mrs. Sheridan perdit patience, tout comme l'avait fait Josée. « Tu es en train de te rendre ridicule, Laura, dit-elle froidement. Des gens comme ça ne s'attendent pas à des sacrifices de notre part. Et ce n'est pas très sympathique de gâter le plaisir de tout le monde, comme tu le fais en ce moment.

— Je ne comprends pas », dit Laura ; et elle sortit vivement de la pièce et entra dans sa chambre à coucher. Là, par un pur hasard, la première chose qu'elle vit fut l'image, dans la glace, de cette charmante jeune fille sous son chapeau noir orné de pâquerettes d'or et d'un long ruban de velours noir. Jamais elle n'avait imaginé qu'elle pouvait être aussi jolie. « Maman aurait-elle raison ? » pensa-t-elle. Maintenant, elle espérait que oui. « Ai-je des idées extravagantes ? » Peut-être en avait-elle. Un bref instant, elle eut une autre vision de cette pauvre femme, de ces petits enfants, du corps qu'on apportait dans cette maison. Mais tout cela semblait confus, irréel, comme une image dans un journal. « Je m'en ressouviendrai quand la fête sera finie », décida-t-elle. Et cela lui parut, en quelque sorte, la meilleure solution…

A une heure et demie, le déjeuner était terminé. A deux heures et demie, ils étaient tous sur le pied de guerre. Les musiciens en habit vert étaient arrivés et s'étaient installés dans un coin du court de tennis.

« Ma chère ! gazouilla Kitty Maitland, ne dirait-on pas des grenouilles ? Vous auriez dû les mettre autour du petit lac et placer au milieu le chef d'orchestre sur une feuille ! »

Laurie arriva et, en allant s'habiller, interpella gaiement les jeunes filles. A sa vue, Laura se rappela l'accident. Elle voulut lui en parler. Si Laurie était de l'avis des autres, c'est que certainement tout allait bien. Et elle le suivit dans le vestibule.

« Laurie !

— Oui ! » Il était à mi-hauteur de l'escalier, mais en se retournant et en voyant Laura, il gonfla tout à coup ses joues et arrondit ses yeux pour la regarder. « Ma parole, Laura ! tu es vraiment superbe, dit-il. C'est un chapeau absolument formidable ! »

Laura dit faiblement : « C'est vrai ? », sourit à Laurie et, après tout, ne lui dit rien.

Bientôt, les invités commencèrent à arriver en flots continus. L'orchestre se mit à jouer, les domestiques engagés pour la circonstance couraient de la maison à la tente. Partout où on jetait les yeux, il y avait des couples qui flânaient, se penchaient vers les fleurs, se saluaient, parcouraient la pelouse. Ils ressemblaient à d'éclatants oiseaux qui se seraient posés dans le jardin des Sheridan, pour cet après-midi seulement, en voyage pour… où donc ? Ah ! Quel bonheur d'être avec des gens qui sont tous heureux, de serrer des mains, de presser des joues, de sourire à des regards.

« Laura chérie, que vous êtes jolie !

— Comme ce chapeau vous va bien, ma petite !

— Laura, vous avez un air tout à fait espagnol. Je ne vous ai jamais vue si belle ! »

Et Laura, rayonnante, répondait doucement : « Avez-vous pris du thé ? Voulez-vous de la glace ? Je vous assure que les glaces aux fruits, c'est vraiment quelque chose. » Elle courait vers son père et suppliait : « Papa chéri, est-ce qu'on ne peut pas donner quelque chose à boire aux musiciens ? »

Et la parfaite après-midi s'épanouit lentement, lentement se fana, lentement referma ses pétales.

« Jamais vu une plus délicieuse garden party... Le plus grand succès... Vraiment le plus parfait... »

Laura aidait sa mère à recevoir les compliments d'adieu. Elles restèrent debout l'une près de l'autre sous le proche jusqu'à ce que tout fût terminé.

« Fini, c'est fini, grâce au ciel ! dit Mrs. Sheridan. Va rassembler les autres, Laura, Allons prendre du café. Je suis épuisée. Oui, tout a parfaitement réussi. Mais oh ! ces réceptions, ces réceptions ! Pourquoi insistez-vous, les enfants, pour donner des fêtes ? » Ils s'assirent tous sous la tente déserte.

« Un canapé, papa ? C'est moi qui ai copié l'étiquette.

— Merci. » Mr. Sheridan n'en fit qu'une bouchée et le canapé disparut. Il en prit un autre.

« Je pense que vous n'avez pas entendu parler d'un affreux accident qui est arrivé ce matin ? dit-il.

— Mon cher ami, dit Mrs. Sheridan, levant la

main, nous l'avons appris. Il a faillit être la ruine de notre fête. Laura voulait absolument que nous la remettions.

— Oh ! maman ! » Laura n'avait pas envie qu'on la taquinât à ce sujet.

« Tout de même, c'est une triste histoire, dit Mr. Sheridan. Ce garçon-là était marié, par-dessus le marché. Il vivait en dessous dans cette ruelle, et il laisse une femme et une demi-douzaine de gosses, à ce qu'on dit. »

Un petit silence embarrassant tomba. Mrs. Sheridan remuait nerveusement sa tasse. Vraiment, c'était de la part de papa un manque de tact...

Soudain, elle leva les yeux. Là, sur la table, s'étalaient tous ces canapés, ces gâteaux, ces choux à la crème, qui restaient intacts, tout allait être perdu. Une de ses brillantes idées lui vint.

« Voilà, dit-elle. Remplissons un panier. Envoyons à cette pauvre créature une partie de ces bonnes choses. En tout cas, ce sera un régal pour les enfants. N'êtes-vous pas de cet avis ? Et elle ne peut manquer d'avoir des visites de voisins et tout ce qui s'ensuit. Ça sera bien d'avoir tout cela prêt. Laura ! » Elle se leva d'un bond. « Va me chercher le grand panier dans le placard, sous l'escalier.

— Mais, maman, crois-tu vraiment que ce soit une bonne idée ? » dit Laura.

De nouveau, que c'était curieux ! Elle semblait être différente de tous les autres. Apporter là-bas les reliefs de leur fête ! Cela ferait-il vraiment plaisir à la pauvre femme ?

« Naturellement ! Qu'as-tu donc aujourd'hui ? Il y a une heure ou deux, tu insistais pour que nous témoignions de notre sympathie et à présent... »

Oh ! d'accord ! Laura courut chercher le panier. Il fut rempli, il fut bourré par sa mère.

« Porte-le-lui toi-même, ma chérie, dit-elle. Cours là-bas, comme tu es. Non, attends, prends aussi ces arums. Les arums impressionnent toujours les gens de cette classe.

— Les tiges vont abîmer sa robe de dentelle », dit la positive Josée.

Et en effet. Juste à temps. « Rien que le panier, alors. Et puis, Laura !... » Sa mère la suivit comme elle quittait la tente.

« Ne va sous aucun prétexte...

— Quoi donc, maman ?. »

Non, il valait mieux ne pas mettre des idées pareilles dans la tête d'une enfant ! « Rien ! Va, cours. »

Le crépuscule commençait à tomber comme Laura refermait la grille de leur jardin. Un gros chien passa en courant, pareil à une ombre. La route luisait toute blanche et là-bas, dans le creux, les petites maisons étaient plongées dans une obscurité profonde. Comme tout semblait tranquille après cette journée ! Voilà qu'elle descendait la colline, allant quelque part où un homme gisait mort, et elle ne parvenait pas à saisir la réalité de ce fait. Pourquoi ne le pouvait-elle pas ? Elle s'arrêta une minute. Et il lui sembla que les baisers, les voix, les tintements des cuillères, les rires, l'odeur de l'herbe piétinée étaient, elle ne savait comment, en elle. Il n'y avait pas de place pour autre chose. Que c'était étrange ! Elle leva les yeux vers le ciel pâle, et la seule pensée qui lui vînt fut celle-ci : « Oui, c'était la fête la plus réussie. »

Maintenant, elle avait traversé la large route. La ruelle s'ouvrait, enfumée et sombre. Des femmes enveloppées de châles, coiffées de casquettes d'ouvriers, passaient en se hâtant. Des hommes se penchaient par-dessus les clôtures : les enfants jouaient sur le pas des portes. Un bourdonnement étouffé venait des misérables petites maisons. Quelques-unes laissaient voir une lumière vacillante et une ombre passait, pareille à un crabe, contre la fenêtre. Laura baissa la tête et pressa le pas. Elle regrettait à présent de n'avoir pas mis de manteau. Comme sa robe brillait ! et ce grand chapeau aux rubans de velours flottants... si c'était seulement un autre chapeau ! Est-ce que les gens la regardaient ? Sans doute. C'était une erreur que d'être venue ; tout le temps, elle avait eu conscience que c'était une erreur. Fallait-il s'en retourner, même à présent ?

Non, il était trop tard. C'était cette maison-là. Ce devait être elle. Un sombre groupe de gens se tenait à l'extérieur. A la porte du jardin une vieille, vieille femme, avec une béquille, était assise sur une chaise et montait la garde. Elle avait les pieds posés sur un journal. Les voix se turent quand Laura approcha. Le groupe se sépara. C'était comme si elle avait été attendue, comme s'ils avaient su qu'elle allait venir.

Laura était terriblement gênée. Rejetant le ruban de velours sur son épaule, elle dit à une femme qui se trouvait là :

« Est-ce la maison de Mrs. Scott ? » Et la femme, avec un singulier sourire, répondit : « Oui, ma fille. »

Oh ! être loin de tout cela ! Elle en vint à dire : « Aide-moi, mon Dieu ! » en remontant l'étroite petite allée et en frappant à la porte. Être loin de ces yeux qui la dévisageaient, ou bien être couverte de n'importe quoi, même du châle d'une de ces femmes ! « Je ne ferai que laisser le panier et je m'en irai, décida-t-elle. Je n'attendrai même pas qu'on l'ait vidé. »

Alors, la porte s'ouvrit. Une petite femme on noir parut dans la pénombre.

Laura dit :

« Êtes-vous Mrs. Scott ? »

Mais, à son horreur, la femme répondit :

« Entrez, s'il vous plaît, Miss. »

Et elle se trouva enfermée dans le corridor.

« Non, dit Laura, je ne veux pas entrer. Je voudrais seulement laisser ce panier. Maman a envoyé... »

La petite femme, dans le corridor obscur, sembla ne pas l'avoir entendue. « Par ici, s'il vous plaît, Miss », dit-elle d'une voix onctueuse, et Laura la suivit.

Elle se trouva dans une misérable petite cuisine basse éclairée par une lampe qui fumait. Il y avait là une femme assise devant le feu.

« Em, dit la petite créature qui avait introduit Laura. Em, c'est une demoiselle. »

Elle se tourna vers la visiteuse. Elle dit d'un ton significatif :

« J'suis sa sœur, Miss. Vous l'excuserez bien, pas ?

— Oh ! mais naturellement, dit Laura. Je vous en prie, je vous en prie, ne la dérangez pas. Je... je veux seulement laisser... »

Mais à ce moment la femme assise près du feu se retourna. Son visage boursouflé, rouge, les yeux gonflés, les lèvres enflées, paraissait terrible.

Elle semblait ne pas pouvoir comprendre pourquoi Laura se trouvait là. Qu'est-ce que cela signifiait ? Pourquoi cette étrangère était-elle dans sa cuisine, un panier à la main ? Qu'est-ce que tout cela signifiait ? Et la pauvre figure se contracta de nouveau.

« Ça va bien, ma chère, dit l'autre, je dirai merci à la demoiselle. »

Et elle recommença : « Vous l'excuserez bien, Miss, pour sûr... »

Son visage, enflé lui aussi, ébaucha un mielleux sourire.

Laura ne voulait que sortir, que s'en aller. Elle se trouva de nouveau dans le corridor. Une porte s'ouvrit. Elle entra tout droit dans la chambre où le mort reposait.

« Vous jetterez bien un coup d'œil, pas vrai ? dit la sœur d'Em et, frôlant Laura, elle avança vers le lit. N'ayez pas peur, ma fille... » Maintenant sa voix avait un accent de douceur et de ruse et, d'un geste tendre, elle rabattit le drap.

« Il est beau comme une image. Y a rien qui se voie. Approchez un peu, ma petite. »

Laura approcha.

Un jeune homme était couché là, tout à fait endormi... dormant si parfaitement, si profondément, qu'il était loin, très loin d'elles. Oh ! si loin, si paisible ! Il rêvait. Ne le réveillez plus jamais ! Sa tête s'enfonçait dans l'oreiller, ses yeux étaient clos ; ils étaient aveugles sous les paupières baissées. Il s'abandonnait à son rêve. Que lui importaient les garden parties, les paniers, les robes à dentelles ? Il était bien loin de toutes ces choses. Il était magnifique, il était beau. Pendant qu'ils riaient, eux, et que l'orchestre jouait, cet être merveilleux était venu dans la ruelle. « Heureux... heureux... Tout est bien... », disait ce visage endormi. « C'est comme ce devait être. Je suis satisfait. »

Mais cependant, on ne pouvait s'empêcher de pleurer, et Laura ne pouvait pas quitter la chambre sans lui dire, à lui, quelque chose. Elle eut un sanglot d'enfant :

« Pardon pour mon chapeau », dit-elle.

Et cette fois, elle n'attendit pas la sœur d'Em. Elle trouva son chemin pour gagner la porte, descendre l'allée, passer devant tous ces gens dans l'ombre. Au coin de la ruelle, elle rencontra Laurie. Sortant de l'obscurité, il vint à elle.

« Est-ce toi, Laura ?

— Oui.

— Maman commençait à être inquiète. Tout s'est bien passé ?

— Oui, très bien. Oh ! Laurie ! » Elle prit son bras, se serra contre lui.

« Voyons, tu ne pleures pas, dis ? » demanda son frère.

Laura secoua la tête. Elle pleurait.

Laurie passa le bras autour de son épaule.

« Ne pleure pas, dit-il de sa voix chaude et pleine d'affection. Est-ce que c'était affreux ?

— Non, sanglota Laura. C'était merveilleux, simplement. Mais, Laurie... »

Elle s'arrêta, elle regarda son frère.

« N'est-ce pas que la vie, balbutia-t-elle, n'est-ce pas que la vie... »

Mais ce qu'était la vie, elle fut incapable de l'expliquer. N'importe. Il comprit parfaitement.

« Oui, n'est-ce pas, chérie ? » dit-il.

Les filles de feu le colonel

« The Daughters of the Late Colonel »

I

La semaine qui suivit fut l'une des plus chargées de leur existence. Même quand elles se mettaient au lit, leurs corps seuls s'y étendaient et reposaient ; leurs esprits continuaient à réfléchir, à discuter, à se poser des questions, à décider, à essayer de se souvenir où...

Constance gisait telle une statue, les mains sur les côtés, les pieds à peine croisés, le drap relevé jusqu'au menton. Elle fixait le plafond.

« Crois-tu que père serait fâché si nous donnions son chapeau haut de forme au concierge ?

— Au concierge ? ripostait hargneusement Joséphine. Pourquoi donc au concierge ? En voilà une idée extraordinaire !

— Parce que, dit lentement Constance, il doit souvent être obligé d'assister à des enterrements. Et j'ai remarqué au... au cimetière qu'il n'avait qu'un chapeau melon. » Elle s'arrêta.

« Alors, j'ai pensé qu'il apprécierait beaucoup un chapeau haut de forme. Et puis aussi, nous devrions lui faire un cadeau. Il a toujours été très gentil avec père.

— Mais, cria Joséphine, bondissant sur son oreiller et fixant Constance à travers l'ombre. Le tour de tête de père! » Et soudain, pendant un instant terrible, elle fut sur le point de céder au fou rire. Non pas, bien entendu, qu'elle en eût la moindre envie. Ce devait être l'habitude. Autrefois, quand elles restaient éveillées la nuit à causer, leurs lits tout entiers en étaient secoués. Voilà maintenant la tête du concierge disparaissant, éteinte comme une chandelle sous le chapeau de père... Le fou rire montait, montait; elle crispa les mains; elle le domina; les sourcils froncés, elle regarda l'obscurité d'un air farouche et dit : « Rappelle-toi! » avec une terrible sévérité.

« Nous pouvons décider ça demain », dit-elle.

Constance n'avait rien remarqué; elle soupira :

« Penses-tu que nous devrions faire teindre aussi nos robes de chambre?

— En noir? cria presque Joséphine.

— Naturellement, dit Constance. Je me disais... que ça n'a pas l'air tout à fait sincère, en un sens, de porter le deuil quand nous sortons et quand nous sommes en toilette, et puis, quand nous sommes à la maison, de...

— Mais personne ne nous voit », dit Joséphine. Elle tira si brusquement le dessus-de-lit que ses deux pieds se découvrirent et qu'il lui fallut se hausser sur l'oreiller pour les rentrer tout à fait.

« Kate nous voit, répondit Constance. Et le facteur pourrait bien aussi... »

Joséphine pensa à ses pantoufles grenat, si bien assorties à sa robe de chambre, et à celles que Constance préférait, de ce vert incertain qui convenait à la sienne. Noires! Deux robes noires, deux paires de pantoufles de laine noire, se glissant dans la salle de bains comme deux chats noirs.

« Je ne trouve pas que ce soit absolument nécessaire », dit-elle.

Un silence. Puis Constance reprit :

« Il faudra expédier demain les journaux où l'annonce a paru, pour attraper le courrier de Ceylan… Combien avons-nous reçu de lettres jusqu'à maintenant ?

— Vingt-trois. »

Joséphine avait répondu à toutes ; et, vingt-trois fois, en arrivant à la phrase : « Notre cher père nous manque tellement », elle s'était effondrée, avait dû tirer son mouchoir et même, sur certaines pages, résorber avec le bord du papier-buvard une larme d'un bleu très pâle. Étrange ! Il n'était pas possible qu'elle eût volontairement… mais vingt-trois fois pourtant ! Même à présent, quand elle se répétait avec tristesse : « Notre cher père nous manque *tellement* », elle aurait pu pleurer, si elle avait voulu.

« As-tu assez de timbres ? demanda Constance.

— Oh ! comment veux-tu que je le sache ? répliqua Joséphine avec mauvaise humeur. Pourquoi me demander ça maintenant ?

— Je me le demandais seulement », dit Constance avec douceur.

De nouveau, le silence. On entendit un petit bruissement, une course précipitée, un saut léger.

« Une souris, dit Constance.

— Ça ne peut pas être une souris, puisqu'il n'y a pas de miettes.

— Mais elle ignore qu'il n'y en a pas », répondit Constance.

Une brusque pitié lui serra le cœur. Pauvre petite bête ! Elle regretta de n'avoir pas laissé un bout de biscuit sur la coiffeuse. C'était affreux de se dire que la souris ne trouverait rien du tout. Que ferait-elle ?

« Je ne peux pas comprendre comment elles font pour vivre, dit-elle lentement.

— Qui ? » demanda Joséphine d'un ton impérieux.

Et Constance répliqua plus haut qu'elle ne voulait : « Les souris. »

Joséphine devint furieuse.

« Oh, quelle sottise, Connie ! Qu'est-ce que viennent faire là les souris ? Tu dors.

— Je ne crois pas », dit Constance. Elle ferma les yeux pour s'en assurer. Elle dormait.

Joséphine arqua le dos, remonta les genoux, croisa les bras si haut que ses poings touchèrent ses oreilles et pressa vigoureusement sa joue contre l'oreiller.

II

Une chose encore compliquait la situation; Nurse Andrews passait la semaine chez elles. C'était bien leur faute. Elles le lui avaient demandé. C'était l'idée de Joséphine. Le matin de la… bref, le dernier matin, après le départ du docteur, Joséphine avait dit à Constance :

« Ne trouves-tu pas que ce serait plutôt gentil de demander à Nurse Andrews de rester encore une semaine mais comme invitée?

— Très gentil, répondit Constance.

— Voilà ce que j'ai pensé, continua précipitamment Joséphine, je lui dirais simplement cet après-midi après l'avoir payée : "Ma sœur et moi serions très heureuses, après tout ce que vous avez fait pour nous, Nurse Andrews, si vous vouliez bien demeurer ici encore huit jours, en invitée." Il faudrait que je dise ça, "en invitée", pour le cas où…

— Oh! mais elle ne pourrait pourtant pas s'attendre à être payée! cria Constance.

— On ne sait jamais », dit avec sagacité Joséphine.

Naturellement, Nurse Andrews avait saisi cette offre au vol. Mais c'était bien ennuyeux. Cela les obligeait à prendre leurs repas correctement à table et à heures fixes, tandis que, si elles avaient été seules, elles auraient pu tout bonnement prier Kate, si cela ne la dérangeait pas, de leur apporter un plateau dans la pièce où elles se tenaient. Et le moment des repas, à présent que la tension était tombée, devenait un peu une épreuve.

Car Nurse Andrews, quand il s'agissait de se servir de beurre, était terrible. Vraiment, elles ne pouvaient s'empêcher de penser qu'à cet égard, en tout cas, elle abusait de leur bonté. Et puis, elle avait cette habitude exaspérante de demander un tout petit bout de pain pour finir ce qu'elle avait dans son assiette et ensuite, à la dernière bouchée, comme par inadvertance — mais ce n'était, bien sûr, pas par inadvertance —, de se servir à nouveau. Quand cela lui arrivait, Joséphine devenait très rouge et fixait sur la nappe ses petits yeux ronds comme des billes, comme si elle y voyait ramper quelque étrange et minuscule insecte. Mais le long visage pâle de Constance s'allongeait encore, se figeait ; elle regardait au loin — au loin — là-bas, par-delà le désert, vers l'espace où cette procession de chameaux se dévidait comme un fil de laine...

« Quand j'étais chez lady Tukes, dit Nurse Andrews, elle avait une petite machine si mignonne pour servir le beurre. C'était un petit Amour en argent qui se tenait en équilibre sur le... sur le bord d'un plat de cristal, avec une fourche en miniature à la main. Et quand on voulait du beurre, eh bien, on appuyait tout simplement sur son pied, il se penchait, piquait un morceau et vous le donnait. C'était comme un jeu ! »

A Joséphine, cette histoire parut presque intolérable. Mais tout ce qu'elle dit, ce fut :

« Je trouve ces choses-là parfaitement extravagantes.

— Mais pourquoi donc ? demanda Nurse Andrews, les yeux rayonnants derrière ses lunettes. Personne, pour sûr, ne songeait à prendre plus de beurre qu'il ne lui en faut, n'est-ce pas ?

— Sonne, Connie ! » cria Joséphine. Elle ne se sentait pas assez sûre d'elle-même pour riposter.

Et l'orgueilleuse jeune Kate, la princesse Cendrillon, vint voir ce que réclamaient à présent les vieilles toupies. Elle saisit les assiettes où elles avaient mangé je ne sais quel fade consommé et flanqua sur la table une gelée pâle et tremblante.

« La confiture, s'il vous plaît, Kate », lui dit gentiment Joséphine.

Kate s'agenouilla, ouvrit le buffet avec fracas, souleva le couvercle du pot de confiture, vit qu'il était vide, le mit sur la table et s'en fut à grands pas.

« Je crois bien, dit un instant après Nurse Andrews, qu'il n'y a rien dedans.

— Oh ! que c'est ennuyeux ! » dit Joséphine. Elle se mordit la lèvre. « Que faut-il faire ? »

Constance semblait perplexe. « Nous ne pouvons pas déranger Kate de nouveau », dit-elle d'une petite voix.

Nurse Andrews attendit ; elle souriait en les regardant toutes deux. Ses yeux erraient çà et là, examinant tout derrière ses lunettes. De désespoir, Constance se remit à contempler ses chameaux. Joséphine fronçait énergiquement les sourcils, concentrant ses pensées. Sans cette stupide femme, elle et Constance auraient, bien entendu, mangé leur gelée sans confiture. Tout à coup, l'inspiration lui vint.

« Je sais, dit-elle. De la marmelade d'oranges. Il y en a dans le buffet. Prends-la, Constance.

— J'espère, dit en riant Nurse Andrews — et son rire faisait le bruit d'une cuillère qui tinte contre un verre —, j'espère que ce n'est pas de la marmelade trop amère. »

III

Enfin, après tout, il n'y en avait plus pour longtemps et puis elle s'en irait pour de bon. On ne pouvait guère nier le fait qu'elle avait admirablement soigné papa. Vers la fin elle s'était occupée de lui, nuit et jour. A vrai dire, Constance et Joséphine avaient pensé toutes deux, en leur for intérieur, que la nurse avait un peu exagéré son dévouement au moment suprême. Car, lorsqu'elles étaient entrées pour dire adieu, Nurse Andrews était restée assise tout le temps auprès du lit, tenant le poignet de père et faisant semblant de regarder sa montre. Il n'était pas possible que ce fût nécessaire. De plus, quel manque de tact! Si papa avait voulu leur dire quelque chose... quelque chose de secret... Non pas qu'il eût essayé. Oh! loin de là. Il gisait, la face violacée d'une pourpre sombre et courroucée; il ne leur avait même pas jeté un regard quand elles étaient entrées. Puis, alors qu'elles restaient là, debout, se demandant ce qu'il fallait faire, il avait tout à coup ouvert un œil. Oh! quelle différence cela aurait fait, quelle différence pour le souvenir qu'elles gardaient de lui! et comme il eût été plus facile de raconter aux gens cet instant, si seulement il les avait ouverts tous les deux ! Mais non — rien qu'un œil. Cet œil les avait fixées avec fureur un moment et puis... s'était éteint.

IV

A cause de ce fait, elles s'étaient trouvées fort gênées quand Mr. Farolles, le pasteur de l'église Saint-Jean, leur avait rendu visite le même après-midi.

« La fin, j'aime à le croire, a été tout à fait paisible ? » Ce furent ses premières paroles, tandis qu'il venait vers elles d'un pas silencieux, à travers le salon obscur.

« Tout à fait », répondit Joséphine d'une voix faible. Elles baissaient la tête ; elles étaient l'une et l'autre certaines que cet œil-là n'était pas pacifié du tout.

« Ne voulez-vous pas vous asseoir ? dit Joséphine.

— Je vous remercie, Miss Pinner », répliqua Mr. Farolles d'un air de gratitude. Il releva les pans de sa redingote et commença à se laisser descendre dans le fauteuil de papa, mais, au moment où il touchait le siège, il se releva en bondissant presque pour se glisser dans le fauteuil voisin.

Il toussota. Joséphine joignit les mains, Constance prit un air vague.

« Je voudrais que vous sentiez bien, Miss Pinner, dit Mr. Farolles, ainsi que vous, Miss Constance, que je m'efforce de vous aider. Je désire vous venir en aide à toutes deux, si vous voulez bien me le permettre. De pareils moments sont ceux, dit Mr. Farolles avec beaucoup de simplicité et de sérieux, où Dieu demande que nous nous entraidions.

— Merci beaucoup, Mr. Farolles, répondirent Joséphine et Constance.

— Je vous en prie », reprit Mr. Farolles avec douceur. Il étira ses gants de chevreau entre ses doigts et se pencha en avant. « Et si l'une de vous avait envie de prendre une petite communion, l'une de vous ou bien toutes deux, ici même en ce moment, vous n'avez qu'à me le dire. Une petite communion est souvent d'une grande aide... d'un grand réconfort », ajouta-t-il tendrement.

Mais l'idée d'une petite communion les épouvanta. Quoi ! dans le salon, toutes seules... sans aucun... sans autel, sans rien du tout ! Le piano serait bien trop haut, pensait Constance, Mr. Farolles ne pourrait absolument pas s'incliner par-dessus avec le calice. Et puis, Kate ne manquerait pas d'entrer à l'improviste et d'interrompre, se disait Joséphine. Et si on sonnait à la porte pendant ce temps ? Ce pourrait être pour quelque chose d'important... concernant leurs costumes de deuil. Faudrait-il se lever respectueusement et sortir, ou faudrait-il attendre... à la torture ?

« Peut-être préférerez-vous m'envoyer un mot par votre brave Kate, si vous en avez le désir plus tard, dit Mr. Farolles.

— Oh ! oui, merci beaucoup ! » dirent-elle ensemble.

Mr. Farolles se leva et prit sur le guéridon son chapeau de paille noire.

« Et pour les obsèques, dit-il à mi-voix, je pourrais prendre les dispositions — en ma qualité de vieil ami de votre cher père et de vous, Miss Pinner, et de vous, Miss Constance. »

Joséphine et Constance se levèrent aussi.

« Je désirerais des funérailles très simples, dit Joséphine avec fermeté, et pas trop coûteuses. En même temps, je voudrais... »

« Quelque chose de bon et de durable », pensa Constance dans sa rêverie, comme si sa sœur était en train d'acheter une chemise de nuit. Mais naturellement, ce ne fut pas là ce que dit Joséphine.

« Une cérémonie en rapport avec la position de notre père. » Elle était très agitée.

— Je vais passer chez notre bon ami, Mr. Knight, dit Mr. Farolles d'une voix apaisante. Je lui demanderai de venir vous voir. Je suis persuadé que vous le trouverez d'un très grand secours, certainement. »

V

Bon, en tout cas, cette partie des événements était passée, et pourtant ni l'une ni l'autre ne pouvait se persuader que papa ne reviendrait jamais. Joséphine avait eu un moment d'épouvante absolue au cimetière, lorsqu'on avait descendu le cercueil, à la pensée qu'elle et Constance avaient fait cette chose-là sans lui en demander la permission. Que dirait-il, quand il s'en apercevrait ? Car, tôt ou tard, il ne pouvait manquer de s'en rendre compte. Il savait toujours tout. « Enterré ! Vous m'avez fait *enterrer*, vous deux ! » Elle entendait sa canne frapper. Oh ! que diraient-elles ? Quelle excuse pourraient-elles bien lui faire ? Une chose pareille semblait révéler un manque de cœur si abominable. C'était abuser si cruellement de l'état d'impuissance où quelqu'un se trouvait par hasard. Les autres personnes avaient l'air de considérer ce procédé comme très naturel. Mais c'étaient des étrangers ; on ne pouvait s'attendre à ce qu'ils comprennent que papa était le dernier homme au monde qu'on pût exposer à une telle chose. Non, c'était sur elle et sur Constance que retomberait tout le blâme. Et la dépense ? se disait-elle en montant dans le fiacre hermétiquement clos. Et quand il faudrait lui faire voir la note? Que dirait-il alors?

Elle l'entendait pousser de véritables rugissements :

« Vous vous figurez que je vais payer les frais de vos stupides escapades? »

« Oh! gémit tout haut la pauvre Joséphine, nous n'aurions jamais dû faire ça, Connie! »

Et Constance, blême comme un linge dans cette obscurité, répondit en un murmure de terreur :

« Faire quoi, Jou?

— Les laisser en... enterrer père comme ça, dit Joséphine en s'effondrant; elle pleurait dans son mouchoir neuf, à bordure noire, à la si curieuse odeur.

— Mais qu'est-ce que nous pouvions faire? demanda Constance étonnée. Nous ne pouvions pas le garder, Jou... Nous ne pouvions pas le garder sans l'enterrer; en tout cas, pas dans un petit appartement comme le nôtre. »

Joséphine se moucha; il faisait une chaleur étouffante dans la voiture.

« Je ne sais pas, dit-elle d'un air de détresse. C'est si affreux! Je sens que nous aurions dû essayer, au moins pendant quelque temps. Pour être absolument sûres. Une chose est certaine » — et ses larmes jaillirent de nouveau —, « papa ne nous pardonnera jamais ça... jamais! »

VI

Papa ne leur pardonnerait jamais. C'est ce qu'elles sentaient plus que jamais, lorsque, deux jours après, elles entrèrent le matin dans sa chambre pour passer en revue ses affaires. Elles en avaient parlé avec le plus grand calme ; c'était même inscrit sur la liste des choses à faire, que Joséphine avait dressée : *« Mettre en ordre les affaires de papa et voir comment il faut en disposer. »* Mais c'était tout autre chose de prendre cette décision, ou de dire après déjeuner :

« Eh bien ! es-tu prête, Connie ?

— Oui, Jou... quand tu le seras.

— Alors, je pense qu'il vaudrait mieux en finir. »

Il faisait sombre dans le vestibule. Depuis des années, la règle avait été de ne jamais déranger papa le matin, sous aucun prétexte. Et maintenant, elles allaient ouvrir sa porte, sans même frapper... Les yeux de Constance s'élargissaient démesurément à cette idée ; les genoux de Joséphine fléchissaient.

« Tu... tu y vas la première », dit-elle, haletante, en poussant sa sœur.

Mais Constance répliqua, comme elle l'avait toujours fait en pareil cas :

« Non, Jou, ce n'est pas juste. Tu es l'aînée. »

Joséphine allait invoquer ce que pour rien au monde elle n'aurait voulu reconnaître, l'argument qu'elle conservait comme dernier recours : « Mais tu es la plus grande… » quand elles s'aperçurent que la porte de la cuisine était ouverte et que Kate était là.

« Elle est bien dure », dit Joséphine, en saisissant la poignée et en faisant de son mieux pour la tourner. Mais était-il jamais possible de tromper Kate ?

On n'y pouvait rien. Cette fille-là était… Puis la porte se referma derrière elles, mais… mais elles ne se trouvaient pas du tout dans la chambre de papa. C'était comme si, par erreur, elles étaient entrées à travers le mur dans un autre appartement. La porte était-elle bien derrière elles ? Elles avaient trop peur pour regarder. Joséphine avait conscience qu'en ce cas le battant se tenait de lui-même bien fermé ; Constance sentait que, pareille aux portes qu'on voit dans les rêves, celle-là n'avait pas de bouton du tout. C'était ce froid qui rendait la chose si terrible. Ou cette blancheur ? lequel des deux ? Tout était couvert. Les stores étaient baissés, un linge pendait sur la glace, un drap cachait le lit ; un vaste éventail de papier blanc dissimulait l'âtre. Constance étendit timidement la main ; elle s'attendait presque à y voir tomber un flocon de neige. Joséphine éprouvait un bizarre picotement, comme si son nez était en train de geler. Alors, sur les pavés saillants de la rue, une voiture passa en cahotant et le silence parut se briser en mille morceaux.

« Je ferais mieux de lever un des stores, dit bravement Joséphine.

— Oui, ce pourrait être une bonne idée », chuchota Constance.

Elles touchèrent à peine le store, mais il s'envola, le cordon suivit, s'enroulant autour de la tringle, tandis que le petit pompon cogna la vitre comme pour chercher à se libérer. C'en fut trop pour Constance.

« Ne crois-tu pas... Ne crois-tu pas que nous pourrions remettre ça à plus tard ? murmura-t-elle.

— Pourquoi donc ? riposta Joséphine qui, comme toujours, se sentait beaucoup plus courageuse à présent qu'elle était certaine de la terreur de Constance. Il faut que ce soit fait. Mais je voudrais bien, Connie, que tu ne murmures pas.

— Je ne savais pas que je murmurais, murmura Constance.

— Et puis, pourquoi regardes-tu tout le temps le lit ? dit Joséphine, en élevant la voix, d'un ton presque de défi. Il n'y a rien *sur* le lit.

— Oh ! Jou, ne dis pas ça ! implora la pauvre Connie. Pas si haut, en tout cas. »

Joséphine elle-même eut le sentiment d'être allée trop loin. Par un ample détour, elle atteignit la commode, tendit la main, la retira vivement.

« Connie ! dit-elle, pantelante, et elle tourna sur elle-même et s'appuya le dos à la commode.

— Oh ! Jou... qu'est-ce que c'est ? »

Joséphine ne put que la regarder. Elle avait le sentiment extraordinaire qu'elle venait d'échapper à quelque chose d'effroyable. Mais comment expliquer à Constance que, dans la commode, se trouvait papa ? Il était là, dans le tiroir du haut, avec ses mouchoirs et ses cravates, ou dans le second avec ses chemises et ses pyjamas, ou dans le dernier avec ses costumes. Il guettait caché, là-dedans — il guettait derrière la porte — prêt à bondir.

Elle fit en regardant Constance cette drôle de petite grimace d'autrefois, comme naguère quand elle allait se mettre à pleurer.

« Je ne peux pas ouvrir, gémit-elle.

— Non, n'ouvre pas, Jou, chuchota Constance d'un ton suppliant. Il vaut bien mieux ne pas essayer. N'ouvrons rien du tout. Pas pour longtemps, en tout cas.

— Mais... mais ça a l'air d'une telle faiblesse, dit Joséphine, fondant en larmes.

— Et pourquoi ne pas, pour une fois, se permettre une faiblesse, Jou ? plaida Constance d'une voix basse et vraiment farouche. Si c'est être faible de... »

Son pâle et fixe regard vola du bureau fermé à clef — si solidement — jusqu'à l'énorme et luisante armoire ; elle se mit à respirer d'une façon bizarre, en haletant.

« Pourquoi donc, une fois dans notre vie, ne serions-nous pas faibles, Jou ? C'est tout à fait excusable. Soyons-le, Jou, soyons-le. Il est bien plus agréable d'être faible que d'être fort. »

Alors, elle eut un de ces gestes audacieux comme elle en avait eu deux fois, déjà, dans sa vie ; elle alla d'un pas ferme à l'armoire, tourna la clef et la retira de la serrure. Oui, la retira de la serrure et la tendit à Joséphine, lui prouvant par son extraordinaire sourire qu'elle savait ce qu'elle avait à faire ! Elle avait délibérément affronté le risque de la présence de papa, là-dedans, au milieu de ses pardessus.

Si l'immense armoire s'était soudain penchée

en avant, si elle s'était effondrée sur Constance, Joséphine n'aurait pas été surprise. Au contraire, elle aurait pensé que c'était la seule conséquence logique. Mais rien n'arriva. La chambre parut seulement plus tranquille que jamais et des flots d'air froid tombèrent sur les épaules, sur les genoux de Joséphine. Elle se mit à frissonner.

« Viens, Jou! » dit Constance, toujours avec ce terrible sourire d'insensibilité et d'audace; et Joséphine la suivit, comme elle l'avait fait la dernière fois lorsque Constance avait poussé leur frère Benny dans le bassin.

VII

Mais la tension se fit sentir lorsqu'elles eurent regagné la salle à manger. Elles s'assirent, toutes tremblantes, et se regardèrent.

« Je me sens incapable de rien entreprendre, dit Joséphine, avant d'avoir pris quelque chose. Crois-tu que nous pourrions demander à Kate de nous apporter deux tasses d'eau chaude ?

— Je ne vois vraiment rien qui s'y oppose, répliqua Constance d'un air réfléchi. Elle s'était tout à fait ressaisie… Je ne sonnerai pas ; j'irai jusqu'à la porte de la cuisine et je le lui demanderai.

— Oui, c'est cela, dit Joséphine, en se laissant tomber sur une chaise. Dis-lui, deux tasses seulement, Connie, rien d'autre — sur un plateau.

— Elle n'a pas besoin de mettre le pot avec, n'est-ce pas ? ajouta Constance, comme si Kate eût fort bien pu se plaindre d'avoir à remplir le pot.

— Oh ! non, certainement pas ! Le pot n'est pas du tout indispensable. Elle n'a qu'à verser l'eau de la bouilloire directement dans les tasses », cria Joséphine, persuadée que ce serait là une véritable économie de travail.

Leurs lèvres glacées se posèrent en frémissant sur le bord verdâtre de la porcelaine. Joséphine épousa de ses petites mains rouges le contour de la tasse ; Constance s'était redressée et soufflait sur la vapeur ondoyante pour la faire flotter d'un côté à l'autre.

« A propos de Benny », dit Joséphine.

Et bien que ce nom n'eût pas été prononcé, Constance aussitôt parut être au courant.

« Il va s'attendre, naturellement, à ce que nous lui envoyions quelque chose de papa. Mais c'est tellement difficile de savoir ce qu'on peut expédier à Ceylan.

— Tu veux dire que les objets s'abîment tellement pendant le voyage, murmura Constance.

— Non, ils se perdent, riposta brusquement Joséphine. Tu sais bien qu'il n'y a pas de poste, rien que des courriers indigènes. »

Toutes deux s'arrêtèrent pour se représenter un homme bronzé, en large culotte de toile blanche, courant désespérément parmi des champs blafards en tenant dans ses mains un gros paquet enveloppé de papier brun. Celui que voyait Joséphine était tout petit ; il détalait, reluisant comme une fourmi. Mais le grand gaillard maigre que regardait Constance avait quelque chose d'aveugle, d'infatigable qui, décida-t-elle, le rendait excessivement déplaisant... Sur la véranda se tenait Benny, tout vêtu de blanc, coiffé d'un casque de liège. Sa main droite se levait et se baissait comme celle de papa dans ses moments d'impatience. Et derrière lui, parfaitement indifférente, était assise Hilda, la belle-sœur qu'elles ne connaissaient pas. Elle se balançait dans un fauteuil de bambou et feuilletait nonchalamment une revue.

« Je trouve que sa montre serait le cadeau le plus approprié », dit Joséphine.

Constance leva les yeux ; elle avait l'air surpris.

« Oh ! confierais-tu une montre d'or à un indigène ?

— Mais je la dissimulerais, bien entendu, répliqua sa sœur. Personne ne saurait que c'est une montre. » L'idée lui plaisait d'avoir à faire un paquet d'une forme si singulière que personne ne pourrait en deviner le contenu. Elle pensa même un moment à cacher la montre dans une étroite boîte à corset, un carton qu'elle conservait depuis longtemps, en attendant de l'utiliser. C'était un si beau carton, si solide. Mais non, dans un cas pareil, il ne serait pas convenable. Il portait une inscription : « Femme, taille moyenne, n° 28. Busc extra-rigide. » Ce serait pour Benny une trop grande surprise, en l'ouvrant, d'y trouver la montre de papa.

« Et puis, naturellement, ce n'est pas comme si la montre marchait, je veux dire faisait tic-tac, dit Constance qui pensait encore à la passion des indigènes pour les bijoux. Du moins, ajouta-t-elle, ce serait bien curieux si, après tout ce temps, elle marchait. »

VIII

Joséphine ne répondit pas. Sa pensée, comme de coutume, avait pris la tangente. Elle avait soudain songé à Cyril. N'était-ce pas plus normal de donner la montre à l'unique petit-fils ? Ce cher Cyril, en outre, savait si bien apprécier un cadeau et une montre d'or avait tant de prix pour un jeune homme. Benny, fort probablement, avait complètement perdu l'habitude d'en avoir une ; dans ces climats tropicaux, les hommes portent si rarement des gilets. Tandis que Cyril, à Londres, en portait tout au long de l'année. Et ce serait si bien, pour elle et pour Constance, lorsqu'il viendrait prendre le thé avec elles, de savoir qu'elle était là. « Je vois, Cyril, que tu as toujours la montre de ton grand-père. » Ce serait, en quelque sorte, une si grande satisfaction.

Le cher enfant ! Quel coup leur avait porté son affectueuse, sa sympathique petite lettre d'excuses ! Bien entendu, elles avaient compris tout à fait ; mais c'était très regrettable.

« Nous aurions tellement tenu à l'avoir ! avait dit Joséphine.

— Et il aurait eu tant de plaisir ! » avait répondu Constance, sans penser à ce qu'elle disait.

Toutefois, dès qu'il serait de retour, il viendrait prendre le thé avec ses tantes. Recevoir Cyril pour le thé était l'une de leurs rares joies.

« Voyons, Cyril, tu ne vas pas te laisser intimider par nos gâteaux. Tante Constance et moi, nous les avons achetés ce matin chez Buszard. Nous savons ce qu'est l'appétit d'un homme. Donc, n'aie pas honte de te régaler. »

Joséphine coupait des tranches copieuses du gâteau savoureux et sombre qui avait absorbé le prix de ses gants d'hiver ou du ressemelage des seuls souliers convenables de sa sœur. Mais l'appétit de Cyril était tout à fait indigne d'un homme.

« Ma foi, tante Joséphine, je ne peux vraiment pas. Je viens à peine de déjeuner, vous savez.

— Oh! Cyril, c'est impossible! Il est quatre heures passées », criait Joséphine. Constance resta là, son couteau suspendu au-dessus du gâteau au chocolat.

« C'est tout de même vrai, affirmait Cyril. Il a fallu que j'aille rejoindre un ami à la gare de Victoria et il m'a fait attendre jusqu'à... enfin, je n'ai eu que le temps de déjeuner et de venir ici. Et il m'a fait faire... pff... » — Cyril passa sa main sur son front — « un de ces gueuletons! »

Quelle déception! et justement aujourd'hui. Mais enfin, il ne pouvait pas savoir...

« Pourtant, tu prendras bien une meringue, n'est-ce pas, Cyril? dit tante Joséphine. Ces meringues-là ont été achetées particulièrement à ton intention. Ton cher père en raffolait. Nous étions convaincues que toi aussi.

— Bien sûr, tante Joséphine! cria Cyril avec ferveur. Cela ne vous dérange pas que j'en prenne la moitié d'une pour commencer?

— Pas du tout, mon cher garçon ; mais nous ne devons pas te tenir quitte à si bon compte.

— Ton cher père est-il toujours aussi grand amateur de meringues ? » demanda doucement tante Connie. Elle fronça un peu le nez en brisant la coque de la sienne.

« Ma foi, je ne sais pas trop, tantine », dit Cyril d'un air dégagé.

Sur quoi, toutes deux levèrent les yeux.

« Tu ne sais pas ? riposta tante Joséphine, presque avec hargne. Tu ignores une chose pareille, au sujet de ton propre père, Cyril !

— Évidemment ! » ajouta Connie à mi-voix.

Cyril essaya de s'en tirer en riant.

« Oh ! eh bien, dit-il, il y a si longtemps que... » Il hésita. Il s'arrêta. Elles en faisaient une tête, c'en était trop pour lui.

« Quand bien même », dit Joséphine.

Et tante Constance avait un air !

Cyril posa sa tasse.

« Attendez un peu, cria-t-il. Attendez un peu, tante Joséphine. A quoi donc ai-je pensé ? »

Il leva les yeux. Elles commençaient à se rasséréner. Cyril se donna une claque sur le genou.

« Mais bien sûr, dit-il, les meringues ! Comment ai-je pu oublier ça ? Oui, tante Joséphine, vous avez parfaitement raison. Papa est fou de meringues. »

Elles n'étaient pas seulement radieuses. Tante Joséphine devint écarlate de plaisir. Tante Connie poussa un profond, profond soupir.

« Et maintenant, Cyril, il faut que tu ailles voir grand-père, dit Joséphine. Il sait que tu devais venir aujourd'hui.

— Entendu », répondit Cyril, d'un ton très ferme et très cordial.

Il se leva; tout à coup il jeta un regard à la pendule.

« Dites donc, tante Connie, est-ce que votre pendule ne retarde pas un peu ? Il faut que j'aille retrouver quelqu'un à... à la gare de Paddington, à cinq heures et quelque. Je crains de ne pas pouvoir rester bien longtemps avec grand-père.

— Oh! il ne s'attendra pas à ce que tu restes très, très longtemps », dit Joséphine.

Constance contemplait toujours la pendule. Elle ne pouvait pas décider si elle avançait ou retardait. C'était l'un ou l'autre, de cela elle était à peu près sûre. En tout cas, il avait dû y avoir quelque chose.

Cyril attendait toujours.

« Est-ce que vous venez, tantine ?

— Mais bien sûr, dit Joséphine, nous y allons tous. Viens donc, Connie. »

IX

Elles frappèrent à la porte et Cyril suivit ses tantes dans la chambre de grand-père, où l'air chaud avait une odeur doucereuse.

« Entrez, voyons, dit grand-père Pinner. Ne restez pas là ? Qu'est-ce que c'est ? Qu'est-ce que vous avez encore manigancé ? »

Il était assis devant un feu ardent, les mains croisées sur sa canne. Une épaisse couverture s'étalait sur ses jambes : un beau mouchoir de soie jaune pâle reposait sur ses genoux.

« Papa, c'est Cyril », dit timidement Joséphine ; et prenant son neveu par la main, elle le fit avancer.

« Bonsoir, grand-père », dit Cyril, en essayant de dégager sa main de l'étreinte de tante Joséphine. Grand-père Pinner fusilla Cyril du regard de cette façon qui l'avait rendu célèbre. Où donc était tante Connie ? Elle se tenait de l'autre côté de tante Joséphine ; ses longs bras ballants devant elle ; elle joignait les mains ; son regard ne quittait pas grand-père.

« Eh bien, interrogea grand-père Pinner, en commençant à taper le parquet de sa canne, qu'est-ce que tu as à me dire ? »

Oui, qu'est-ce qu'il avait, qu'est-ce qu'il avait donc à lui dire ? Cyril eut conscience de sourire comme un parfait imbécile. Et puis, on étouffait dans cette chambre.

Mais tante Joséphine vint à son secours. Elle cria avec entrain :

« Cyril nous dit que son père aime toujours beaucoup les meringues, cher papa !

— Hein ? » dit grand-père Pinner, en arrondissant sur son oreille une main semblable à une coque de meringue violacée.

Joséphine répéta :

« Cyril nous dit que son père aime toujours beaucoup les meringues.

— N'entends rien », riposta le vieux colonel Pinner. Et, d'un geste de sa canne, il écarta Joséphine, puis darda le bâton vers Cyril.

« Dis-moi ce qu'elle bafouille, ordonna-t-il.

— Mon Dieu ! Faut-il ? demanda Cyril, en rougissant et en regardant tante Joséphine les yeux écarquillés.

— Mais oui, mon chéri, répondit-elle, souriante. Cela lui fera tant de plaisir.

— Allons, finissons-en ! » cria le colonel Pinner avec impatience, en recommençant à taper sur le plancher.

Et Cyril se pencha en avant et hurla :

« Mon père aime toujours beaucoup les meringues ! »

Là-dessus, grand-père Pinner sursauta comme si on lui avait tiré dessus. « Ne crie pas comme ça ! glapit-il. Qu'est-ce qui lui prend à ce garçon ? Des *meringues* ! Et puis après ?

— Oh ! tante Joséphine, faut-il continuer ? gémit Cyril désespéré.

— Ça va très bien, mon cher enfant, dit tante Joséphine comme s'ils avaient été, lui et elle, chez le dentiste. Il va comprendre dans un instant. »

Elle chuchota à l'oreille de Cyril : « Il devient un peu sourd, tu sais. » Alors elle se pencha en avant et, à pleins poumons, hurla :

« Cyril voulait seulement vous dire, cher papa, que son père à lui aime toujours beaucoup les meringues ! »

Cette fois, le colonel Pinner entendit, entendit et médita, en examinant Cyril de haut en bas.

« Quelle chose *estraordinaire* ! dit le vieux grand-père Pinner. Quelle chose *estraordinaire*, et faire tout ce chemin pour venir me dire ça ! »

Et Cyril fut du même avis.

« Oui, j'enverrai la montre à Cyril, dit Joséphine.

— Ce serait tout à fait gentil, répondit Constance. Il me semble me rappeler que, la dernière fois qu'il est venu, il y avait eu une histoire au sujet de l'heure. »

X

Kate les interrompit, surgissant brusquement à sa manière habituelle, comme si elle avait découvert dans le mur quelque passage secret.

« Frit ou bouilli ? » demanda sa voix hardie.

Frit ou bouillit ? Joséphine et Constance restèrent un moment tout à fait déconcertées. Elles étaient presque incapables de comprendre.

« Frit ou bouilli, quoi, Kate ? » demanda Joséphine en s'efforçant de concentrer ses pensées.

Kate renifla bruyamment : « Le poisson.

— Mais pourquoi ne l'avez-vous pas dit tout de suite, reprocha Joséphine avec douceur. Comment voulez-vous que nous comprenions, Kate ? Il y a bien des choses en ce monde, vous savez, qui sont frites ou bouillies. » Après avoir déployé tant de courage, elle dit à Constance d'un ton plein de vivacité :

« Que préfères-tu, Connie ?

— Je pense que ce serait bien de le manger frit, répondit Constance. D'un autre côté, évidemment, le poisson bouilli c'est très bien. Je crois que je les aime tous deux également… A moins que tu ne… En ce cas…

— Je le ferai frire », dit Kate, et elle sortit d'un

bond, en laissant leur porte ouverte et en faisant claquer celle de la cuisine.

Joséphine regarda longuement Constance ; elle remonta ses sourcils pâles si haut que leur courbe alla se fondre dans la pâleur de ses cheveux. Elle se leva. Elle dit d'un air fort majestueux et imposant :

« Voudrais-tu me suivre au salon, Constance ? Il y a quelque chose de très important dont je voudrais parler avec toi. ».

Car c'était toujours au salon qu'elles se retiraient, quand elles voulaient parler de Kate.

Joséphine ferma la porte d'un air qui en disait long. « Assieds-toi, Constance », reprit-elle, toujours avec beaucoup de majesté. On aurait pu croire qu'elle recevait Constance pour la première fois. Et celle-ci chercha vaguement des yeux un fauteuil, comme si effectivement elle se sentait tout à fait étrangère.

« Maintenant, dit Joséphine en se penchant en avant, il s'agit de savoir si nous allons la garder ou non.

— C'est bien cela, en effet, convint sa sœur.

— Et cette fois-ci, déclara fermement Joséphine, il faut aboutir à une décision bien nette. »

Pendant un moment, Constance eut l'air de vouloir passer en revue toutes ces autres fois, mais elle se ressaisit et répondit : « Oui, Jou.

— Tu vois, Connie, expliqua Joséphine, tout est tellement changé, à présent. »

Constance leva vivement les yeux.

« Je veux dire, poursuivit l'autre, que nous ne sommes pas aussi dépendantes de Kate qu'autrefois. » Elle rougit légèrement.

« On n'a plus à faire de cuisine pour papa.

— C'est tout à fait vrai, appuya Constance. Papa n'a certainement plus besoin qu'on fasse de la cuisine pour lui, quel que soit... »

Joséphine interrompit brusquement :

« Tu n'es pas en train de t'endormir, n'est-ce pas, Connie ?

— De m'endormir, Jou ? » Constance ouvrit de grands yeux.

« Alors, fais donc un peu plus attention », dit Joséphine d'un ton acerbe ; et elle revint au sujet de la conversation. « En résumé, si nous en venions à » — et jetant un regard vers la porte, elle murmura dans un souffle — « à donner ses huit jours à Kate » — elle éleva la voix de nouveau —, « nous pourrions nous tirer d'affaire toutes seules pour les repas.

— Pourquoi pas ? » cria Constance. Elle ne peut s'empêcher de sourire : cette idée-là était si pleine d'attrait ! Elle joignait les mains.

« Et qu'est-ce que nous mangerions, Jou ?

— Oh ! des œufs cuits de diverses façons, dit Jou, redevenue majestueuse. En outre, il y a tous les plats déjà cuisinés.

— Mais j'ai toujours entendu dire, répondit Constance, que cela revient si cher.

— Pas si on en use modérément », déclara Joséphine.

Elle s'arracha à regret à ces perspectives séduisantes et entraîna sa sœur à sa suite.

« Ce qu'il nous faut décider à présent, en tout cas, c'est ceci : avons-nous vraiment confiance en Kate, ou non ? »

Constance se laissa retomber en arrière dans

son fauteuil. Son petit rire insipide s'envola de ses lèvres.

« N'est-ce pas bizarre, Jou ? dit-elle. C'est justement la seule question que je n'ai jamais pu résoudre. »

XI

Elle n'avait jamais pu. Toute la difficulté était de prouver quelque chose. Comment trouvait-on, comment pouvait-on découvrir des preuves ? Par exemple, si Kate, debout devant elle, lui avait positivement fait la grimace, n'aurait-il pas été possible que cette grimace fût causée par quelque malaise ? Aurait-on pu, en tout cas, demander à Kate si elle faisait la grimace exprès ? Si elle avait répondu : Non ! — et elle aurait dit non, bien entendu — quelle situation ! quel manque de dignité ! Et d'autre part, Constance soupçonnait, elle avait presque la certitude que Kate fouillait dans sa commode, quand elle et Joséphine étaient sorties, non pas pour voler, mais par indiscrétion. Bien des fois, à son retour, elle avait trouvé sa croix d'améthyste aux endroits les plus invraisemblables, sous ses rabats de dentelles ou sur la berthe qu'elle portait le soir. A maintes reprises, elle avait préparé un piège. Elle avait disposé les objets dans un certain ordre et pris Joséphine à témoin.

« Tu vois, Jou ?

— Parfaitement, Connie.

— Maintenant, nous saurons bien. »

Mais, ah ! Lorsqu'elle allait voir, elle ne découvrait pas plus de preuve qu'avant. Si quelque chose avait changé de place, cela avait fort bien pu se produire quand elle avait fermé le tiroir ; une secousse pouvait si facilement en être cause.

« Viens voir, Jou, et décide. Moi, je ne peux vraiment pas. C'est trop difficile. »

Après un moment d'attente et avoir longuement considéré, Joséphine soupirait :

« A présent que tu as mis le doute dans mon esprit, Connie, je ne peux vraiment rien dire moi-même. »

« Enfin, nous ne pouvons plus remettre cette décision à plus tard, déclara Joséphine. Si nous la repoussons cette fois-ci... »

XII

Mais au même instant, dans la rue au-dessous un orgue de Barbarie commença à jouer. Joséphine et Constance se dressèrent ensemble, d'un bond.

« Cours, Connie, dit Joséphine, cours vite. Il y a une pièce sur la... »

Alors, elles se souvinrent. Cela n'avait guère plus d'importance. Jamais plus il ne faudrait faire arrêter le joueur d'orgue. Jamais plus elles ne s'entendraient dire d'envoyer ce singe faire son vacarme ailleurs. Jamais plus ne résonnerait ce violent et étrange beuglement par lequel papa témoignait qu'à son avis elles ne se pressaient pas assez. Le musicien pouvait bien jouer là tout le jour, la canne ne taperait pas sur le plancher.

Elle ne tapera plus jamais,
Elle ne tapera plus jamais,

chantait l'orgue de Barbarie.

A quoi songeait Constance? Elle avait un si singulier sourire; elle semblait changée. Il n'était pas possible qu'elle eût envie de pleurer.

« Jou, Jou, dit-elle doucement, en serrant les

mains l'une contre l'autre, sais-tu quel jour c'est ? C'est samedi. Il y a une semaine aujourd'hui, toute une semaine. »

Une semaine qu'il est mort,
Une semaine qu'il est mort,

cria l'orgue. Et Joséphine, elle aussi, oublia d'être terre à terre et sensée ; elle souriait vaguement, étrangement. Sur le tapis indien tombait un rectangle de soleil d'un rouge pâle ; il apparaissait, disparaissait, revenait — puis il resta, devint plus intense — enfin il prit un éclat presque doré.

« Le soleil se montre », dit Joséphine, comme si ce fait eût été vraiment important.

Une véritable fontaine de notes rebondissantes jaillit de l'orgue, des notes rondes et claires, éparpillées au hasard. Constance tendit ses grandes mains froides comme pour les saisir ; puis ses mains retombèrent. Elle alla vers la cheminée où son bouddha favori était posé. Et l'image de pierre et d'or dont le sourire lui causait toujours un sentiment si étrange, presque une douleur, mais une douleur délicieuse, lui parut aujourd'hui faire plus que sourire. Il savait quelque chose ; il avait un secret. « Je sais ce que tu ne sais pas », disait son bouddha. Oh ! qu'est-ce que c'était donc, qu'est-ce que cela pouvait être ? Mais pourtant, elle avait toujours eu le sentiment qu'il y avait... quelque chose.

Le soleil pénétrait par la fenêtre, s'insinuait comme un voleur, jetait sa clarté sur les meubles, sur les photographies. Joséphine l'observait. Quant il parvint à la photographie de sa mère, celle qui était agrandie, au-dessus du piano, il s'y attarda comme s'il était un peu déconcerté de s'apercevoir que si peu de chose restait de maman, à part les boucles d'oreilles en forme de minuscules pagodes et un boa de plumes noires. Pourquoi donc, se demandait Joséphine, les photographies des personnes mortes se fanent-elles toujours comme ça ? Dès que quelqu'un meurt, sa photographie meurt aussi. Mais, évidemment, celle de maman était très vieille. Elle datait de trente-cinq ans. Joséphine se souvenait d'avoir grimpé sur une chaise et d'avoir dit à Constance, en lui montrant ce boa de plumes, que c'était un serpent, qui avait tué leur mère, à Ceylan... Si elle n'était pas morte, est-ce que tout aurait été différent ? Elle ne voyait pas pourquoi. Tante Florence était venue vivre chez eux jusqu'à ce qu'elles eussent quitté la pension ; on avait déménagé trois fois, on avait pris des vacances chaque année et puis... et puis il y avait eu des changements de domestiques, naturellement.

De petits moineaux, des oisillons tout jeunes à en juger par leur cri, pépiaient au rebord de la fenêtre. *Yip-iyip-yip*. Mais il semblait à Joséphine que ce n'étaient pas des moineaux, que le son ne venait pas de la fenêtre. C'était en elle que cet étrange petit bruit se lamentait. *Yip-iyip-yip*. Ah ! que pleurait-il donc, si faible et solitaire ?

Si maman avait vécu, se seraient-elles mariées ? Mais il n'y avait eu personne pour les épouser. Il y avait eu les amis de papa aux Indes, avant qu'il se fût brouillé avec eux. Mais depuis, elle et Constance n'avaient jamais vu un seul célibataire, excepté des pasteurs. Comment rencontrait-on des hommes ? Si même elles en avaient vu, comment arriver à les connaître assez bien pour qu'ils cessent d'être des étrangers ? Dans les livres qu'on lisait, les gens avaient des aventures, des inconnus vous suivaient et ainsi de suite. Mais personne ne les avait jamais suivies, elle et Constance. Oh ! si, il y avait eu une année, à Eastbourne, dans leur pension de famille, quelqu'un de mystérieux qui avait posé une lettre dans la cruche d'eau chaude, devant la porte de leur chambre ! Mais lorsque Constance l'avait découverte, la vapeur avait délavé l'écriture et elles n'avaient même pas pu savoir à laquelle des deux le billet était adressé. Et l'étranger était parti le jour suivant. Et c'était tout. Le reste de la vie s'était passé à s'occuper de papa, tout en évitant de se trouver sur son chemin. Mais à présent ? A présent ? Le soleil, se faufilant comme un voleur, frôla doucement Joséphine. Elle releva son visage. Les tendres rayons l'attiraient vers la fenêtre.

Jusqu'à ce que l'orgue cessât de jouer, Constance resta devant le bouddha, rêvant, non pas comme d'habitude, non pas perdue dans le vague. Cette fois-ci, sa rêverie ressemblait à un désir nostalgique. Elle se souvenait des moments où elle était venue ici, où elle s'était glissée hors de son lit en chemise, quand la lune était pleine, où elle s'était couchée sur le tapis, les bras étendus, comme si elle était crucifiée. Pourquoi ? C'était la grande lune pâle qui l'y avait forcée. Sur le paravent sculpté, les horribles danseurs lui avaient jeté des regards en coulisse et elle ne s'en était pas souciée. Elle se rappelait aussi qu'à chacun de leurs séjours au bord de la mer, elle s'en était allée toute seule s'asseoir aussi près de l'eau que possible et qu'elle chantait quelque chose, quelque chose qu'elle inventait, en parcourant des yeux ces flots agités. Il y avait cette autre existence, passée à faire des courses, à rapporter des provisions dans des sacs, à aller chercher dans les magasins des objets à l'essai, à les examiner avec sa sœur, à les échanger contre d'autres, toujours à l'essai, à servir les repas de papa sur un plateau, à essayer de ne pas mettre papa en colère. Mais tout cela semblait avoir eu lieu dans une espèce de tunnel. Cela n'avait aucune réalité. Quand elle sortait du tunnel pour se plonger dans le clair de lune, pour s'asseoir auprès de la mer ou s'enfoncer dans un orage, alors seulement elle sentait qu'elle était vraiment elle-même. Qu'est-ce que cela signifiait ? Qu'était-ce donc qui lui manquait toujours ? A quoi tout cela menait-il ? Et maintenant ? Maintenant ?

Elle se détourna du bouddha avec un de ses gestes vagues. Elle alla vers le coin où Joséphine se tenait debout. Elle voulait lui dire quelque chose, quelque chose d'excessivement important à propos de — à propos de l'avenir et de ce qu'il...

« Ne crois-tu pas que, peut-être... », commença-t-elle.

Mais Joséphine l'interrompit.

« Je me demandais, murmura-t-elle, si, à présent... »

Elles se turent ; elles s'attendaient l'une l'autre.

« Continue donc, Connie, dit Joséphine.

— Non, non, Jou ; après toi, dit Constance.

— Non, dis ce que tu allais dire. Tu as commencé, dit Joséphine.

— Je... j'aimerais mieux savoir, d'abord, ce que tu allais, dire, toi, dit Constance.

— Ne sois pas absurde, Connie.

— Vraiment, Jou.

— Connie !

— Oh ! mais, Jou ! »

Une pause. Alors Constance dit, d'une voix indistincte :

« Je ne peux pas dire ce que j'allais dire. Jou, parce que j'ai oublié ce que c'était… ce que j'allais dire. »

Joséphine resta muette un moment. Elle fixait un gros nuage à l'endroit où le soleil avait brillé. Puis elle répliqua brièvement : « Moi aussi, j'ai oublié. »

Mr. et Mrs. Colombe

« Mr. and Mrs. Dove »

Il savait, bien entendu — personne ne pouvait le savoir mieux — qu'il n'avait pas l'ombre d'une chance, pas la moindre. L'idée même d'une chose pareille était absurde. Si absurde qu'il comprendrait très bien si son père… bref, quoi que fît son père, lui-même le comprendrait très bien. En somme, il n'avait fallu rien de moins que le désespoir, rien de moins que le fait d'en être arrivé au dernier jour qu'il allait passer en Angleterre, avant Dieu sait combien d'années d'exil, pour lui donner cette audace. Et même alors… Il choisit une cravate dans le tiroir de la commode, une cravate à damiers crème et bleus, puis il s'assit sur le bord de son lit. Supposons qu'elle réponde : « Quelle impertinence ! », serait-il étonné ? Nullement, décida-t-il en relevant son col souple pour le rabattre sur la cravate. Il s'attendait à ce qu'elle dise quelque chose comme ça. A considérer froidement cette affaire, il ne voyait pas ce qu'elle pouvait répondre d'autre.

Ça y était ! Il fit nerveusement le nœud en face du miroir, aplatit ses cheveux des deux mains, tira les revers de ses poches de jaquette. Il gagnait de cinq à six cents livres par an à cultiver des fruits, et où... en Rhodésie ! Pas de capital. Pas un sou d'héritage en perspective. Aucune chance d'accroître ses revenus avant quatre ans au moins. Pour ce qui était de l'allure et du reste, il n'avait pas le moindre atout dans son jeu. Il ne pouvait même pas se prévaloir d'une santé merveilleuse, car son séjour dans l'Est africain l'avait tellement démoli qu'il avait dû prendre six mois de congé. Il était encore pâle à faire peur — plus que d'habitude, cet après-midi-là, songeait-il, penché en avant, interrogeant des yeux la glace. Grand Dieu ! que lui était-il arrivé ? Voilà que ses cheveux semblaient presque vert laqué. Sapristi, il n'avait pourtant pas les cheveux verts. Ça, c'était un peu fort ! Alors la lueur verte se mit à trembler dans la glace : c'était le reflet de l'arbre au-dehors. Reggie se détourna, tira son porte-cigarettes de sa poche ; mais, se rappelant combien sa mère détestait qu'il fumât dans sa chambre, il le remit à sa place et revint, désœuvré, vers la commode. Non, du diable s'il était capable de découvrir une seule chose qui fût à son avantage tandis qu'elle... Ah !... Il s'arrêta net, croisa les bras, s'appuya de tout son poids contre la commode.

Mais, en dépit de la position d'Anne, de la fortune de son père, du fait qu'elle était enfant unique et de beaucoup la jeune fille la plus fêtée du pays ; en dépit de sa beauté, de son intelligence — intelligence ! c'était bien plus que cela ; il n'y avait rien vraiment qui ne fût à sa portée ; il était pleinement convaincu que, si cela avait été nécessaire, elle aurait été un génie universel — en dépit du fait que ses parents l'adoraient, qu'elle le leur rendait, que, plutôt que de la laisser partir si loin, ils auraient préféré… eh bien, en dépit de tout ce que l'on pouvait imaginer, son amour était si formidable qu'il ne pouvait s'empêcher d'espérer. Était-ce de l'espoir, après tout ? ou cet étrange, ce timide désir d'avoir la possibilité de prendre soin d'elle, de veiller à ce qu'elle eût tout ce qu'elle pouvait souhaiter, à ce que rien ne l'approchât qui ne fût la perfection même — seulement de l'amour ? Comme il l'aimait ! Il se serra contre la commode et lui chuchota : « Je l'aime ! je l'aime ! » Et à cet instant, il se trouva avec elle en route pour Umtah. C'était la nuit. Elle était assise dans un coin, elle dormait. Son menton tendre se nichait dans son col souple, ses cils brun doré reposaient sur ses joues. Il contemplait avec adoration son petit nez délicat, ses lèvres parfaites, son oreille semblable à celle d'un bébé, la boucle dorée qui la cachait à demi. Ils traversaient la jungle. Il faisait chaud et sombre, on était loin. Alors, elle se réveillait en disant : « Est-ce que j'ai dormi ? » et il répondait : « Oui. Es-tu bien ? Tiens, laisse-moi… » Et il se penchait en avant pour… il se penchait sur elle. C'était une telle félicité qu'il ne put rêver plus avant. Mais cette vision lui donna le courage de bondir jusqu'en bas, de saisir son chapeau de paille dans le vestibule et de dire, en refermant la porte d'entrée : « Enfin, je peux tenter ma chance, c'est tout. »

Mais sa chance, presque aussitôt, lui procura un choc désagréable, c'est le moins qu'on puisse dire. Sa mère était là, déambulant le long de l'allée du jardin avec Chinny et Biddy, les vieux pékinois. Naturellement Reginald aimait bien sa mère et tout et tout. Elle… elle avait de bonnes intentions, elle était remarquablement énergique et ainsi de suite. Mais on ne pouvait nier qu'elle ne fût plutôt rébarbative. Et il y avait eu dans l'existence de Reggie, avant que l'oncle Alick mourût en lui laissant son exploitation, des moments, de nombreux moments où il avait eu la conviction que le plus dur châtiment qui pouvait tomber sur un pauvre type était de se trouver fils unique d'une veuve. Ce qui en augmentait encore la rigueur, c'est que sa mère était positivement tout ce qu'il possédait au monde. Non seulement elle combinait en quelque sorte une double fonction paternelle et maternelle, mais, avant même que Reggie n'ait porté ses premières culottes, elle s'était déjà brouillée avec toute sa famille et avec toute celle de son mari. De sorte que, chaque fois que Reggie, là-bas, avait le mal du pays, assis sous la lueur des étoiles dans sa véranda sombre, tandis que le gramophone criait : « Qu'est-ce, ô chérie, que vivre sans amour ? », sa seule vision était sa mère, grande et massive, qui suivait l'allée du jardin dans un bruissement de jupes, les chiens sur ses talons...

Maman, tenant ses ciseaux largement ouverts pour trancher la tête de quelque fleur morte, s'arrêta en voyant Reggie.

« Tu ne sors pas, Reginald ? demanda-t-elle, en voyant qu'il s'y apprêtait.

— Je serai de retour pour le thé, maman », dit lâchement Reggie, enfonçant ses mains dans les poches de sa jaquette.

Crac ! Une tête tomba. Reggie faillit faire un bond.

« J'aurais pensé que tu pouvais réserver ton dernier après-midi à ta mère », dit-elle.

Silence. Les pékinois le fixaient. Ils comprenaient tout ce que disait sa mère. Biddy s'était couchée, la langue pendante ; elle était si dodue et si luisante qu'elle ressemblait à un morceau de caramel à moitié fondu. Mais les yeux de porcelaine de Chinny fixaient sur Reginald un regard sombre et il reniflait un peu, comme si l'univers tout entier n'était qu'une odeur déplaisante. Crac ! recommencèrent les ciseaux. Pauvres petites malheureuses ; on leur réglait leur compte !

« Et où vas-tu donc, si ta mère a le droit de te le demander ? » interrogea maman.

Enfin, ce fut fini, mais Reggie ne ralentit pas son allure avant d'être hors de portée de vue de la maison et à mi-chemin de la demeure du colonel Proctor. Ce fut alors seulement qu'il remarqua quel après-midi superbe il faisait. La pluie était tombée tout le matin, une pluie de fin d'été, chaude, lourde, drue, et maintenant le ciel était clair, traversé seulement d'une longue file de petits nuages pareils à des canetons, qui voguaient au-dessus de la forêt. Il y avait juste assez de vent pour faire tomber des arbres les dernières gouttes d'eau ; une tiède étoile éclaboussa sa main. Ping ! une autre tambourina sur son chapeau. La route vide miroitait, les haies sentaient l'églantine, et comme les roses trémières, larges et éclatantes, embrasaient les jardins des chaumières ! Et voilà la demeure du colonel Proctor ; c'était elle, déjà ! La main de Reggie se posait sur la barrière, son coude heurtait les buissons de seringa ; des pétales, du pollen saupoudraient la manche de sa veste. Mais, un instant. C'était un peu trop rapide. Il avait eu l'intention de réfléchir encore à toute cette affaire. Voyons, du calme ! Mais il remontait l'allée, entre les énormes ronciers. On ne peut pas agir ainsi. Mais sa main avait saisi la poignée de la sonnette, l'avait tirée, l'avait agitée violemment, comme s'il était venu dire que la maison brûlait. Par-dessus le marché, la femme de chambre devait être dans le vestibule, car la porte d'entrée s'ouvrit tout à coup et Reggie se trouva enfermé dans le salon vide, avant que cette sacrée sonnette eût cessé de retentir. Chose étrange, quand elle se tut, la grande pièce obscure, où l'ombrelle de quelqu'un gisait sur le piano à queue, le réconforta — l'excita plutôt. Tout y était si tranquille et pourtant, dans une minute, la porte allait s'ouvrir et son sort se décider. Ce sentiment ressemblait un peu à celui qu'on éprouve chez le dentiste : c'était presque de l'audace. Mais en même temps, à son immense surprise, Reggie s'entendit prononcer : « Seigneur Dieu, Tu le sais... Tu n'as pas fait *tellement* pour moi... » Cette phrase le fit se ressaisir, lui redonna conscience du sérieux terrible de la situation. Trop tard. Le bouton de la porte tourna. Anne entra, traversa l'espace d'ombre qui les séparait, lui tendit la main et dit de sa petite voix douce :

« Je regrette tant que mon père soit parti. Et maman est en ville pour la journée, à faire la chasse aux chapeaux. Il n'y a que moi pour vous recevoir, Reggie. »

Reggie respira convulsivement, serra son propre chapeau contre les boutons de sa jaquette et bégaya :

« A vrai dire, je ne suis venu que... que pour dire adieu.

— Oh ! s'écria Anne doucement — elle s'écarta un peu de lui et ses yeux gris dansèrent —, quelle courte visite ! »

Puis, le considérant, le menton relevé, elle éclata de rire, un long rire très doux, s'éloigna de lui, alla au piano et s'y appuya, jouant avec le pommeau de l'ombrelle.

« Je vous demande pardon, dit-elle, de rire comme ça. Je ne sais pas pourquoi ; ce n'est qu'une mauvaise ha... habitude. » Et tout à coup, elle frappa le sol de sa chaussure grise et tira un mouchoir de sa veste de laine blanche.

« Il faut vraiment que je m'en corrige, dit-elle, c'est trop ridicule.

— Grand Dieu, Anne, cria Reggie, j'aime vous entendre rire ! Je ne peux rien imaginer de plus... »

Mais la vérité, ils le savaient tous deux, c'est qu'elle ne riait pas toujours ; c'est que ce n'était pas du tout une habitude. Seulement, dès le jour où ils s'étaient rencontrés, dès ce tout premier moment, pour quelque étrange raison que Reggie aurait bien voulu comprendre, Anne avait ri en le voyant. Pourquoi ? Peu importe où ils se trouvaient et de quoi ils parlaient. Ils pouvaient commencer par être aussi sérieux que possible, d'une gravité intense — du moins, en ce qui le concernait lui —, au milieu d'une phrase, tout à coup, Anne lui jetait un regard et un petit frémissement rapide passait sur son visage. Ses lèvres s'entrouvraient, ses yeux dansaient, elle se mettait à rire.

Une autre chose curieuse, c'était, se figurait Reggie, qu'elle ne savait pas elle-même pourquoi elle riait. Il l'avait vue se détourner, froncer les sourcils, contracter ses joues, crisper les mains. Mais c'était en vain. Le long rire tendre résonnait, même au moment où elle criait : « Je ne sais pas pourquoi je ris ! » C'était un mystère.

A présent, elle replia son mouchoir.

« Asseyez-vous, dit-elle. Vous fumez, n'est-ce pas ? Il y a des cigarettes dans cette petite boîte, à côté de vous. J'en prendrai une aussi. » Il frotta une allumette pour elle et, comme elle se penchait, il vit la petite flamme luire dans la perle de la bague qu'elle portait.

« C'est demain que vous partez, n'est-ce pas ? dit Anne.

— Oui, demain, pour de bon », dit Reggie, et il exhala un petit éventail de fumée. Pourquoi donc était-il si nerveux ! Nerveux ce n'était pas le mot.

« C'est... c'est difficile à imaginer, ajouta-t-il.

— Oui... n'est-ce pas ? » dit Anne avec douceur, et elle se pencha en avant et fit rouler le bout de sa cigarette tout autour du cendrier vert. Qu'elle était belle ainsi ! — belle, belle ! — et si petite dans cet immense fauteuil ! Le cœur de Reginald se gonfla de tendresse, mais ce fut sa voix, cette douce voix qui le fit trembler : « Il me semble que vous êtes ici depuis des années », dit-elle.

Reginald aspira une profonde bouffée de sa cigarette. « C'est horrible, l'idée de retourner là-bas », dit-il.

Du fond du silence émergea ce son : *Rou-cou-cou-cou-cou...*

« Mais vous vous y plaisez, n'est-ce pas ? » reprit Anne. Elle enroula son collier de perles sur son doigt. « Papa disait encore l'autre soir qu'il trouvait que vous aviez bien de la chance de bâtir votre propre vie. » Elle le regarda. Reginald eut un assez pâle sourire.

« Il ne semble pas que ma chance soit bien extraordinaire », dit-il d'un ton léger.

Rou-cou-cou-cou résonna de nouveau. Et Anne murmura : « Vous voulez dire qu'on y est seul ?

— Oh ! ce n'est pas la solitude que je redoute », dit Reginald, et il écrasa avec rage le bout de sa cigarette sur le cendrier vert. « Je serais capable de résister à n'importe quelle solitude ; et même je l'aimais bien. C'est l'idée de... » Soudain, avec horreur, il se sentit rougir.

Rou-cou-cou-cou ! Rou-cou-cou-cou !

Anne se leva d'un bond.

« Venez dire adieu à mes colombes, proposa-t-elle. On les a transportées dans la véranda à côté. Vous aimez les colombes, n'est-ce pas, Reggie ?

— Énormément », dit Reggie avec tant de ferveur que, tandis qu'il ouvrait la porte-fenêtre en s'effaçant pour laisser passer Anne, elle s'élança en courant et alla pouffer de rire devant les colombes.

De-ci de-là, de-ci de-là, sur le fin sable rouge qui couvrait le sol de la volière, marchaient les deux colombes. L'une devançait toujours l'autre. L'une courait devant en poussant un petit cri, l'autre suivait, solennelle, en s'inclinant.

« Vous voyez, expliqua Anne, celle qui va devant, c'est Mrs. Colombe. Elle regarde Mr. Colombe, elle pousse ce petit rire, elle court en avant et il la suit, s'incline et s'incline. Et ça la fait rire de nouveau. Elle se sauve et à sa suite, cria Anne en s'asseyant sur ses talons, vient le pauvre Mr. Colombe, il s'incline et s'incline... et voilà toute leur vie. Ils ne font jamais rien d'autre, vous savez. » Elle se releva et prit des graines jaunes dans un sac sur le toit du colombier.

« Quand vous penserez à elles, là-bas, en Rhodésie, Reggie, vous pourrez être certain que c'est ce qu'elles feront. »

Aucun signe n'indiqua que Reggie avait vu les colombes ou entendu un mot. Pour le moment, il n'avait conscience que de l'immense effort qu'il fallait pour arracher son secret et l'offrir à Anne. « Anne, croyez-vous que vous pourriez jamais m'aimer un peu ? » C'était fait. C'était fini. Et, dans la brève pause qui suivit, Reginald vit le jardin ouvert à la lumière, le ciel bleu frémissant, le frisson des feuilles sur les piliers de la véranda, Anne qui retournait du doigt les grains de maïs sur sa paume. Puis, lentement, elle ferma la main et l'univers nouveau s'effaça, tandis que, lentement, elle murmurait : « Non, jamais de cette façon-là. » Mais il eut à peine le temps d'éprouver un sentiment quelconque avant qu'elle s'éloigne d'un pas rapide. Il la suivit, descendit derrière les marches, l'allée du jardin, passa sous les arceaux de roses roses, traversa la pelouse. Là, le dos tourné à l'éclatante floraison d'une longue platebande, Anne fit face à Reginald.

« Ce n'est pas que je n'aie pas beaucoup, beaucoup d'affection pour vous, dit-elle. Je vous aime bien. Mais » — ses yeux s'élargirent — « pas comme » — un frémissement passa sur son visage — « comme on devrait aimer celui... » Ses lèvres s'entrouvrirent et elle ne put se retenir ; elle se mit à rire. « Là, vous voyez, vous voyez ! cria-t-elle, c'est votre cra... cravate à carreaux. Même en cette occasion où on s'attendrait à être solennel pour de bon, votre cravate me rappelle effroyablement les gros nœuds que les chats portent dans les images ! Oh ! je vous en prie, je vous en supplie, pardonnez-moi d'être si méchante ! »

Reggie s'empara de sa petite main chaude. « Il ne s'agit pas de vous pardonner, dit-il. Comment pourrait-il être question de vous pardonner ? Et puis, je crois bien savoir pourquoi je vous fais rire. C'est parce que vous m'êtes tellement supérieure sous tous les rapports que je suis, en quelque sorte, ridicule. Je m'en rends bien compte, Anne. Mais si je pouvais...

— Non, non. » Anne lui serra vigoureusement la main. « Ce n'est pas ça du tout. Vous vous trompez absolument. Je ne vous suis nullement supérieure. Vous valez beaucoup mieux que moi. Vous êtes d'une générosité merveilleuse, et... et bon, et simple. Je ne suis rien de tout ça. Vous ne me connaissez pas. J'ai le plus abominable caractère, dit Anne. Je vous en prie, ne m'interrompez pas. Du reste, ce n'est pas de ça qu'il s'agit. Ce qui importe » — elle secoua la tête — « c'est que je serais incapable d'épouser un homme qui me ferait rire. Vous le comprenez, bien sûr. L'homme que j'épouserai... », murmura Anne tout doucement. Elle s'arrêta net. Elle retira sa main et, regardant Reggie, elle sourit étrangement, rêveuse. « L'homme que j'épouserai... »

Et il sembla à Reggie qu'un étranger, grand, beau et brillant passait devant lui, prenait sa place — un homme pareil à celui qu'il avait vu souvent avec Anne, au théâtre, qui surgissait on ne savait d'où sur la scène, pour saisir silencieusement l'héroïne dans ses bras, et après un seul long regard chargé de passion, l'emporter où il lui plaisait...

Reggie baissa la tête devant sa vision : « Oui, je vois, dit-il d'une voix enrouée.

— Vraiment ? dit Anne. Oh ! j'espère que vous

comprenez. Parce que j'ai tant de remords de tout ça. C'est si difficile d'expliquer. Vous savez que je n'ai jamais… » Elle se tut. Reggie la regarda. Elle souriait. « N'est-ce pas que c'est drôle ? dit-elle. Je peux vous dire n'importe quoi. Je vous ai toujours tout dit dès le premier jour. »

Il essaya de sourire, de répondre : « J'en suis bien heureux. » Elle continua :

« Je n'ai jamais connu personne pour qui j'aie autant d'affection que pour vous. Jamais je ne me suis sentie aussi heureuse avec quelqu'un. Mais je suis sûre que ce n'est pas là ce que veulent dire les gens, ou les livres, quand ils parlent d'amour. Comprenez-vous ? Oh ! si vous saviez seulement à quel point je me sens méchante avec vous. Mais nous ressemblerions à… Mr. et Mrs. Colombe. »

Le coup était porté. Il parut définitif à Reginald et si terriblement vrai qu'il put à peine l'endurer. « N'insistez pas », dit-il, et il se détourna d'Anne, regardant de l'autre côté de la pelouse. Là-bas, on voyait la maisonnette du jardinier, avec le chêne vert au sombre feuillage planté près d'elle. Humide, bleue, en forme de pouce, une fumée transparente émergeait de la cheminée. Elle ne paraissait pas réelle. Que sa gorge lui faisait mal ! Pourrait-il parler ? Il fit un effort : « Il faut que je rentre à la maison », croassa-t-il, et il se mit à traverser la pelouse. Mais Anne lui courut après.

« Non, ne partez pas. Vous ne pouvez pas vous en aller encore, implora-t-elle. Il n'est pas possible que vous partiez avec des sentiments pareils. » Elle levait vers lui de grands yeux, fronçait les sourcils, se mordait la lèvre.

« Oh ! ça va, dit Reggie, se secouant. Je finirai… je finirai par… » Et il agita la main pour achever « par oublier tout ça ».

« Mais c'est terrible », dit-elle. Elle joignit les mains et se dressa devant lui.

« Vous voyez, bien sûr, que ce serait une chose fatale pour nous de nous marier, n'est-ce pas ?

— Oh ! parfaitement, dit Reggie, la fixant avec des yeux hagards.

— Que ce serait faux, que ce serait mal, avec les sentiments que j'ai ? Je veux dire pour Mr. et Mrs. Colombe, cela va tout seul. Mais imaginez ça, concrètement... imaginez !

— Oh ! absolument », dit Reggie, et il se remit à marcher.

Mais Anne l'arrêta encore. Elle le tira par la manche et, cette fois, à son grand étonnement, au lieu de rire, elle fit la mine d'une petite fille qui va pleurer.

« Alors pourquoi, si vous comprenez, êtes-vous si mal... malheureux ? gémit-elle. Pourquoi prenez-vous ça tellement à cœur ? Pourquoi avez-vous un air si, si terr... terrible ? »

Reggie déglutit et, de nouveau, fit le geste d'écarter quelque chose.

« Je n'y peux rien, dit-il, j'ai reçu un coup. Si je file tout de suite, je serai capable de...

— Comment pouvez-vous parler de filer tout de suite ? » riposta Anne avec dédain. Elle tapa du pied en le regardant ; ses joues étaient cramoisies.

« Comment pouvez-vous être si cruel ? Je ne peux pas vous laisser partir, sans être certaine que vous êtes absolument aussi heureux qu'avant de me demander de vous épouser. Vous comprenez certainement cela, c'est si simple. »

Mais, à Reginald, la chose ne paraissait pas simple du tout ; elle semblait d'une impossible difficulté.

« Même si je ne peux pas vous épouser, comment pourrais-je vous savoir là-bas si loin, sans personne à qui écrire, excepté votre terrible mère, savoir que vous êtes malheureux et que, tout ça, c'est ma faute ?

— Ce n'est pas votre faute. Ne le pensez pas. C'est le destin, voilà tout. » Reggie prit la main d'Anne sur sa manche, la souleva, la baisa.

« Ne me plaignez pas, chère petite Anne », dit-il doucement. Et cette fois-là, il courut presque en descendant l'allée, sous les arceaux de roses.

Rou-cou-cou-cou ! Rou-cou-cou-cou ! résonna sous la véranda du jardin. « Reggie ! Reggie ! »

Il s'arrêta, il se retourna. Mais, quand elle vit son air timide, étonné, elle eut un petit rire.

« Revenez, Mr. Colombe ! » dit Anne. Et Reginald, lentement, s'en revint traversant la pelouse.

Jeune fille

« The Young Girl »

Dans sa robe bleue, avec ses joues légèrement rougies, ses yeux si bleus, ses boucles d'or qu'on eût dit épinglées pour la première fois, épinglées pour ne pas la détourner de sa trajectoire, la fille de Mr. Raddick semblait être nouvellement tombée de ce ciel radieux. Le regard timide, légèrement étonné, mais profondément admiratif de Mrs. Raddick paraissait indiquer qu'elle le croyait aussi; mais sa fille n'avait pas l'air fort enchantée — et pourquoi l'aurait-elle été? — d'être venue se poser sur les marches du Casino. Le fait est qu'elle s'ennuyait — s'ennuyait comme si le ciel avait été plein de casinos, avec de vieux saints maussades pour *croupiers** et des couronnes pour jetons.

« Ça vous est égal d'emmener Hennie? me demanda Mrs. Raddick. Vous en êtes sûr? Vous avez l'auto et vous prendrez le thé et vous nous retrouverez ici, sur cette marche — ici même — dans une heure. Vous comprenez, je veux la faire entrer. Elle n'y est pas encore allée et ça vaut la peine d'être vu. Je trouve que ce ne serait pas juste de l'en priver.

* Les notes ou expressions suivies d'un astérisque sont en français dans le texte.

— Oh! tais-toi, maman, dit sa fille d'un ton las. Viens donc. Ne parle pas tant. Et puis, ton sac s'est ouvert; tu vas encore perdre tout ton argent.

— Je suis désolée, chérie, répondit Mrs. Raddick.

— Oh! mais viens donc, reprit la voix impatiente. Je veux gagner de l'argent. Pour toi c'est bien beau, mais moi, je suis à sec!

— Tiens, prends cinquante francs, chérie, prends-en cent! » Je vis Mrs. Raddick lui fourrer des billets dans la main, en franchissant les portes.

Nous restâmes un instant sur les marches, Hennie et moi, à regarder les gens. Il souriait d'un large sourire enchanté.

« Dites donc, cria-t-il, voilà un bouledogue anglais. Est-ce qu'on permet aux chiens d'entrer là-dedans ?

— Non, c'est défendu.

— Il est épatant, n'est-ce pas ? Je voudrais bien en avoir un. Ils sont si drôles. Ils font si peur aux gens et ils ne sont jamais méchants avec leurs... avec les personnes à qui ils appartiennent. » Tout à coup, il me serra le bras.

« Dites, regardez un peu cette vieille femme. Qui est-ce ? Pourquoi est-elle comme ça ? Est-ce quelqu'un qui joue ? »

L'antique créature desséchée, qui portait une robe de satin vert, un manteau de velours noir, un chapeau blanc garni de plumes violettes, gravit les marches d'un pas lent et saccadé, comme si elle était actionnée par des fils. Elle regardait fixement devant elle, elle riait, branlait la tête, jacassait toute seule; ses griffes étreignaient un sac qui ressemblait à un sac à chaussures.

Mais au même moment, Mrs. Raddick reparut avec « elle » et une autre dame qui errait à l'arrière-plan. Mrs. Raddick fondit sur moi. Elle était toute rouge, toute joyeuse, toute changée. Elle faisait songer à une femme qui dit adieu à ses amis sur le quai de la gare et qui n'a pas une minute à perdre avant le départ du train.

« Oh! vous êtes encore là? En voilà une chance! Vous n'êtes pas parti? Quelle veine, n'est-ce pas? Je viens d'avoir des ennuis terribles à cause... d'elle. » Elle indiqua du geste sa fille, qui restait là, complètement immobile, dédaigneuse, les yeux baissés, faisant pivoter son pied sur la marche, absente, à des centaines de lieues.

« On ne veut pas la laisser entrer. J'ai juré qu'elle avait vingt et un ans. Mais on ne veut pas me croire. J'ai montré mon porte-monnaie à cet homme; je n'ai pas osé faire davantage. Ça n'a servi à rien; il s'est moqué de moi, tout bonnement... Et maintenant j'ai rencontré Mrs. Mac Ewen, de New York, et elle vient de gagner treize mille francs dans la *Salle privée** — et elle veut que j'y retourne avec elle, pendant que la chance est là. Bien entendu, je ne peux pas la quitter... elle. Mais si vous vouliez... »

Là-dessus « elle » leva les yeux; son regard annihila simplement sa mère.

« Pourquoi ne peux-tu pas me quitter? dit-elle avec fureur. Quelle parfaite ineptie! Comment as-tu le courage de faire une scène pareille? Voilà bien la dernière fois que je sors avec toi. Tu es vraiment impossible! » Elle toisa sa mère de la tête aux pieds. « Calme-toi », dit-elle superbement.

Mrs. Raddick était désespérée, absolument

désespérée. Elle mourait d'envie d'accompagner Mrs. Mac Ewen, mais en même temps...

Je pris mon courage à deux mains. « Voudriez-vous... Vous plairait-il de venir prendre le thé avec... nous ?

— Oui, oui, elle sera ravie. C'est tout à fait ce que je désirais, n'est-ce pas, chérie ? Mrs. Mac Ewen... je serai de retour ici dans une heure... ou même avant... Je vais... »

Mrs. Raddick s'élança, gravit les marches. Je vis que son sac était encore ouvert.

Ainsi, nous restions là, tous les trois. Mais ce n'était vraiment pas ma faute. Hennie aussi paraissait écrasé. Après que l'automobile fut arrivée, elle s'enveloppa de son manteau sombre — pour éviter la contamination. Ses petits pieds eux-mêmes semblaient dédaigner de la porter jusqu'au bas du perron, vers nous.

« Je suis absolument navré..., murmurai-je, tandis que l'auto se mettait en marche.

— Oh ! ça m'est parfaitement *égal*, dit-elle. Je ne *tiens* pas du tout à paraître vingt et un ans. Qui pourrait le vouloir — quand on en a dix-sept ! C'est » — et elle frissonna légèrement — « c'est cette stupidité qui m'est odieuse — et d'être dévisagée par de vieux obèses. Des bêtes ! »

Hennie lui jeta un coup d'œil rapide et se mit à regarder par la vitre.

L'auto s'arrêta devant un immense palais de marbre rose et blanc, avec des orangers devant les portes, plantés dans des vases laqués noir et or.

« Aimeriez-vous entrer là ? » insinuai-je.

Elle hésita, jeta un regard, se mordit la lèvre et se résigna.

« Oh ! enfin, il n'y a guère autre chose à faire, dit-elle. Descends donc, Hennie. »

Je pris les devants – pour trouver la table, naturellement –, elle suivit. Mais ce qu'il y avait de pire, c'était de traîner son petit frère, qui n'avait que douze ans, avec nous. Ça, c'était la dernière goutte, le coup de grâce – cet enfant accroché à ses basques.

Il restait une seule table. Sur celle-ci étaient disposés des œillets roses et des assiettes roses, avec de petites serviettes à thé bleu pâle en guise de nappes.

« Nous mettons-nous là ? »

Elle posa une main lasse sur le dossier d'un fauteuil d'osier blanc.

« Mais oui. Pourquoi pas ? » dit-elle.

Hennie se glissa devant elle et finit, en se tortillant, par atteindre un tabouret à l'autre bout. Il se sentait abominablement de trop. Elle n'ôta même pas ses gants ; elle baissa les yeux et tambourina sur la table. Quand un lointain violon résonna, elle fit une petite grimace douloureuse et se mordit de nouveau la lèvre. Le silence.

La serveuse apparut. J'osai à peine lui demander :

« Du thé ? du café ? du thé de Chine, ou bien du thé glacé avec du citron ? »

En vérité, peu lui importait. Tout lui était égal. Elle n'avait vraiment envie de rien. Hennie chuchota : « Du chocolat ! »

Mais comme la serveuse s'en allait, elle s'écria d'un air insouciant :

« Oh ! vous pouvez bien m'apporter aussi un chocolat. »

Pendant que nous attendions, elle tira de son sac une petite boîte à poudre en or, avec une glace dans le couvercle, secoua la pauvre petite houppette comme si elle lui était odieuse et poudra son adorable petit nez.

« Hennie, dit-elle, enlève ces fleurs. » De sa houppette, elle indiquait les œillets et je l'entendis murmurer : « J'ai horreur des fleurs sur une table. » Celles-ci, évidemment, lui avaient causé une souffrance extrême, car elle ferma les yeux quand je les écartai.

La serveuse revint avec le chocolat et le thé. Elle posa devant eux les grandes tasses mousseuses et poussa mon verre transparent à travers la table. Hennie enfouit son nez dans la sienne ; il émergea de nouveau avec, pendant un instant terrible, un petit flocon de crème tremblotant au bout. Mais très vite, en vrai petit gentleman, il l'essuya. Je me demandai si j'allais oser attirer son attention sur sa tasse. Elle ne l'avait pas remarquée — elle ne la voyait pas — jusqu'à ce qu'enfin, tout à coup, absolument par hasard, elle bût une petite gorgée. Je l'observais avec anxiété ; elle frissonna légèrement.

« Beaucoup trop doux ! » dit-elle.

Un tout petit garçon, avec une tête tel un grain de raisin et un corps chocolat, s'approcha portant un plateau de pâtisseries — rangée après rangée de petits caprices, de petites inspirations, de petits rêves suaves. Il les lui offrit : « Oh ! je n'ai pas faim du tout. Emportez-les. »

Il les offrit à son frère. Hennie me jeta un coup d'œil rapide — la réponse dut être satisfaisante, car il prit une crème au chocolat, un éclair au café, une meringue bourrée de marrons et un cornet minuscule, rempli de fraises toutes fraîches. Elle eut à peine la force de le regarder faire. Mais, comme le petit garçon s'esquivait, elle tendit son assiette.

« Oh ! enfin, donnez m'en *un* », dit-elle.

Les pinces d'argent laissèrent tomber un, deux, trois gâteaux — et une tartelette aux cerises. « Je ne sais pas pourquoi vous me donnez tout ça, dit-elle, et elle faillit sourire. Je ne les mangerai pas tous ; je ne pourrais pas ! »

Je me sentis beaucoup plus rassuré. Je bus mon thé à petits coups, je me renversai en arrière, je demandai même la permission de fumer. A ce mot, elle s'interrompit, la fourchette à la main, ouvrit les yeux et vraiment elle eut un sourire. « Certainement, dit-elle. Je m'attends toujours à ce qu'on fume. »

Mais à ce moment, une tragédie arriva à Hennie. Il piqua trop fort son cornet qui se brisa net et une des deux moitiés sauta sur la table. Épouvantable incident ! Il devint écarlate. Même ses oreilles flamboyèrent et une main honteuse se glissa sur la table pour enlever ce qui restait de la victime.

« Affreux petit monstre ! » dit-elle.

Grand Dieu ! Je dus courir à son secours. Je m'écriai précipitamment : « Resterez-vous longtemps en Europe ? »

Mais déjà elle avait oublié Hennie. Moi aussi, j'étais oublié. Elle cherchait à se rappeler quelque chose... elle était à mille lieues.

« Je... ne... sais pas, dit-elle lentement, de cet endroit lointain.

— Je suppose que vous aimez mieux la Riviera que Londres. C'est plus... plus... »

Quand je m'arrêtai, elle en revint et me considéra très intriguée.

« Plus ?...

— *Enfin**... plus gai », criai-je en agitant ma

cigarette. Mais il lui fallut tout un gâteau pour considérer cette opinion. Et même alors : « Oh! eh bien, cela dépend! » fut tout ce qu'elle put prendre sur elle de dire.

Hennie avait fini. Il avait encore très chaud.

Je saisis la carte posée sur la table.

« Voyons — que dirais-tu d'une glace, Hennie? Mandarine et gingembre, qu'en penses-tu? Non, quelque chose de plus frais? Pourquoi pas une crème à l'ananas? »

Hennie approuva fortement. La serveuse avait l'œil sur nous. La commande était inscrite, quand elle leva les yeux de ses miettes de gâteau.

« Avez-vous dit mandarine et gingembre? J'aime bien le gingembre. Vous pouvez m'en apporter une. » Puis, très vite : « Je voudrais que cet orchestre cesse de jouer des airs qui remontent au déluge. Nous avons dansé ça tout le temps, à Noël dernier. C'est intolérable. »

Mais c'était une mélodie charmante. Maintenant que j'y faisais attention, elle me réchauffait.

« Je trouve que c'est assez gentil ici, non, Hennie? » dis-je.

Hennie déclara : « Épatant. » Il avait eu l'intention de le dire tout bas, mais le mot sortit très haut, dans une espèce de glapissement.

Gentil? Cet endroit-là? Gentil? Pour la première fois, elle regarda autour d'elle, essayant de voir ce qu'il y avait de... Elle cilla; ses yeux charmants s'étonnèrent. Un monsieur d'âge mûr, très beau, lui rendit son regard à travers un monocle attaché d'un ruban noir. Mais elle ne put le voir. Il y avait un vide à sa place. Elle fixait l'espace à travers lui.

Enfin, les petites pelles à glace s'immobilisèrent sur les coupes de cristal. Hennie avait un peu l'air d'être à bout de forces, mais elle se mit à enfiler ses gants blancs. Sa montre sertie de diamants lui donna quelque peine ; elle la gênait. Elle la tirailla — s'efforça de casser cette stupide petite chose qui ne voulut pas se laisser faire. Enfin, elle dut se résigner à rabattre le gant par-dessus. Après cela, je vis qu'elle ne pouvait supporter cette situation un instant de plus et, de fait, elle se leva d'un bond, se détournant, tandis que je remplissais la formalité vulgaire de payer la note.

Ensuite, nous nous retrouvâmes dehors. Le crépuscule était venu. Le ciel était parsemé de petites étoiles ; les grandes lampes brûlaient, éclatantes. Pendant que nous attendions l'auto, elle resta sur la marche, comme elle l'avait fait avant, agitant son pied, baissant les yeux.

Hennie se précipita pour ouvrir la portière ; elle monta, se renversa sur les coussins avec — ah ! quel soupir !

« Dites-lui, ordonna-t-elle pantelante, d'aller aussi vite qu'il peut. »

Hennie adressa une grimace joyeuse à son ami le chauffeur. « *Allie veet** », dit-il. Puis il prit un air sérieux et s'assit sur le strapontin en face de nous.

La boîte à poudre en or surgit à nouveau. A nouveau la pauvre petite houppe fut secouée ; le même regard rapide, profondément secret, s'échangea entre elle et le miroir.

Nous déchirions l'or et le noir de la ville comme des ciseaux taillent un brocart. Hennie se donnait beaucoup de mal pour ne pas avoir l'air de s'accrocher à quelque chose.

Mais quand on arriva au casino, Mrs. Raddick,

naturellement, ne s'y trouvait pas. Aucun signe de sa présence sur le perron — pas un signe.

« Voulez-vous rester dans l'auto pendant que j'irai voir ? »

Mais non — elle ne voulut pas. Grand Dieu, non ! Hennie pouvait rester. Elle ne pouvait supporter d'attendre dans la voiture. Elle attendrait sur l'escalier.

« Mais j'ai scrupule à vous quitter ainsi, murmurai-je. Je préférerais de beaucoup ne pas vous laisser là. »

A ces mots, elle rejeta son manteau en arrière ; elle se retourna pour me faire face ; ses lèvres s'entrouvrirent.

« Mon Dieu, pourquoi donc ? Je... ça m'est tout à fait égal. Je... j'aime attendre. » Et tout à coup, ses joues s'empourprèrent, ses yeux s'assombrirent. — Un instant, je crus qu'elle allait pleurer. « Lai... laissez-moi rester, je vous prie, bégaya-t-elle d'une voix fervente et chaude. J'aime cela. J'adore attendre. C'est vrai... c'est vrai, j'adore ça. J'attends tout le temps... partout... »

Son manteau sombre s'écarta et sa gorge blanche — tout son tendre jeune corps vêtu de bleu — ressembla à une fleur qui vient d'émerger de l'obscurité du bouton.

Vie de Maman Parker

« Life of Ma Parker »

Quand l'homme de lettres dont la vieille Maman Parker faisait l'appartement tous les mardis ouvrit la porte ce matin-là, il lui demanda des nouvelles de son petit-fils. Maman Parker, debout sur le paillasson dans le petit couloir sombre, étendit la main pour aider son monsieur à refermer la porte avant de répondre.

« Nous l'avons enterré hier, M'sieur, dit-elle vite.

— Oh! mon Dieu! je suis désolé », dit l'homme de lettres d'un ton affecté. Il était en train de déjeuner. Il portait une robe de chambre très râpée et tenait à la main un journal chiffonnée. Mais il se sentait gêné. Il ne pouvait guère retourner à son cabinet de travail bien chaud sans avoir dit quelque chose — quelque chose de plus. Alors, sachant que ces gens-là attachent tant d'importance aux enterrements, il prononça avec bonté : « J'espère que les obsèques se sont bien passées ?

— Mande pardon, M'sieu ? » dit la vieille Maman Parker d'une voix enrouée.

Pauvre vieille chouette! Elle avait l'air choquée. « J'espère que les obsèques étaient...

étaient réussies », répéta-t-il. Maman Parker ne fit aucune réponse. Elle baissa la tête et, clopinant, s'en fut à la cuisine, la main crispée sur le vieux cabas qui contenait ses affaires de nettoyage, un tablier, une paire de pantoufles de feutre. L'homme de lettres leva les sourcils et retourna à son déjeuner.

« C'est l'accablement, je suppose », dit-il tout haut, en prenant de la marmelade.

Maman Parker retira de sa toque les deux épingles de jais et la suspendit derrière la porte. Elle dégrafa sa veste usée et l'accrocha aussi. Puis elle attacha son « tablier » et s'assit pour ôter ses bottines. Les ôter ou les mettre lui était un martyre, mais il y avait des années que ce martyre durait. De fait, elle était si bien habituée à la douleur que son visage se tirait et se contractait d'avance, prêt à la torture, avant même qu'elle eût dénoué les lacets. Cela fait, elle se renversa en arrière avec un soupir et se frotta doucement les genoux...

« Grand-mère ! Grand-mère ! » Son petit-fils était là, debout sur ses genoux, avec ses petites bottines. Il revenait de jouer dans la rue.

« Regarde un peu dans quel état t'as mis la jupe de grand-mère, vilain polisson ! »

Mais il passait les bras autour de son cou et frottait la joue contre la sienne.

« Grand-mère, faut me donner un sou ! cajolait-il.

— Va-t'en voir un peu ! Grand-mère a pas de sous.

— Si, t'en as !

— Non, j'en ai pas.

— Si, t'en as. Donne-m'en un ! »

Déjà, elle cherchait à tâtons le vieux porte-monnaie de cuir noir, tout déformé.

« Eh ben, qu'est-ce que tu lui donneras, à ta grand-mère ? »

Il avait un petit rire timide, il se serrait plus près. Elle sentait sa paupière frémir contre sa joue. « J'ai pas rien », murmurait-il...

La vieille femme se leva brusquement, saisit sur le fourneau à gaz la bouilloire de fer-blanc et la porta sur l'évier. Le bruit de l'eau tambourinant dans la bouilloire lui semblait amortir sa peine. Elle remplit aussi le seau et la bassine pour la vaisselle.

Il faudrait tout un livre pour décrire l'état de cette cuisine. Pendant la semaine, l'homme de lettres se tirait d'affaire tout seul. C'est-à-dire qu'il vidait de temps en temps les feuilles de thé dans un pot à confiture réservé à cet usage, et que, si les fourchettes propres venaient à manquer, il en frottait une ou deux sur l'essuie-mains. Autrement dit, comme il l'expliquait à ses amis, son « système » était tout simple et il ne pouvait comprendre comment les gens faisaient tant d'histoires à propos du ménage.

« Il n'y a qu'à salir tout ce qu'on possède, à faire venir une vieille sorcière pour nettoyer une fois par semaine et le tour est joué. »

Le résultat offrait l'aspect d'une gigantesque poubelle. Le parquet lui-même était jonché de croûtes de pain grillé, d'enveloppes, de mégots. Mais Maman Parker ne lui en voulait pas. Elle plaignait le pauvre jeune monsieur de n'avoir personne pour s'occuper de lui. Par la petite fenêtre ternie, on pouvait voir une immense étendue de ciel triste et, quand il y avait des nuages, ils avaient l'air de très vieux nuages tout usés, effrangés aux bords, avec des trous ou des taches sombres comme des taches de thé.

Pendant que l'eau chauffait, Maman Parker commença à balayer. « Oui, pensait-elle, tandis que le balai heurtait les murs, que ce soit pour une chose ou une autre, j'ai eu ma part. J'ai eu la vie dure. »

Les voisins eux-mêmes le disaient en parlant d'elle. Bien des fois, quand elle rentrait clopin-clopant, avec son cabas, elle les avait entendus qui, plantés au coin de la rue ou appuyés aux grilles des cours, disaient entre eux : « Elle a eu la vie dure, oui, la mère Parker. » Et c'était si vrai qu'elle n'en éprouvait pas la moindre fierté. C'était exactement comme si on disait qu'elle demeurait au sous-sol sur la cour, au n° 27. La vie dure!...

A seize ans, elle avait quitté Stratford et elle était venue à Londres comme fille de cuisine. Oui, c'est là qu'elle était née, à Stratford-sur-Avon. Shakespeare, M'sieu? Non, on lui en parlait toujours. Mais elle n'avait jamais entendu son nom avant de le voir affiché sur les théâtres.

De Stratford, rien ne subsistait plus, si ce n'est que « quand on était assis auprès du feu, le soir, on pouvait voir les étoiles par la cheminée » et que « ma mère avait toujours son jambon qui pendait du plafond ». Et il y avait quelque chose — un buisson, que c'était — à côté de la porte, qui sentait si bon. Mais le buisson restait très vague. Elle s'en était seulement souvenue une ou deux fois, à l'hôpital, quand elle était malade.

Cette place-là — sa première place — avait été terrible. Elle n'avait jamais la permission de sortir. Elle ne quittait jamais le sous-sol, excepté pour les prières, matin et soir. La cuisine était une vraie cave. Et la cuisinière était une méchante femme. Elle lui arrachait les lettres qu'elle recevait de chez elle, avant qu'elle ait pu les lire, et les jetait dans le fourneau, parce qu'elles la faisaient rêvasser... Et les cafards! Croiriez-vous ça? Avant de venir à Londres, elle n'avait jamais vu de cafards! A ce point, Maman Parker poussait toujours un petit éclat de rire comme si... de n'avoir jamais vu de cafards! Autant dire, quoi! que vous n'avez jamais vu vos propres pieds.

Quand cette famille fut ruinée, elle entra chez un docteur comme bonne à tout faire et, après y avoir passé deux ans à courir du matin au soir, elle avait épousé son mari. C'était un boulanger.

« Un boulanger, Mrs. Parker? » dit l'homme de lettres. Car à l'occasion, il mettait de côté ses gros livres et prêtait au moins une oreille à ce phénomène qu'on nomme la Vie.

« Ce doit être assez bien d'être la femme d'un boulanger! »

Mrs. Parker n'en était pas si sûre.

« Un métier si propre », dit le monsieur.

Mrs. Parker ne semblait pas convaincue.

« Et puis, n'aimiez-vous pas à servir les pains tout chauds aux clients?

— Ma foi, M'sieu, dit Maman Parker, j'étais pas souvent dans le magasin. Nous avons eu treize enfants et nous en avons enterré sept. Si c'était pas l'hôpital, c'était le dispensaire, comme qui dirait.

— Certes, Mrs. Parker, *en effet* », répondit le

monsieur en frissonnant et en reprenant sa plume.

Oui, il en était parti sept, et pendant que les six autres étaient encore petits, voilà que son mari était tombé malade de la poitrine. C'était à cause de la farine dans les poumons, lui avait dit le docteur à l'époque… Son mari s'assit sur le lit, la chemise retroussée par-dessus la tête et les doigts du docteur tracèrent un cercle sur son dos.

« Tenez, si on lui ouvrait le corps à cet endroit-ci, Mrs. Parker, disait le docteur, vous trouveriez les poumons complètement bloqués par une poudre blanche. Respirez, mon brave ! » Et Mrs. Parker ne sut jamais si elle avait vu, ou avait cru voir, un grand éventail de poussière blanchâtre sortir des lèvres de son pauvre cher mari…

Mais quelle lutte ç'avait été d'élever ces six petits enfants sans l'aide de personne ! Oui, ç'avait été terrible ! Et puis, juste au moment où ils avaient été d'âge à aller à l'école, la sœur de son mari était venue vivre chez eux pour aider un brin et il n'y avait pas plus de deux mois qu'elle était là, quand elle avait dégringolé un escalier et s'était abîmé la colonne vertébrale. Alors, pendant cinq ans, Maman Parker avait eu un autre bébé à soigner — et qui pleurait, celui-là ! Après ça, la petite Maudie avait mal tourné et sa sœur Alice avait fait comme elle ; les deux garçons avaient « émigrimé » et le jeune Jim était parti pour les Indes avec l'armée et Ethel, la dernière, avait épousé un propre-à-rien de garçon de café qui était mort d'un ulcère, l'année de la naissance du petit Lennie. Et à présent c'était le petit Lennie — mon petit-fils…

Les piles d'assiettes sales et de tasses étaient lavées et essuyées. Elle avait nettoyé les couteaux tout noircis avec un morceau de pomme de terre et les avait fait luire avec un vieux bouchon. Elle avait récuré la table, le vaisselier et l'évier où nageaient des queues de sardines...

Le petit n'avait jamais été robuste — jamais, même au début. C'était un de ces bébés blonds que tout le monde prend pour une fille. Des cheveux clairs comme de l'argent, qu'il avait, des yeux bleus et d'un côté du nez une petite tache de rousseur en losange. La peine qu'elles avaient eue à l'élever, sa fille et elle! Tous les remèdes de journal qu'elles avaient essayés pour lui! Chaque dimanche matin, Ethel lisait les annonces à haute voix, pendant que Maman Parker faisait la lessive :

« Cher Monsieur, un mot seulement pour vous faire savoir que ma petite Myrtil était prête à être enterrée... Après avoir pris quatre bouteilles... elle a engraissé de huit livres en neuf semaines *et ça continue*. »

Alors, on prenait sur le buffet le coquetier plein d'encre, on écrivait la lettre et le lendemain, en allant au travail, Maman expédiait le mandat. Mais c'était inutile. Rien ne faisait engraisser le petit Lennie. Même quand on l'emmenait au cimetière, il n'en revenait pas avec de belles couleurs; une bonne promenade en omnibus ne lui donnait jamais d'appétit.

Pourtant, depuis le commencement, il avait été le chouchou de grand-mère.

« A qui tu es? » dit la vieille Maman Parker penchée sur le fourneau, en se redressant et en marchant vers la fenêtre ternie. Et une petite voix, si chaude, si proche qu'elle l'étouffait presque — elle semblait parler dans sa poitrine, tout contre son cœur — dit en riant : « Je suis le petit garçon à grand-mère. »

A cet instant, un bruit de pas résonna et l'homme de lettres parut, habillé pour sortir.

« Mrs. Parker, je m'en vais.

— Très bien, M'sieu.

— Et vous trouverez votre argent dans le plateau de l'encrier.

— Merci bien, M'sieu.

— A propos, Mrs. Parker, continua très vite l'homme de lettres, vous n'avez pas jeté du cacao, la dernière fois que vous êtes venue, n'est-ce pas ?

— Non, M'sieu.

— C'est curieux. J'aurais juré qu'il restait une cuillerée de cacao dans la boîte. » Il s'interrompit. Il dit avec douceur et fermeté :

« Vous me direz toujours quand vous jetterez quelque chose, n'est-ce pas, Mrs. Parker ? » Et il partit, enchanté de lui-même, convaincu en somme d'avoir montré à Mrs. Parker que, sous son insouciance apparente, il avait toute la vigilance d'une femme.

La porte claqua. Elle emporta ses brosses et ses torchons dans la chambre à coucher. Mais lorsqu'elle se mit à faire le lit, à tirer les draps, à border, à tapoter, la pensée du petit Lennie devint intolérable. Pourquoi avait-il eu tant à souffrir ? Pourquoi fallait-il qu'un petit ange comme ça ait eu tant de mal à respirer, ait dû lutter et se débattre ? Il n'y avait pas de sens à faire souffrir un enfant comme ça...

... De la poitrine de Lennie, creuse comme un

petit coffre, montait un bruit pareil à celui de quelque chose qui bout. Il y avait là-dedans un gros morceau, on ne sait de quoi, qui bouillonnait et dont il ne pouvait pas se débarrasser. Quand il toussait, la sueur perlait sur sa tête ; ses yeux devenaient saillants, ses mains s'agitaient et le gros morceau bouillonnait comme une pomme de terre qui tape dans une casserole. Mais le plus affreux de tout, c'était quand il ne toussait pas, il restait assis contre l'oreiller sans jamais parler ni répondre, ni même avoir l'air d'entendre. Seulement, on aurait dit qu'il était fâché.

« C'est pas la faute à ta pauvre vieille grand-mère, mon agneau », disait la vieille Maman Parker, en repoussant doucement les cheveux humides de ses petites oreilles écarlates. Mais Lennie retirait la tête et s'écartait un peu. Il avait l'air terriblement fâché contre elle, et si solennel. Il baissait le front, il la regardait de côté, comme s'il ne s'était jamais attendu à ça de sa grand-mère.

Et puis à la fin… Maman Parker jeta la couverture sur le lit. Non, elle ne pouvait pas y penser. C'était trop — elle en avait eu trop à supporter dans sa vie. Jusqu'à maintenant, elle avait tout enduré, elle ne s'était jamais plainte à personne ; jamais, jamais on ne l'avait vue pleurer. Pas une âme au monde. Pas mêmes ses propres enfants n'avaient vu Maman s'abandonner. Elle avait toujours tenu la tête haute. Mais maintenant ! Lennie parti — qu'est-ce qui lui restait ? Il ne restait rien. Il était tout ce que lui avait donné la vie et voilà qu'elle le lui prenait aussi. « Pourquoi faut-il que tout ça me soit arrivé ? » se demandait-elle. « Qu'est-ce que j'ai donc fait ? » dit la vieille Maman Parker. « Qu'est-ce que j'ai donc fait ? »

En disant ces mots, elle laissa tout à coup tomber sa brosse. Elle se retrouva dans la cuisine. Sa détresse était si affreuse qu'elle épingla son chapeau, remit sa veste et sortit de l'appartement comme quelqu'un qui rêve. Elle ne savait plus ce qu'elle faisait. Elle ressemblait à une personne tellement étourdie par l'horreur de ce qui lui est arrivé qu'elle s'enfuit — n'importe où, comme si, à force de marcher, elle pouvait s'échapper...

Dans la rue, il faisait froid. Le vent était glacial. Des gens passaient, filant très vite ; les hommes marchaient en ciseaux ; les femmes se déplaçaient comme des chats. Et personne ne savait — personne ne faisait attention. Même si elle perdait courage, si, après toutes ces années elle se mettait enfin à pleurer, on la conduirait au poste, il y avait des chances !

Mais à l'idée de pleurer, il lui sembla que le petit Lennie se précipitait dans ses bras. Ah ! c'est ce qu'elle veut faire, mon agneau chéri ! Grand-mère voudrait pleurer à présent, pleurer longtemps, pleurer sur tout, en commençant par sa première place et la méchante cuisinière, en continuant par sa place chez le docteur, et puis les sept petits morts, la mort de son mari, le départ des enfants et toutes les années de misère qui aboutissaient à Lennie. Mais ça prendrait du temps de pleurer comme il faut sur tout ça. Pourtant, le moment était venu. Elle devait le faire. Elle ne pouvait plus remettre ; elle ne pouvait plus attendre... Où pouvait-elle aller ?

« Elle a eu la vie dure, oui, la mère Parker. » Ah ! certes, la vie dure ! Son menton se mit à trembler, il n'y avait pas de temps à perdre. Mais où aller ? Où ?

Elle ne pouvait pas rentrer chez elle ; Ethel était là. Elle aurait peur à mourir de la voir comme ça. Elle ne pouvait pas s'asseoir n'importe où, sur un banc ; les gens viendraient lui poser des questions. Impossible de retourner dans l'appartement du monsieur ; elle n'avait pas le droit d'aller pleurer chez des étrangers. Si elle s'asseyait sur des marches, un agent de police viendrait lui parler.

Oh ! n'y avait-il pas un endroit où elle put se cacher et ne rien dire à personne et rester tant qu'elle voudrait, sans déranger les gens et sans que les gens la tourmentent ? N'y avait-il au monde aucun recoin où elle pût pleurer enfin, à son gré ?

Maman Parker resta immobile, regardant de tous côtés. Le vent glacial gonflait son tablier comme un ballon. Et maintenant la pluie commençait à tomber. Il n'y avait rien — nulle part.

Mariage à la mode

« Marriage à la Mode »

En chemin vers la gare, William se rappela avec un nouveau et cruel regret qu'il n'apportait rien aux enfants. Pauvres petits bonshommes ! C'était dur pour eux. Quand ils accouraient à sa rencontre, leurs premières paroles étaient toujours : « Qu'est-ce que tu m'as apporté, papa ? » et voilà qu'il n'avait rien du tout. Il faudrait leur acheter des bonbons à la gare. Mais c'était ce qu'il avait fait les quatre samedis précédents ; leurs petits figures s'étaient allongées, la dernière fois, quand ils avaient vu apparaître les mêmes vieilles boîtes.

Et Paddy avait dit : « Y avait du *riban* rouge sur la mienne, avant ! »

Et Johnny avait dit : « C'est toujours du rose sur la mienne. Je déteste le rose, moi. »

Mais que faire ? L'affaire n'était pas si facile à arranger. Autrefois, naturellement, il se serait fait conduire dans un bon magasin de jouets et, en cinq minutes, il aurait choisi des cadeaux pour eux. Mais à présent, les petits avaient des joujoux russes, des joujoux français, des joujoux serbes — des joujoux venant on ne savait d'où. Il y avait plus d'un an qu'Isabelle avait fait table rase des vieux trains, des ânes et du reste parce que tout ça était « d'un sentimentalisme à faire peur » et « si dangereux pour le sens esthétique des petits ».

« Il est si important, avait expliqué la nouvelle Isabelle, qu'ils apprennent dès le début à aimer ce qu'il convient d'aimer. Cela fait gagner tant de temps ensuite. Vraiment, si ces pauvres trésors doivent passer les années de leur enfance à contempler des horreurs pareilles, on peut s'attendre à ce qu'en grandissant ils vous supplient de les emmener à l'Académie Royale. »

Et son ton impliquait qu'une visite à l'Académie Royale était la mort immédiate et certaine.

« Ma foi, je ne sais pas, avait répondu lentement William. Quand j'avais leur âge, j'allais généralement me coucher en serrant contre moi une vieille serviette nouée. »

La nouvelle Isabelle le regarda, plissant les paupières, les lèvres entrouvertes.

« *Cher* William ! Je n'en doute pas ! » Elle rit à sa nouvelle manière.

Donc, il allait bien falloir acheter des bonbons, songea mélancoliquement William, en cherchant de la monnaie dans sa poche pour le chauffeur de taxi. Il voyait d'avance les gosses offrant leurs boîtes à la ronde — ils étaient étonnamment généreux, ces petits bonshommes — tandis que les précieux amis d'Isabelle n'hésitaient pas à se servir...

Et s'il apportait des fruits ? William s'arrêta devant un étalage, à l'entrée de la gare. Pourquoi pas chacun un melon ? Seraient-ils obligés d'en offrir aussi aux autres ? Ou bien un ananas pour Pad et un melon pour Johnny ? Les amis d'Isabelle ne se faufileraient tout de même pas dans la chambre des enfants à l'heure du repas ? Cependant, en achetant le melon, William eut la vision horrible d'un des jeunes poètes de sa femme gobant une tranche, on ne sait comment, à la porte de la chambre.

Avec ses deux paquets parfaitement incongrus, il se dirigea vers son train. Le quai fourmillait de monde, l'express était en gare. Des portières s'ouvraient, se refermaient en claquant. De la locomotive jaillit un sifflement si strident que les voyageurs, courant de tous côtés, eurent l'air affolé. William alla tout droit à un compartiment de fumeurs, en première classe, y casa sa valise et ses paquets, puis il sortit de la poche intérieure de sa jaquette une énorme liasse de papiers, se laissa tomber dans un coin et se mit à lire.

« Notre client est, en outre, certain... Nous sommes disposés à reconsidérer... dans l'éventualité de... » Ah! ça allait mieux. William rejeta en arrière ses cheveux aplatis, et étendit ses jambes à travers le passage. La douleur sourde et familière qui lui rongeait la poitrine s'apaisa. « En ce qui concerne notre décision... » Il tira un crayon bleu et souligna lentement un paragraphe.

Deux hommes entrèrent, l'enjambèrent et allèrent s'asseoir à l'autre bout du compartiment. Un jeune homme jeta ses clubs de golf dans le filet et s'installa en face de lui. Le train s'ébranla doucement, on était parti. William leva les yeux et vit la gare chaude et reluisante glisser, disparaître. Une jeune fille, le visage empourpré, courait le long des wagons ; dans sa manière d'agiter la main en criant, il y avait quelque chose de forcené, de presque désespéré. « Hystérique ! » pensa William dans sa torpeur. Puis, au bout du quai, un ouvrier, le visage noirci et huileux, grimaça en voyant passer le train. Et William se dit : « Quelle vie de chien ! » et retourna à ses papiers.

Lorsqu'il releva de nouveau la tête, il y avait des champs, du bétail s'abritant sous les arbres sombres. Une large rivière, où des enfants nus barbotaient dans l'eau peu profonde, apparut et s'évanouit. Le ciel avait un éclat pâle et un seul oiseau planait très haut, pareil à une tache sombre dans une pierre précieuse.

« Nous avons vérifié la correspondance de notre client... » La dernière phrase qu'il venait de dire résonnait en écho dans son esprit. « Nous avons vérifié... » William se raccrocha à cette phrase, mais ce fut en vain : elle se brisa net au milieu et les champs, le ciel, l'oiseau qui planait, l'eau, tout dit : « Isabelle. » Le même fait se produisait tous les samedis soir. Quand il se trouvait en route pour rejoindre Isabelle, des rencontres imaginaires commençaient innombrables. Elle était à la gare, attendant un peu à l'écart de tout le monde ; elle était assise dans le taxi, au-dehors ; elle se tenait à la barrière du jardin ; elle venait, marchant sur l'herbe jaunie ; elle était à la porte ou à l'entrée du vestibule.

Et sa voix claire et légère disait : « Voilà William ! » ou « Holà, William ! » ou encore : « Alors, William, tu es arrivé ? » Il touchait sa fraîche main, sa joue fraîche.

Cette exquise fraîcheur d'Isabelle ! Quand il était petit garçon, son bonheur était de courir au jardin après une averse et de secouer sur lui le rosier. Isabelle était ce rosier aux doux pétales, étincelant et frais. Et lui était toujours ce petit garçon. Mais, maintenant, on ne pouvait plus courir au jardin, ni rire, ni secouer le rosier. La douleur sourde et tenace qui lui rongeait la poitrine recommença. Il remonta ses jambes, jeta les papiers de côté, ferma les yeux.

« Qu'est-ce que c'est, Isabelle ? Qu'est-ce que c'est ? » demanda-t-il tendrement. Ils se trouvaient dans leur chambre, dans la nouvelle maison. Isabelle était assise sur un tabouret peint, devant la coiffeuse, jonchée de petites boîtes noires et vertes.

« Qu'est-ce qui est quoi, William ? »

Elle se pencha en avant, ses beaux cheveux légers retombèrent sur ses joues.

« Ah ! tu sais bien ! » Debout au milieu de la chambre étrange, il se sentait un étranger. A cette réponse, Isabelle se retourna vivement et lui fit face.

« Oh ! William ! » cria-t-elle d'un ton suppliant ; et elle brandissait la brosse à cheveux. « Je t'en prie ! Je t'en prie, ne sois pas mystérieux comme ça et... et tragique ! Tu ne cesses pas de dire, ou de faire entendre, ou d'insinuer que j'ai changé. Uniquement parce que j'ai fait la connaissance de gens avec lesquels je m'entends à merveille et que je sors plus souvent, parce que je suis passionnée par toutes... toutes sortes de choses, tu te conduis comme si j'avais... — Isabelle rejeta ses cheveux en arrière et éclata de rire... — tué notre amour ou fait quelque chose de similaire. C'est absolument grotesque — elle se mordit la lèvre —, et tellement exaspérant, William. Même cette maison-ci et les domestiques, tu me les accordes à regret.

— Isabelle !

— Oui, oui, c'est vrai en un sens, dit rapidement Isabelle. Tu trouves que tout ça est encore mauvais signe. Oh ! je sais que tu as cette idée-là. Je le sens, dit-elle à mi-voix, chaque fois que tu montes l'escalier. Mais nous n'aurions pas pu continuer à vivre dans cette malheureuse petite bicoque, William. Sois au moins raisonnable ! Voyons ! il n'y avait même pas assez d'espace pour les enfants. »

Oui, c'était vrai. Chaque matin, quand il rentrait de son étude, c'était pour retrouver les enfants avec Isabelle dans le petit salon. Ils faisaient des chevauchées sur la peau de léopard qui couvrait le dossier du canapé, ou bien ils jouaient à la boutique, le secrétaire d'Isabelle faisant office de comptoir ; ou Pad, assis sur le tapis devant le foyer, ramait de toutes ses forces avec une petite pelle à feu de cuivre, tandis que Johnny tirait sur des pirates avec les pincettes. Tous les soirs, leur père les prenait chacun à son tour sur son dos, pour monter l'escalier étroit qui menait à leur bonne grosse vieille Nounou.

Oui, sans doute, c'était une malheureuse petite bicoque. Une maisonnette blanche avec des rideaux bleus et une baie fleurie de pétunias en caisses. William accueillait leurs amis à la porte, en disant : « Vous avez vu nos pétunias ? Pas mal pour Londres, hein ? »

Mais ce qui était idiot, ce qui était absolument extraordinaire, c'est qu'il n'avait pas eu la plus vague idée qu'Isabelle ne fût pas aussi heureuse que lui. Mon Dieu, quel aveuglement ! En ce temps-là, il n'avait pas soupçonné, même de très loin, qu'elle détestait vraiment cette petite maison incommode, qu'elle trouvait que la grosse Nounou gâtait abominablement les enfants, qu'elle était désespérément seule avec la nostalgie d'amis nouveaux, de nouvelle musique, de tableaux et du reste. S'ils n'étaient pas allés à cette soirée, dans l'atelier de Moira Morrison... Si Moira Morrison n'avait pas dit, au moment où ils prenaient congé : « Je vais sauver votre femme, mari égoïste ! Elle ressemble à une exquise petite Titania... » Si Isabelle n'était pas allée à Paris avec Moira... si... si...

Le train s'arrêta à une autre gare. Bettingford. Grand Dieu ! on allait arriver dans dix minutes. William fourra ses papiers dans ses poches ; le jeune homme en face de lui avait disparu depuis longtemps. A présent, les deux autres voyageurs sortirent. Le soleil d'une fin d'après-midi brillait sur des femmes en robes de coton, sur des petits enfants hâlés, courant pieds nus. Il flamboyait sur une fleur jaune et soyeuse, aux feuilles grossières, étalée sur un tertre rocheux. L'air qui entrait en bouffées par la fenêtre sentait la mer. Isabelle serait-elle avec la même bande ce week-end ? se demandait William.

Et il se souvint des vacances qu'ils avaient autrefois tous les quatre, avec une petite paysanne, Rose, pour s'occuper des enfants. Isabelle portait un chandail et les cheveux en natte ; on lui aurait donné quatorze ans. Mon Dieu ! et lui, comme son nez pelait ! Et comme ils mangeaient et comme ils dormaient sur cet immense lit de plume, les pieds glacés... William ne put se défendre d'ébaucher un sourire de sombre ironie, en pensant à l'horreur d'Isabelle, si elle savait jusqu'à quel point il pouvait être sentimental.

« Bonjour, William ! » Elle était à la gare, finalement, debout, exactement comme il se l'était figuré, à l'écart des autres, et — le cœur de William bondit — elle était seule.

« Bonjour, Isabelle! » William la regarda longuement. Il la trouvait si belle qu'il fut forcé de dire quelque chose :

« Tu as l'air toute fraîche.

— Vraiment? dit Isabelle. Je ne me sens pas très fraîche. Viens donc, ton horrible vieux train est en retard. Le taxi attend dehors. »

Elle lui posa légèrement la main sur le bras, en passant devant le contrôleur.

« Nous sommes tous venus à ta rencontre, dit-elle. Mais nous avons laissé Bobby Kane chez le confiseur; on le prendra au passage.

— Oh! » fit William. Ce fut tout ce qu'il put dire sur le moment.

Le taxi attendait là, dans la lumière aveuglante; Bill Hunt et Dennis Green se vautraient d'un côté, leurs chapeaux rabattus sur la figure, tandis que, de l'autre, Moira Morrison, coiffée d'un chapeau semblable à une énorme fraise, sautillait sur la banquette.

« Pas de glace! pas de glace! pas de glace! » cria-t-elle gaiement.

Et Dennis, de dessous son chapeau, fit écho :

« On n'en trouve qu'à la poissonnerie! »

Bill Hunt, émergeant, ajouta :

« Avec des poissons *entiers* dedans!

— Oh, quel ennui! » gémit Isabelle. Et elle expliqua à William qu'ils avaient couru toute la ville pour se procurer de la glace, pendant qu'elle l'attendait.

« Vraiment, tout fond, tout coule du haut des falaises jusqu'à la mer, à commencer par le beurre.

— Il faudra nous oindre de beurre, dit Dennis. Que ta tête, ô William, ne manque jamais d'onguent !

— Regarde, dit William, comment va-t-on s'asseoir ? Je ferais mieux de me mettre à côté du chauffeur.

— Non, c'est la place de Bobby Kane, dit Isabelle. Tu te mets entre Moira et moi. »

Le taxi démarra.

« Qu'est-ce que tu as dans ces mystérieux paquets ?

— Des têtes de dé-ca-pi-tés ! dit Bill Hunt, en frissonnant sous son chapeau.

— Oh ! des fruits ! »

On voyait, à sa voix, qu'Isabelle était enchantée.

« Sage William ! Un melon et un ananas. C'est gentil !

— Non, attends un peu ! » dit William en souriant. Mais en fait, il était inquiet.

« Je les ai apportés pour les petits.

— Oh ! mon cher ! »

Isabelle rit et lui glissa la main sous le bras.

« Ils se tordraient de douleur s'ils les mangeaient. Non — elle lui tapota la main —, tu leur apporteras quelque chose la prochaine fois. Je refuse de me séparer de mon ananas.

— Cruelle Isabelle ! Laissez-moi le sentir, de grâce ! » dit Moira.

Elle tendit les bras par-dessus William, d'un geste suppliant. « Oh ! » Son chapeau en forme de fraise glissa en avant, sa voix semblait expirante.

« Dame éprise d'un Ananas », dit Dennis, comme le taxi s'arrêtait devant un petit magasin à la tente rayée. Bobby Kane en sortit, les bras chargés de petits paquets.

« J'espère que ce sera bon. Je les ai choisis pour leurs couleurs. Il y a de petits machins ronds qui ont l'air absolument divins. Et regardez un peu ce nougat, cria-t-il, d'un air d'extase, mais regardez-le donc! C'est un vrai petit ballet. »

Mais, à cet instant, le marchand apparut.

« Oh! j'oubliais. Rien n'est payé », dit Bobby, l'air effrayé. Isabelle tendit un billet au confiseur et Bobby redevint radieux.

« Bonjour, William! Je me mets à côté du chauffeur. »

Et tête nue, tout de blanc vêtu, les manches retroussées jusqu'à l'épaule, il bondit à sa place. « *Avanti!* » cria-t-il...

Après le thé, les autres allèrent se baigner, tandis quc William restait à la maison et faisait la paix avec les petits. Mais Johnny et Paddy s'étaient endormis, la splendeur rouge et rose du ciel avait pâli, des chauves-souris voltigeaient et les baigneurs n'étaient pas encore revenus. Comme William traînait en bas, la femme de chambre, portant une lampe, traversa le vestibule. Il la suivit au salon. C'était une longue pièce jaune. Sur le mur, en face de William, quelqu'un avait peint un jeune homme, plus grand que nature, solide sur ses jambes, offrant une pâquerette grande ouverte à une jeune femme dont l'un des bras était très court, l'autre très long. Sur les chaises, sur le divan pendaient des morceaux d'étoffe noire, couverts de larges éclaboussures qui rappelaient les taches d'œuf; partout où se posait le regard, on rencontrait un cendrier plein de mégots. William s'assit dans un des fauteuils. A présent, quand on glissait la main le long des côtés des sièges, on n'y trouvait plus un mouton à trois pattes, ou une vache qui avait perdu une de ses cornes, ou bien la colombe dodue de l'arche de Noé. On repêchait plutôt un autre petit volume broché, de poèmes aux pages maculées. Il se rappela la liasse de papiers qui était dans sa poche, mais il avait trop faim, il était trop las pour lire. La porte était restée ouverte ; du bruit venait de la cuisine. Les domestiques causaient, comme s'ils étaient seuls dans la maison. Tout à coup résonna un éclat de rire strident et sonore, puis un « chut ! » également bruyant. On s'était rappelé sa présence. William se leva et, par la porte-fenêtre, gagna le jardin. Comme il était là, dans l'ombre, il entendit les baigneurs monter le chemin sablonneux ; leurs voix retentissaient dans le silence.

« Je pense que c'est au tour de Moira d'utiliser ses charmes et ses grâces. »

Moira poussa un gémissement tragique.

« Nous devrions pour les week-ends avoir un gramophone qui joue *La Fille des montagnes*.

— Oh ! non ! oh ! non ! cria la voix d'Isabelle. Ce n'est pas juste envers William. Soyez gentils pour lui, mes enfants ! Il ne reste que jusqu'à demain soir.

— Confiez-le-moi, cria Bobby Kane. J'excelle à m'occuper des gens. »

La barrière s'ouvrit, se referma. Sur la terrasse, William avait bougé ; ils le virent. « Holà, William ! » Et Bobby Kane, brandissant sa serviette, se mit à bondir, à pirouetter sur la pelouse.

« Bien dommage que vous ne soyez pas venu, William ! L'eau était divine. Et après, nous sommes tous allés dans un petit bistrot boire de la liqueur de prunelle. »

Les autres étaient arrivés jusqu'à la maison.

« Dites-moi, Isabelle, cria Bobby, voudriez-vous que je mette mon costume Nijinsky, ce soir ?

— Non, dit Isabelle, personne ne s'habille. Nous mourons tous de faim. William aussi est affamé. Venez donc, *mes amis**, commençons par les sardines.

— C'est moi qui les ai trouvées, dit Moira, et elle se précipita dans le vestibule, tenant une boîte en l'air à bout de bras.

— Dame tenant une Boîte de Sardines, dit gravement Dennis.

— Eh bien, William, comment se porte Londres ? demanda Bill Hunt, en débouchant une bouteille de whisky.

— Oh ! Londres n'a guère changé, répondit William.

— Ce bon vieux Londres ! » dit Bobby, avec une extrême cordialité, tout en piquant une sardine.

Mais un instant plus tard, William était oublié. Moira Morrison commença à se demander de quelle couleur sont vraiment les jambes sous l'eau.

« Les miennes sont du plus pâle, du plus pâle ton de lait. »

Bill et Dennis mangeaient énormément. Isabelle remplissait des verres, changeait des assiettes, allait chercher les allumettes. Une fois, elle dit :

« Je voudrais tant, Bill, que vous peigniez cela.

— Que je peigne quoi ? demanda Bill, d'une grosse voix en se remplissant la bouche de pain.

— Nous, dit Isabelle, assis autour de la table. Ce serait tellement fascinant, dans vingt ans. »

Bill roula des yeux et mastiqua.

« Mauvaise lumière, répliqua-t-il avec rudesse, trop de jaune. »

Il continua à manger. Et cela aussi parut enchanter Isabelle.

Mais après le souper, ils étaient tous si fatigués qu'ils ne firent que bâiller, jusqu'à ce que l'heure d'aller au lit arrivât.

Ce ne fut que l'après-midi suivante, lorsque William attendait son taxi, qu'il se trouva seul avec Isabelle. Quand il descendit sa valise dans le vestibule, sa femme quitta les autres et vint le joindre. Elle se pencha et prit la valise.

« Comme c'est lourd ! dit-elle avec un petit rire gêné. Laisse-moi la porter ! Si, jusqu'à la barrière.

— Mais non, pourquoi donc ? dit William. Non, bien sûr. Donne-la-moi.

— Oh ! je t'en prie, laisse-moi donc, répondit Isabelle. J'ai envie de la porter, vraiment. »

Ils marchèrent côte à côte en silence. William sentait qu'il n'y avait rien à dire, maintenant.

« Là, s'écria Isabelle d'un air de triomphe en posant la valise, et elle jeta un regard inquiet le long du chemin sablonneux. Il me semble que je t'ai à peine vu, cette fois, ajouta-t-elle, essoufflée. C'est si court, n'est-ce pas ? J'ai l'impression que tu viens seulement d'arriver. La prochaine fois… »

Le taxi apparut.

« J'espère qu'on te soigne bien, à Londres. Je suis désolée que les enfants aient été dehors toute la journée, mais Miss Neil avait pris ses dispositions. Ils vont regretter d'avoir manqué ton départ. Pauvre William qui retourne en ville ! »

Le taxi arriva.

« Au revoir ! »

Elle lui donna un petit baiser hâtif ; elle était partie.

Des champs, des arbres, des haies défilèrent. Ils traversèrent en cahotant la petite ville vide, à l'air aveugle ; les roues grincèrent sur la montée abrupte qui menait à la gare. Le train était déjà là. William alla tout droit à un compartiment de fumeurs, en première classe, se laissa tomber dans un coin, mais, cette fois, il ne toucha pas à ses paperasses. Il croisa les bras sur la douleur sourde et tenace qui lui rongeait la poitrine, et en pensée se mit à écrire une lettre à Isabelle.

Comme d'habitude, le courrier était en retard. Ils étaient devant la maison, étendus sur des chaises longues, sous des parasols de couleur. Seul, Bobby Kane était couché sur le gazon, aux pieds d'Isabelle. Il faisait un temps lourd, étouffant ; la journée s'alanguissait comme un drapeau qui pend.

« Croyez-vous qu'il y aura des lundis au Paradis ? » demanda Bobby, d'une voix enfantine.

Et Dennis murmura :

« Le Paradis ne sera qu'un interminable lundi. »

Mais Isabelle ne pouvait s'empêcher de se demander ce qui était arrivé au saumon qu'on avait eu pour souper, la veille au soir. Elle s'était proposé de le faire mettre en mayonnaise pour le déjeuner, et voilà que...

Moira dormait. Le sommeil était sa plus récente découverte : « C'est quelque chose de merveilleux. Il n'y a qu'à fermer les yeux, voilà tout. C'est absolument délicieux ! »

Quand le vieux facteur congestionné arriva péniblement sur son tricycle, le long du chemin sablonneux, on eut l'impression que le guidon de la machine aurait dû être une paire de rames.

Bill Hunt posa son livre. « Des lettres ! » dit-il avec satisfaction, et tout le monde attendit. Mais, ô cruel facteur, ô malveillance des choses ! Il n'y avait qu'une seule lettre, une épaisse enveloppe, pour Isabelle. Pas même un journal.

« Et la mienne n'est que de William, dit mélancoliquement Isabelle.

— De William ? Déjà ?

— Il vous renvoie votre contrat de mariage, comme discret rappel au devoir.

— Est-ce que tout le monde a un contrat de mariage ? Je croyais que ce n'était que pour les domestiques.

— Des pages et des pages ! Regardez-la ! Une dame lisant une lettre », dit Dennis.

« Ma chérie, ma précieuse Isabelle. » Oui, il y en avait des pages et des pages. Tandis qu'Isabelle lisait, son sentiment de surprise devenait une sensation d'oppression. Qu'est-ce qui pouvait bien avoir poussé William à… ? Comme c'était extraordinaire… Qu'est-ce qui lui avait fait faire une pareille… Elle se sentait confuse, de plus en plus excitée, effrayée même. C'était bien de William ! Et pourtant… C'était absurde, évidemment, ce devait être absurde, ridicule. « Ah, ah, ah, oh, mon Dieu ! » Que fallait-il faire ? Isabelle se renversa dans son fauteuil, en riant sans pouvoir s'arrêter.

« Dites, dites-nous donc, demandèrent les autres. Vous devez nous le dire.

— J'en meurs d'envie ! » pouffa Isabelle.

Elle se redressa, rassembla les feuillets, les agita.

« Faites le cercle, dit-elle. Écoutez, c'est trop merveilleux. Une lettre d'amour !

— Une lettre d'amour ! Mais c'est divin ! »

« Chérie, précieuse Isabelle. » A peine avait-elle commencé que leurs rires l'interrompirent.

« Continuez donc, Isabelle, c'est adorable.

— C'est la plus merveilleuse trouvaille !

— Oh ! Isabelle, continuez. »

« Dieu me garde, ma chérie, d'être un obstacle à ton bonheur. »

« Oh ! oh ! oh !

— Chut ! chut ! chut ! »

Et Isabelle continua. Quand elle arriva à la fin, ils n'en pouvaient plus de rire ; Bobby se roulait sur l'herbe, en sanglotant presque.

« Il faut absolument que vous me la donniez telle qu'elle est, complète, pour mon prochain livre, dit Dennis avec fermeté. Je lui consacrerai un chapitre entier.

— Oh ! Isabelle, gémit Moira, ce merveilleux passage où il parle de vous tenir dans ses bras !

— J'avais toujours cru que ces lettres qu'on cite dans les procès en divorce étaient fabriquées de toutes pièces. Mais elles pâlissent à côté de celle-là.

— Laissez-moi la toucher. Laissez-moi la lire par moi-même », dit Bobby Kane.

Mais, à leur grande surprise, Isabelle serra la lettre dans sa main. Elle ne riait plus. Elle leur jeta à tous un regard rapide ; elle semblait épuisée.

« Non, pas maintenant. Pas maintenant », balbutia-t-elle.

Et avant qu'ils ne recouvrent leurs esprits, elle

s'était enfuie dans la maison, avait traversé le vestibule, avait monté l'escalier, était entrée dans sa chambre. Elle s'assit sur le lit.

« Que c'est vil, odieux, abominable, vulgaire ! » murmura Isabelle.

Elle pressa ses poings fermés contre ses yeux, elle se balança d'avant en arrière. De nouveau, elle voyait ses amis, mais ils n'étaient plus quatre, ils étaient quarante plutôt, qui riaient, qui ricanaient, qui plaisantaient, les mains tendues, tandis qu'elle leur lisait la lettre de William. Oh ! avoir fait cette chose ignoble ! Comment avait-elle pu ? « *Dieu me garde, ma chérie, d'être un obstacle à ton bonheur.* » William ! Isabelle enfouit son visage dans l'oreiller. Mais elle avait le sentiment que même la chambre sévère savait ce qu'elle était, superficielle, frivole, vaniteuse...

Bientôt, du jardin au-dessous, des voix montèrent.

« Isabelle, nous allons tous baigner. Venez donc !

— Viens, ô épouse de William !

— Appelez-la encore une fois avant de partir, appelez encore ! »

Isabelle se redressa. Le moment était venu, il fallait se décider à présent. Irait-elle avec eux, resterait-elle ici pour écrire à William ? Lequel des deux, lequel serait-ce ? « Il faut que je prenne une décision. » Oh ! mais comment pouvait-on hésiter ? Elle resterait évidemment, elle écrirait.

« Titania ! cria la voix flûtée de Moira.

— I-sa-belle ! »

Non, c'était trop difficile.

« Je vais... je vais aller avec eux et j'écrirai plus tard à William. A un autre moment. Plus tard.

Pas maintenant. Mais j'écrirai *pour sûr* », pensa précipitamment Isabelle.

Et, riant de sa nouvelle manière, elle descendit en courant.

Le voyage

« The Voyage »

Le bateau de Picton devait partir à onze heures et demie. C'était une belle nuit, douce, étoilée, mais quand ils descendirent de voiture et se mirent à longer le Vieux Quai, qui s'avançait dans le port, un vent léger venu de la mer agita le chapeau de Fénella et elle leva la main pour le tenir. Sur le Vieux Quai, il faisait noir, très sombre ; les entrepôts de laine, les wagons à bestiaux, les grues qui se dressaient si haut, la petite locomotive trapue, tout semblait sculpté dans un bloc d'ombre. Çà et là, sur une pile de rondins de bois qui ressemblait à la tige d'un énorme champignon noir, une lanterne était accrochée, mais on eût dit qu'elle avait peur de déployer sa timide clarté frissonnante dans toutes ces ténèbres ; elle brûlait doucement, comme pour elle seule.

Le père de Fénella avançait à grandes enjambées rapides, nerveuses. Auprès de lui, sa grand-mère se dépêchait, dans son imperméable noir qui crissait sans cesse ; ils allaient si vite qu'elle était obligée, de temps à autre, de faire, pour les rattraper, un petit saut dépourvu de toute dignité. Outre son bagage sanglé en un rouleau pareil à une saucisse rebondie, Fénella portait le parapluie de sa grand-mère serré sur son cœur, et la poignée en tête de cygne lui donnait tout le temps sur l'épaule de brusques petits coups de bec, comme pour lui dire aussi de se hâter... Des hommes, la casquette rabattue sur les yeux, le col relevé, allaient à grands pas ; quelques femmes tout emmitouflées trottinaient précipitamment ; et un tout petit garçon dont seuls les petits bras noirs et les jambes sortaient d'un châle de laine blanche, était balancé furieusement entre son père et sa mère ; il avait l'air d'un moucheron tombé dans de la crème.

Et puis soudain, si brusquement que Fénella et sa grand-mère sursautèrent toutes deux, de derrière le plus vaste hangar sur lequel oscillait un panache de fumée, surgit ce cri *Mia-ou-ou-OU !*

« Premier coup de sifflet ! » dit brièvement son père, et, au même instant, ils aperçurent le bateau de Picton. Le long du quai sombre, tout enguirlandé, constellé de lumières dorées et rondes, il semblait se préparer à voguer parmi les étoiles, plutôt que vers la froide mer. Des gens se pressaient sur la passerelle. D'abord, sa grand-mère passa, puis son père, puis Fénella. Pour descendre sur le pont, il fallait sauter d'une haute marche et un vieux marin en tricot bleu, qui se tenait là, lui tendit sa main sèche et calleuse. Ils étaient à bord ; ils s'écartèrent du chemin des gens qui se dépêchaient et, debout sous un petit escalier de fer qui conduisait au pont supérieur, ils commencèrent à se faire leurs adieux.

« Tiens, maman, voilà ton bagage ! dit le père de Fénella en remettant à grand-mère une autre saucisse bien sanglée.

— Merci, Frank.

— Et tu as bien des billets de cabine ?

— Oui, mon enfant.

— Et tes autres billets ? »

Grand-mère les chercha à tâtons sous son gant et lui en montra les bouts.

« C'est parfait. »

Sa voix semblait sévère, mais Fénella, qui l'observait de tous ses yeux, vit qu'il avait l'air fatigué et triste. *Mia-ou-ou-OU !* Le second coup de sifflet retentit, assourdissant, juste au-dessus de leurs têtes et une voix cria, comme un appel de détresse : « Plus personne pour descendre à terre ? »

Fénella vit les lèvres de son papa prononcer : « Tu feras bien mes amitiés à papa. » Et sa grand-mère, très agitée, répondit : « Bien sûr, mon chéri. Va-t'en maintenant. Il sera trop tard. Va-t'en, Frank. Va-t'en !

— Ça va bien, maman, j'ai encore trois minutes. »

A sa grande surprise, Fénella vit son père ôter son chapeau. Il entoura grand-mère de ses bras, il la serra contre lui. « Dieu te bénisse, mère ! » entendit-elle.

Et grand-mère posa contre la joue de son fils sa main dans le gant de fil noir, usé à l'endroit de son alliance, et elle sanglota : « Dieu te bénisse, mon brave enfant ! »

C'était tellement affreux que Fénella leur tourna vite le dos, déglutit une fois ou deux et fronça vigoureusement les sourcils, en regardant une petite étoile verte à la pointe d'un mât. Mais il fallut se retourner de nouveau ; son père partait.

« Adieu, Fénella. Sois bien sage ! »

Sa moustache froide et mouillée effleura sa joue. Mais Fénella le saisit par les revers de son manteau.

« Combien de temps est-ce que je vais rester ? » chuchota-t-elle d'une voix anxieuse.

Il ne voulut pas la regarder. Il la repoussa doucement et doucement lui dit : « Nous verrons ça. Tiens ! Où est ta main ? » Il lui glissa quelque chose dans la paume. « Voilà un shilling, si tu en a besoin. »

Un shilling ! Alors, elle devait partir pour toujours ! « Papa ! » cria Fénella. Mais il était parti. Il était le dernier à quitter le bateau. Les marins soulevèrent la passerelle. Un énorme rouleau de cordage sombre s'envola dans l'air et retomba avec un choc sourd sur le quai. Une cloche sonna ; un sifflet retentit, strident. Silencieusement, le quai ténébreux commença à glisser, à s'évader, à les fuir. Un flot de mer, maintenant, les séparait. Fénella, de toutes ses forces, essayait de voir. « Était-ce papa, là-bas, qui se retournait ? — ou qui faisait des signes ? — ou qui restait à l'écart ? — ou qui s'en allait tout seul ? » L'étroite étendue d'eau devint plus large, plus obscure. Maintenant, le bateau de Picton commençait à virer de bord, régulièrement, la proue tournée vers la mer. Ce n'était plus la peine de regarder. Il n'y avait rien à voir, sinon quelques lumières, le cadran de l'horloge de la ville suspendu en l'air, d'autres lumières, par petits groupes sur les sombres collines.

Le vent fraîchissant tiraillait les jupes de Fénella ; elle revint auprès de sa grand-mère. A son grand soulagement, grand-mère n'avait plus l'air triste. Elle avait posé l'un sur l'autre les deux bagages en forme de saucisse et elle était assise dessus, les mains jointes, la tête penchée un peu de côté. Son visage avait une expression d'intensité lumineuse. Alors, Fénella vit ses lèvres se mouvoir et devina qu'elle priait. Mais la vieille femme lui fit un petit signe de tête encourageant, comme pour dire que la prière était presque finie. Elle décroisa les mains, soupira, les croisa de nouveau, se courba en avant et enfin se secoua doucement.

« Et maintenant, petite, fit-elle, en rajustant le nœud des brides de sa capote, je crois que nous ferions bien de nous occuper de notre cabine. Reste à côté de moi et prends garde de ne pas glisser.

— Oui, grand-mère.

— Et fais attention que les parapluies ne s'accrochent pas à la rampe de l'escalier. A l'aller j'ai vu un magnifique parapluie se casser en deux comme ça.

— Oui, grand-mère. »

De sombres silhouettes d'hommes s'appuyaient nonchalamment au bastingage. A la lueur de leurs pipes luisaient un nez, ou la visière d'une casquette, ou deux sourcils à l'aspect étonné. Fénella leva les yeux. Là-haut dans les airs, une petite silhouette, les mains enfouies dans les poches d'une courte vareuse, se dressait, regardant fixement la mer. Le bateau avait un léger roulis et elle pensa que les étoiles roulaient aussi un peu. Et maintenant, un steward pâle, en veste de toile, portant un plateau en l'air sur les paumes de ses mains, sortit d'une porte éclairée et les croisa d'un pas leste. Elles franchirent cette porte. Enjambant la marche haute cerclée de cuivre, elles posèrent avec précaution le pied sur un carré de caoutchouc, puis descendirent un escalier si effroyablement raide que grand-mère fut obligée de mettre les deux pieds ensemble sur chaque marche et que Fénella, se cramponnant à la rampe de cuivre humide, oublia complètement de prendre garde au parapluie à la tête de cygne.

Tout en bas, grand-mère s'arrêta ; Fénella eut un peu peur qu'elle ne recommençât à prier. Mais non, elle cherchait seulement ses billets de cabine. Elles étaient dans le salon. La lumière y était éblouissante et l'air étouffant ; ça sentait la peinture, les côtelettes brûlées, le caoutchouc. Fénella aurait bien voulu que sa grand-mère avançât, mais la vieille dame ne voulait pas se presser. Une vaste corbeille de sandwiches au jambon attira son regard. Elle approcha et toucha délicatement du doigt le plus haut.

« Combien les sandwiches ? demanda-t-elle.

— Deux pence ! » brailla impoliment le garçon, en jetant sur la table une fourchette et un couteau.

Grand-mère ne put y croire.

« Deux pence *chacun ?*

— C'est ça ! » dit le garçon, et il cligna de l'œil en regardant son camarade.

Grand-mère fit une petite moue étonnée. Puis d'un ton pincé, elle murmura à Fénella : « Quelle honte ! » Et elles sortirent avec dignité par la porte à l'autre bout et suivirent un couloir bordé de cabines des deux côtés. Une charmante femme de chambre vint à leur rencontre. Elle était tout habillée de bleu, son col et ses manchettes étaient fermées par de gros boutons de cuivre. Elle avait l'air de bien connaître grand-mère.

« Eh bien, Mrs. Crane, dit-elle, en ouvrant le couvercle de leur lavabo, on vous retrouve. Ce n'est pas souvent que vous prenez une cabine.

— Non, dit grand-mère. Mais cette fois-ci, mon cher fils, dans sa sollicitude...

— J'espère... », commença la femme de chambre. Puis elle se retourna pour jeter un long regard attristé à tout le noir que portait grand-mère, à la jaquette noire, à la jupe noire de Fénella, à sa blouse noire, à son chapeau garni d'une rosette de crêpe.

Grand-mère inclina la tête.

« C'est la volonté de Dieu », dit-elle.

La femme de chambre serra les lèvres et, respirant profondément, elle parut se dilater.

« Ce que je dis toujours, déclara-t-elle, comme si c'était sa propre découverte, c'est que, tôt ou tard, nous devons tous partir et que c'est sûr et certain. »

Elle fit une pause.

« Maintenant, puis-je vous apporter quelque chose, Mrs. Crane ? Une tasse de thé ? Je sais que c'est pas la peine de vous offrir une petite goutte pour vous réchauffer. »

Grand-mère secoua la tête.

« Rien du tout, merci. Nous avons quelques biscuits légers et Fénella a une belle banane.

— Alors, je viendrai plus tard pour voir si vous avez besoin de quelque chose », dit la femme de chambre ; et elle sortit, refermant la porte.

Comme cette cabine était petite ! On aurait cru être enfermé dans une boîte avec grand-mère. L'œil noir et rond qui luisait au-dessus du lavabo les regardait d'un air morne. Fénella se sentait intimidée. Elle restait debout contre la porte, étreignant toujours son bagage et le parapluie. Est-ce qu'on allait se déshabiller là-dedans ? Déjà, sa grand-mère avait ôté sa capote et, roulant les brides, elle les avait fixées chacune par une épingle à la coiffe, avant de suspendre le chapeau. Ses cheveux blancs brillaient comme de la soie ; le petit chignon, sur la nuque, était recouvert d'un filet noir. Fénella n'avait presque jamais vu sa grand-mère tête nue ; elle avait l'air étrange.

« Je vais mettre le petit fichu de laine que ta chère mère m'avait fait », dit grand-mère ; et, défaisant les courroies de la saucisse, elle le sortit et s'en enveloppa la tête ; la frange de pompons gris dansait au-dessus de ses sourcils, tandis qu'elle souriait tendrement et tristement à Fénella. Puis elle défit son corsage et quelque chose dessous et encore quelque chose dessous. Une lutte sembla se livrer courte et vive ; un rouge léger monta au visage de grand-mère. Cric ! crac ! elle avait dégrafé son corset. Elle poussa un soupir de délivrance et, s'asseyant sur le divan pelucheux, elle ôta lentement, soigneusement ses bottes à élastiques et les rangea côte à côte.

Lorsque Fénella eut enlevé sa jaquette et sa jupe puis enfilé son peignoir de flanelle, grand-mère était tout à fait prête.

« Faut-il que j'ôte mes bottines, grand-mère ? C'est qu'elles sont à lacets. »

Grand-mère accorda aux bottines un moment de profonde réflexion.

« Tu serais beaucoup plus à ton aise, si tu le faisais, mon enfant », dit-elle. Elle embrassa Fénella.

« N'oublie pas de dire tes prières. Notre bon Seigneur nous garde quand nous sommes en mer encore mieux que quand nous sommes sur terre. Et, ajouta grand-mère d'un air allègre, comme je suis une voyageuse expérimentée, c'est moi qui vais prendre la couchette d'en haut.

— Mais, grand-mère, comment vas-tu faire pour y monter ? »

Trois petits échelons fins comme des allumettes, voilà tout ce que voyait Fénella. La vieille dame eut un petit rire silencieux avant de les escalader lestement et, par-dessus le rebord de la haute couchette, elle regarda la fillette étonnée.

« Ah ! tu ne croyais pas ta grand-mère capable de ça », dit-elle. Et quand elle se laissa retomber en arrière, Fénella entendit de nouveau son rire léger.

Le dur carré de savon brun ne voulut pas mousser, l'eau de la carafe ressemblait à une espèce de gelée bleuâtre. Comme c'était difficile aussi de rabattre ces draps raides ; il fallait tout simplement s'y fourrer de force. Dans d'autres circonstances, Fénella aurait eu, peut-être, le fou rire... Enfin, elle se trouva couchée et tandis qu'elle restait étendue tout essoufflée, un murmure discret et prolongé lui parvint au-dessus de sa tête, comme si quelqu'un, doucement, tout doucement, froissait du papier de soie en cherchant quelque chose. C'était grand-mère qui disait ses prières...

Un long moment s'écoula. Puis la femme de chambre entra : elle marchait avec précaution et posa la main sur la couchette de grand-mère.

« Nous venons d'entrer dans le Détroit, dit-elle.

— Oh !

— La nuit est belle, mais nous ne sommes pas

très chargés. Il y aura sans doute un peu de tangage. »

Et, en effet, à ce moment-là, le bateau de Picton monta, monta et resta suspendu en l'air juste assez longtemps pour vous donner le frisson, avant de retomber ; ensuite, il y eut le bruit d'une masse d'eau battant contre ses flancs. Fénella se souvint qu'elle avait laissé le parapluie à col de cygne debout contre le petit divan. S'il tombait, se casserait-il ? Mais au même instant, grand-mère se le rappela aussi.

« Miss, auriez-vous la bonté de poser mon parapluie sur la banquette ? chuchota-t-elle.

— Mais certainement, Mrs. Crane. »

En revenant auprès de grand-mère, la femme de chambre murmura :

« Votre gentille petite-fille dort de tout son cœur.

— Que Dieu en soit loué ! dit grand-mère.

— Pauvre petit agneau sans mère ! » dit la femme de chambre. Et grand-mère était encore en train de lui raconter tout ce qui était arrivé, quand Fénella s'endormit.

Mais elle n'avait pas dormi assez longtemps pour avoir eu le temps de rêver, quand elle se réveilla encore et vit quelque chose s'agiter en l'air au-dessus de sa tête. Qu'est-ce que c'était ? Qu'est-ce que cela pouvait bien être ? C'était un petit pied gris. Et voilà qu'un autre le rejoignait. Ils semblaient chercher à tâtons quelque chose ; on entendit un soupir.

« Je suis réveillée, grand-mère, dit Fénella.

— Oh ! mon Dieu, suis-je près de l'échelle ? demanda grand-mère. Je croyais qu'elle était de ce côté-ci.

— Non, grand-mère, elle est de l'autre. Je vais poser ton pied dessus. Sommes-nous arrivés ? dit Fénella.

— Nous entrons dans le port, répondit grand-mère. Il faut se lever, mon petit. Tu ferais mieux de manger un biscuit pour reprendre des forces, avant de bouger. »

Mais Fénella avait sauté à bas de sa couchette. La lampe brûlait encore, mais la nuit était finie et il faisait froid. En regardant par l'œil rond du hublot, elle voyait des rochers au loin. Puis de l'écume rejaillit sur eux ; une mouette passa, battant des ailes ; et maintenant, une large bande de vraie terre apparaissait.

« Voilà la terre, grand-mère », dit Fénella avec étonnement, comme si leur voyage en mer avait duré des semaines entières. Elle croisa les bras bien serré ; elle se tint sur une jambe et frotta dessus les orteils de l'autre pied ; elle tremblait. Oh ! tout était si triste depuis quelque temps ! Est-ce que cela allait changer ? Mais grand-mère dit seulement :

« Dépêche-toi, mon enfant. Tu devrais donner ta belle banane à la femme de chambre, puisque tu ne l'as pas mangée. »

Et Fénella remit ses vêtements noirs ; un bouton sauta d'un de ses gants et alla rouler dans un endroit où elle ne put l'atteindre. Elles montèrent sur le pont.

S'il avait fait froid dans la cabine, sur le pont l'air était glacial. Le soleil n'était pas encore levé, mais les étoiles s'étaient ternies et le ciel pâle et froid était de la couleur de la mer pâle et froide. Sur la terre, une brume blanche montait et retombait. A présent, elles pouvaient voir distinctement la sombre végétation. Et même les formes des fougères arborescentes étaient visibles et ces arbres étranges, secs et argentés, qui ressemblent à des squelettes... Puis, ce fut le débarcadère et quelques petites maisons, pâles aussi, blotties les unes contre les autres, comme des coquillages sur le couvercle d'une boîte. Les autres passagers allaient et venaient lourdement, mais plus lentement que la veille au soir, et ils avaient l'air morose.

Voilà maintenant que le débarcadère venait à leur rencontre. Lentement, il glissa vers le bateau de Picton, et un homme qui tenait un rouleau de cordages, une charrette avec un petit cheval accablé, un autre homme assis sur le marchepied approchèrent aussi.

« C'est Mr. Penreddy, Fénella, qui vient nous chercher », dit grand-mère. A sa voix, on sentait qu'elle était contente. Ses joues d'un blanc cireux bleuissaient de froid, son menton tremblait et elle n'en finissait pas d'essuyer ses yeux et son petit nez rose.

« Tu as bien mon...

— Oui, grand-mère. »

Fénella lui montra le parapluie.

L'amarre s'envola en l'air et paf! retomba sur le pont. On abaissa la passerelle. De nouveau, Fénella suivit sa grand-mère jusque sur le quai, puis vers la petite charrette; un instant après, elles étaient emportées au grand trot. Les sabots du petit cheval tambourinèrent sur les pilotis de bois, puis s'enfoncèrent mollement dans le sable de la route. On ne voyait âme qui vive; pas même un panache de fumée. Le brouillard s'élevait et redescendait : la mer, en se retournant sur la plage, paraissait encore assoupie.

« J'ai vu hier Mr. Crane, dit Mr. Penreddy. Il avait l'air en forme. Ma femme y a fait une fournée de galettes, la semaine dernière. »

Bientôt, le petit cheval s'arrêta devant une des maisonnettes qui ressemblaient à des coquillages. On descendit. Fénella posa la main sur la barrière et les grosses gouttes tremblotantes de la rosée mouillèrent le bout de ses doigts à travers le gant. Elles gravirent une petite allée pavée de galets blancs et ronds, avec des fleurs endormies, trempées de rosée, de chaque côté. Les délicates fleurs blanches de grand-mère étaient tellement chargées de rosée qu'elles retombaient, mais leur suave odeur embaumait la fraîcheur du matin. Dans la petite maison, les stores étaient baissés. Elles montèrent les degrés de la véranda. Une paire de vieilles galoches gisait d'un côté de la porte, un grand arrosoir rouge de l'autre.

« *Tss! Tss!* Ah, ton grand-père! » dit grand-mère.

Elle tourna la poignée. Pas un bruit. Elle appela : « Walter! » et aussitôt une voix profonde qui paraissait à moitié étouffée, répondit : « Est-ce toi, Mary? »

« Attends, ma chérie, dit grand-mère. Entre là. »

Elle poussa doucement Fénella dans un petit salon obscur.

Sur la table un chat blanc, qui était couché, replié comme un chameau, se leva, s'étira, bâilla, puis se dressa sur le bout de ses pattes. Fénella enfouit une petite main froide dans la tiède fourrure blanche et sourit timidement, tout en caressant le chat et en écoutant la douce voix de grand-mère et le timbre rocailleux de grand-père.

Une porte grinça. « Entre, ma chérie. » La vieille dame lui faisait signe, Fénella suivit. Là, étendu sur l'un des côtés d'un lit immense, grand-père reposait. Sa tête, avec une touffe de cheveux blancs, son visage rose et sa longue barbe argentée apparaissaient seuls au-dessus du couvre-lit. Il ressemblait à un vieil oiseau très éveillé.

« Eh bien, ma fille ! dit grand-père. Donne-moi un baiser ! »

Fénella l'embrassa.

« Brrr ! dit grand-père. Son petit nez est froid comme un bouton ! Qu'est-ce qu'elle tient là ? Le parapluie de sa grand-mère ? »

Fénella sourit encore et accrocha le col de cygne au barreau du lit. Au-dessus était suspendue une inscription dans un large cadre noir :

On a perdu une Heure d'or,
Soixante minutes de Diamants,
Pas de récompense offerte,
Car elle est partie pour toujours.

« C'est ta grand-mère qui a peint ça ! » dit grand-père. Et il ébouriffa sa touffe de cheveux blancs, en regardant si gaiement Fénella qu'elle crut le voir cligner l'œil d'un air complice.

Miss Brill

« Miss Brill »

Bien que le jour fût éclatant et beau — un ciel bleu poudré d'or et de grandes taches lumineuses comme des flaques de vin clair, éclaboussant les jardins publics — Miss Brill se réjouissait d'avoir mis sa fourrure. L'air était immobile, mais quand on ouvrait la bouche un froid léger y pénétrait, comme le froid d'un verre d'eau glacée avant qu'on le touche des lèvres : et de temps en temps une feuille voltigeait — venue de nulle part, tombée du ciel. Miss Brill leva la main et toucha sa fourrure. La chère petite chose ! c'était bon de la sentir là, de nouveau. Elle l'avait tirée de sa boîte cet après-midi même, avait secoué la poudre qui l'avait protégée des mites, l'avait vigoureusement brossée et avait, en les frottant, ranimé la vie dans les petits yeux ternis. « Que m'est-il donc arrivé ? » disaient ces tristes petits yeux. Oh ! que c'était doux de les voir lui jeter de nouveau leur brusque regard, sur l'édredon rouge !... Mais le museau, fait d'une substance noire, n'était pas du tout ferme. Il avait dû recevoir un choc, qui sait comment ? Qu'importe ! Avec une petite goutte de cire à cacheter noire, quand le moment viendrait, quand ce serait absolument nécessaire...

Ah! le petit coquin! Oui, c'était bien là, le sentiment qu'elle éprouvait à son égard : le petit coquin qui se mordait la queue, là, tout contre son oreille gauche! Pour un rien, elle l'aurait pris, l'aurait posé sur ses genoux, l'aurait caressé. Elle avait un picotement dans les mains, dans les bras, mais c'était d'avoir marché, supposait-elle. Et quand elle respirait, quelque chose de léger et de triste — non, pas précisément triste — quelque chose de doux semblait palpiter dans sa poitrine.

Il y avait beaucoup de monde dehors, cet après-midi-là, bien plus que le dimanche précédent. Et l'orchestre paraissait jouer plus fort, plus gaiement. C'était parce que la saison avait commencé. Car, bien qu'on donnât des concerts toute l'année, le dimanche, en dehors de la saison ce n'était pas la même chose. C'était comme s'il jouait pour ses seuls familiers, il ne se souciait pas de la manière dont il jouait s'il n'y avait pas d'étrangers. Est-ce que le chef d'orchestre ne portait pas un uniforme neuf, aussi? Miss Brill en était certaine. Il raclait le sol du pied, agitait les bras comme un coq qui va lancer son cri; et les musiciens, assis dans le kiosque vert, gonflaient les joues et fixaient sur leur musique des yeux furibonds. A présent, c'était un petit passage mélodieux et flûté — charmant! — une petite chaîne de gouttes brillantes. Elle était sûre qu'il serait répété. Il le fut; elle redressa la tête et sourit.

Deux personnes seulement partageaient avec elle son banc favori : un beau vieillard, en veste de velours, les mains croisées sur une énorme canne sculptée, et une grosse vieille femme, assise très droite, un tricot posé sur son tablier brodé.

Ils ne disaient rien. C'était là une déception, car Miss Brill espérait toujours suivre la conversation. Elle était devenue, pensait-elle, tout à fait experte dans l'art d'écouter comme si elle n'écoutait pas, dans l'art de s'installer dans la vie des autres pour une minute à peine, tandis qu'ils causaient autour d'elle.

Elle jeta un regard de côté au vieux couple. Peut-être qu'ils s'en iraient bientôt. Dimanche dernier aussi, les gens n'avaient pas été aussi intéressants que d'habitude. C'étaient un Anglais et sa femme ; il portait un affreux panama et elle, des bottines à boutons. Tout le temps, elle n'avait pas cessé de parler de lunettes. Ferait-elle bien d'en porter ? elle savait qu'elle en avait besoin ; mais c'était inutile d'en acheter ; elles se cassaient toujours et ne restaient jamais en place. Lui avait été si patient ! Il lui avait proposé tout ce qu'on peut imaginer : des montures d'or, des branches recourbées autour des oreilles, des petits supports autour du nez. Non, rien ne lui convenait. « Elles glisseront quand même le long de mon nez ! » Miss Brill avait eu envie de la secouer.

Les deux vieux restaient là, sur le banc, immobiles comme des statues. Tant pis, on pouvait toujours regarder la foule. Allant et venant, devant les massifs de fleurs et le kiosque à musique, les couples et les groupes paradaient, s'arrêtaient pour causer, pour se saluer, pour acheter un bouquet de fleurs au vieux mendiant, dont la corbeille était fixée à la balustrade. De petits enfants couraient parmi eux, passaient en trombe avec des rires : des petits garçons, avec de grands nœuds de soie blanche sous le menton, des petites filles, petites poupées françaises, habillées de velours et de dentelle. Parfois un bébé, trottinant à peine, émergeait de l'ombre des arbres et se risquait soudain à pas chancelants dans l'espace libre, s'arrêtait, regardait, puis tout à coup, patatras ! tombait assis et restait là, jusqu'à ce que sa petite maman, perchée sur de hauts talons, s'élançât à son secours, avec une démarche de jeune poule, et le relevât en le grondant. D'autres personnes étaient là sur les bancs, sur les chaises vertes, mais, de dimanche en dimanche, c'étaient presque toujours les mêmes. Miss Brill avait souvent remarqué que la plupart de ces gens avaient quelque chose de drôle. Ils étaient bizarres, silencieux, presque tous âgés : à leur façon de regarder fixement, on aurait cru qu'ils venaient de sortir de petites chambres sombres, ou même... ou même de placards !

Au-delà du kiosque, les arbres minces aux feuilles jaunes qui retombaient ; à travers les rameaux, la ligne de la mer à peine visible ; et plus loin, le ciel bleu aux nuages veinés d'or.

Tarara-boum-boum-boum ! Tara-boum ! Tarara-boum-boum-boum ! répétait l'orchestre.

Deux jeunes filles en rouge passèrent ; deux jeunes soldats en bleu les rencontrèrent ; il y eut des rires, puis ils s'en allèrent par couples, bras dessus, bras dessous. Deux paysannes coiffées de bizarres chapeaux de paille s'avancèrent gravement, menant de beaux ânes gris fumée. Une religieuse pâle et froide traversa d'un pas pressé. Une belle femme passa et fit tomber son bouquet de violettes ; un petit garçon courut les lui ramasser, elle les prit et les jeta comme si elles avaient été empoisonnées. Mon Dieu ! Miss Brill ne savait pas s'il fallait admirer ou blâmer ce dédain ! A présent, voilà que, juste devant elle, une toque d'hermine rencontrait un monsieur en gris. Lui était grand, digne, raide ; elle portait cette toque achetée quand ses cheveux étaient encore blonds. Tout, maintenant, ses cheveux, son visage, même ses yeux, avait la couleur de l'hermine râpée ; sa main, qu'elle levait pour se frotter les lèvres, était, sous le gant propre, une petite patte jaunâtre. Oh ! elle était si heureuse de le voir — enchantée ! Elle avait eu l'impression qu'elle le rencontrerait justement cet après-midi. Elle raconta sa promenade — elle avait été partout, ici, là, le long de la mer. La journée était délicieuse — n'était-il pas de cet avis ? Et ne voudrait-il pas, peut-être ?... Mais il secoua la tête, alluma une cigarette, exhala lentement en face d'elle une ample et profonde bouffée et, tandis qu'elle bavardait et riait encore, il lança au loin l'allumette et s'en alla. La toque d'hermine resta seule, son sourire était plus radieux que jamais. Mais l'orchestre lui-même semblait deviner ses sentiments ; il jouait plus doucement, il jouait avec tendresse ; le tambour, à coups répétés, disait : « Ah ! la brute ! la brute ! » Qu'allait-elle faire ? Qu'allait-il arriver maintenant ? Mais, tandis que Miss Brill se le demandait, la toque d'hermine se retourna, leva la main, comme si elle venait de voir là-bas quelqu'un de bien plus gentil, et s'en alla en trottinant. L'orchestre de nouveau changea d'humeur et joua plus vite, plus joyeusement que jamais ; le vieux couple assis sur le banc de Miss Brill se leva et partit d'un pas décidé ; un drôle de vieux bonhomme à longs favoris passa, clopinant au rythme de la musique, et fut presque bousculé par quatre jeunes filles qui marchaient de front.

Oh ! que tout cela était fascinant ! Comme elle y prenait plaisir ! Comme elle adorait rester assise dans ce jardin à tout observer ! On aurait dit une pièce de théâtre, oui, tout à fait. Qui aurait pu croire que le ciel, dans le fond, n'était pas un décor ? Mais Miss Brill ne découvrit pas aussitôt ce qui rendait la chose si passionnante ; ce fut seulement quand un petit chien brun fit son entrée en trottinant avec solennité, puis sortit lentement de même, comme un petit chien qui joue la comédie, un petit chien qu'on aurait drogué. Elle s'aperçut alors que tout le monde était en scène. Ces gens n'étaient pas simplement le public, les spectateurs ; ils jouaient aussi. Elle-même avait un rôle et le répétait chaque dimanche. Sans doute, on aurait remarqué son absence, si elle n'avait pas été là ; elle faisait partie de la représentation, en somme. Que c'était singulier qu'elle n'y eût jamais songé auparavant ! Et pourtant cela expliquait pourquoi elle tenait tant à partir de chez elle ponctuellement, à la même heure, chaque semaine — de façon à ne pas être en retard pour la pièce. Cela justifiait aussi l'étrange timidité qu'elle éprouvait à raconter à ses élèves anglaises l'emploi de ses après-midi de dimanche. Ce n'était pas étonnant ! Miss Brill faillit éclater de rire. Elle était donc une actrice ! Elle pensa au vieux monsieur infirme auquel, quatre après-midi par semaine, elle lisait le journal pendant qu'il sommeillait au jardin. Elle s'était tout à fait habituée à cette tête fragile, posée sur l'oreiller en coton, à ces yeux vides, à cette bouche ouverte, à ce nez haut et pincé. S'il était mort là, des semaines auraient pu passer sans qu'elle s'en aperçût, sans qu'elle en fût troublée.

Mais voilà que, soudain, il apprenait que la lecture du journal lui était faite par une actrice! « Une actrice! » La vieille tête se soulevait; deux points lumineux tremblotaient dans les vieilles prunelles. « Une actrice — vous? » Et Miss Brill, rajustant les pages du journal, comme si c'était le texte de son rôle, répondait doucement : « Oui, il y a longtemps que j'en suis une. »

L'orchestre avait pris un moment de repos; maintenant il recommençait à jouer. Et le morceau qu'il exécutait était chaud, ensoleillé, traversé pourtant d'un léger frisson — quelque chose, qu'était-ce? — pas de la tristesse... non, pas de la tristesse, quelque chose qui vous donnait envie de chanter. La mélodie montait, montait, la lumière resplendissait; il semblait à Miss Brill que bientôt tout le monde, tous les gens rassemblés là allaient se mettre à chanter. Les jeunes, ceux qui riaient en se promenant ensemble, commenceraient; les voix des hommes, énergiques et braves, se joindraient à leur chant. Alors, elle, elle aussi et les autres, sur les bancs, leur feraient une sorte d'accompagnement — quelque chose de bas qui monterait et descendrait à peine, quelque chose de si beau — de si émouvant... Les yeux de Miss Brill se remplirent de larmes, elle regarda en souriant tous les autres membres de la troupe. « Oui, pensait-elle, nous comprenons, nous comprenons » — bien qu'elle ignorât ce qu'ils comprenaient.

A cet instant même, un tout jeune homme et une jeune fille vinrent s'asseoir à la place que le vieux couple avait quittée. Ils étaient très bien habillés; c'étaient des amoureux. Le héros et l'héroïne, évidemment, qui venaient de débarquer du yacht paternel. Et Miss Brill, chantant encore sourdement, souriant de ce tremblant sourire, se prépara à les écouter.

« Non, pas maintenant, dit la jeune fille. Pas ici ; je ne peux pas.

— Mais pourquoi donc ? A cause de cette vieille idiote, là-bas, au bout du banc ? demanda le garçon. Pourquoi vient-elle ici ? Qui le lui demande ! Elle ferait bien mieux de rester chez elle avec son vilain museau.

— C'est sa fou-fourrure qui est si cocasse ! pouffa la jeune fille. On dirait absolument un merlan frit !

— Ah ! qu'elle nous fiche la paix », grommela le garçon d'une voix basse et furieuse. Puis : « Dites-moi, ma petite chérie...

— Non, pas ici, dit la jeune fille. Pas *encore*. »

En rentrant chez elle, Miss Brill achetait d'habitude une tranche de gâteau au miel chez le boulanger. C'était son régal du dimanche. Quelquefois la tranche contenait une amande, quelquefois non. Cela faisait une grande différence. Si l'amande y était, il lui semblait rapporter à la maison un tout petit cadeau — une surprise — quelque chose qui aurait fort bien pu ne pas être là. Elle pressait le pas, les dimanches d'amande, et, pour faire chauffer la bouilloire, elle frottait l'allumette d'un geste plein de désinvolture.

Mais, ce jour-là, elle passa sans s'arrêter devant la boulangerie, grimpa l'escalier, entra dans la petite pièce sombre — sa chambre pareille à un placard — et s'assit sur l'édredon rouge. Elle resta longtemps ainsi. La boîte d'où elle avait tiré la fourrure gisait sur le lit. Elle dégrafa précipitamment le col ; précipitamment, sans regarder, elle l'étendit dans le carton. Mais quand elle remit le couvercle, il lui sembla entendre quelque chose pleurer.

Son premier bal

« Her First Ball »

S'il avait fallu dire à quel moment précis le bal avait commencé, Leïla aurait trouvé difficile de répondre. Peut-être le fiacre avait-il été son premier cavalier. Peu importait qu'elle le partageât avec les demoiselles Sheridan et leur frère. Elle s'était blottie dans le petit coin qu'elle occupait et le coussin rond sur lequel reposait sa main lui semblait la manche de la tenue de soirée d'un jeune homme inconnu ; et ils roulaient à toute allure, dépassant les réverbères qui valsaient, les maisons, les barrières, les arbres.

« Tu n'as vraiment jamais été au bal, Leïla ? Mais, ma petite, c'est fantastique..., criaient les Sheridan.

— Notre plus proche voisin demeurait à vingt kilomètres de chez nous », dit Leïla à mi-voix, en ouvrant et en refermant doucement son éventail.

Oh ! mon Dieu, que c'était difficile d'être indifférente comme les autres ! Elle tâchait de ne pas trop sourire ; elle tâchait de rester calme. Mais tout, absolument tout était si nouveau, si passionnant... Les grandes fleurs blanches que portait Meg, le long collier d'ambre de Josée, la petite tête brune de Laura, émergeant de sa fourrure blanche, comme une fleur de la neige. Elle s'en souviendrait toujours. Elle eut même un serrement de cœur lorsqu'elle vit son cousin Laurie jeter les petits bouts de tissu qu'il arrachait des boutons de ses gants neufs. Elle aurait voulu les garder, comme une relique, en souvenir. Laurie se pencha en avant et posa la main sur le genou de Laura.

« Écoute, chérie, dit-il. La troisième et la neuvième comme d'habitude. Compris ? »

Ah ! quelle chance merveilleuse d'avoir un frère ! Dans son exaltation, Leïla sentit que, si elle avait eu le temps, si la chose avait été possible, elle n'aurait pu s'empêcher de pleurer, parce qu'elle était fille unique et que jamais un frère ne lui avait dit : « Compris ? », que jamais une sœur ne lui dirait, comme Meg à Josée en ce moment : « Je n'ai jamais vu ta coiffure plus réussie que ce soir. »

Mais, évidemment, on n'avait pas le temps. Déjà, on arrivait sur le terrain d'exercice ; il y avait des voitures devant eux, des voitures derrière. De chaque côté, la route s'illuminait de lumières mouvantes comme des éventails ; sur les trottoirs, des couples joyeux paraissaient flotter dans l'air ; de petits souliers de satin se poursuivaient comme des oiseaux.

« Tiens-moi bien, Leïla, ou tu te perdras, dit Laura.

— Allons, mes petites, donnons l'assaut ! » dit Laurie.

Leïla posa deux doigts sur le manteau de velours rose de Laura, et, sans savoir comment, elles se trouvèrent emportées au-delà de la grosse lanterne dorée, entraînées le long d'un couloir, poussées dans la petite pièce où était indiqué : « Dames ». La foule y était si dense qu'on avait à peine la place de se déshabiller; il y régnait un bruit assourdissant. Sur deux banquettes de chaque côté s'empilaient des monceaux de vêtements. Deux vieilles femmes en tabliers blancs allaient et venaient tout du long, en jetant de nouvelles brassées. Et chacun essayait d'avancer jusqu'à la petite table à coiffer et à la glace, tout au bout de la chambre.

Une grande flamme de gaz frémissante éclairait le vestiaire. Elle ne pouvait plus attendre, elle dansait déjà. Quand la porte se rouvrait et que de la salle venait une salve d'accords, elle sautait presque jusqu'au plafond.

Des jeunes filles brunes, des jeunes filles blondes tapotaient leurs cheveux, rattachaient des rubans, glissaient des mouchoirs dans l'échancrure de leurs corsages, lissaient leurs gants d'un blanc marmoréen. Et parce qu'elles riaient toutes, Leïla les trouva toutes ravissantes.

« Est-ce qu'il n'y a pas d'épingles à cheveux transparentes? cria une voix. C'est extraordinaire! Je ne peux pas en voir une seule.

— Poudrez-moi le dos, vous serez un amour! criait quelqu'un d'autre.

— Mais il me faut une aiguille et du fil! J'ai déchiré des kilomètres de ce volant », gémit une troisième.

Puis ce fut : « Faites passer! faites passer! » La corbeille contenant des programmes fut ballottée de main en main. De délicieux petits carnets argent et rose, avec des crayons roses et des pompons duveteux. Les doigts de Leïla tremblèrent lorsqu'elle en tira un du panier. Elle voulait demander à quelqu'un : « Y en a-t-il vraiment un pour moi ? » mais elle n'avait eu que le temps de lire : « Troisième valse, *A deux en pirogue*. Quatrième polka, *Faisons voler les plumes* », quand Meg lui cria : « Leïla, es-tu prête ? » et elles se frayèrent un passage à travers la foule qui remplissait le couloir, vers les grandes portes ouvertes de la salle de bal.

On n'avait pas encore commencé à danser, mais l'orchestre avait fini d'accorder ses instruments et le bruit était tel qu'il semblait qu'on ne pourrait jamais entendre la musique. Leïla, en se serrant contre Meg, en regardant par-dessus son épaule, eut l'impression que, même les petites banderoles aux vives couleurs qui frémissaient sur des fils tendus à travers le plafond, causaient entre elles. Elle oublia d'être timide, elle oublia qu'alors qu'elle s'habillait, un pied chaussé, l'autre nu, elle s'était assise sur son lit et avait supplié sa mère de téléphoner à ses cousines pour leur dire qu'elle ne viendrait pas finalement. Et cette nostalgie qui l'avait prise, ce désir d'être assise dans la véranda de leur maison isolée, en pleine campagne, à écouter les cris des petits hiboux au clair de lune, se changea en un élan de joie si douce qu'il était pénible de ne la partager avec personne. Elle serra son éventail dans sa main, et, contemplant le parquet luisant et brillant, les azalées, les lanternes, l'estrade dressée à une extrémité avec son tapis rouge, ses chaises dorées, l'orchestre dans un coin, elle pensa toute palpitante : « C'est divin ! absolument divin ! »

Toutes les jeunes filles restaient groupées d'un côté de la porte, les hommes de l'autre, et les chaperons en robes sombres, souriant assez stupidement, traversaient à petits pas prudents le parquet ciré, pour aller s'asseoir sur l'estrade.

« Voilà ma petite cousine Leïla, qui arrive de la campagne. Soyez gentille avec elle. Trouvez-lui des danseurs ; elle est sous mon aile », disait Meg, allant d'une jeune fille à l'autre.

Des visages étrangers souriaient à Leïla — doucement, vaguement. Des voix étrangères répondaient : « Mais certainement, ma chère. » Pourtant Leïla avait le sentiment que les jeunes filles ne la voyaient pas, en réalité. Elles regardaient les hommes. Pourquoi donc ne commençaient-ils pas ? Qu'attendaient-ils ? Ils étaient là tiraillant leurs gants, caressant leurs cheveux qui luisaient et souriant entre eux. Puis, tout à coup, comme s'ils venaient seulement de réaliser qu'ils étaient là pour ça, ils s'avancèrent, glissant sur le parquet poli. Un frisson joyeux passa parmi les jeunes filles. Un grand jeune homme blond vola vers Meg, s'empara de son programme, y griffonna quelque chose. Meg passa le danseur à Leïla. « Puis-je avoir le plaisir ? » Il s'inclina, sourit. Un jeune homme brun à monocle suivit, puis cousin Laurie avec un ami, puis Laura avec un petit bonhomme couvert de taches de rousseur et dont la cravate était de travers. Ensuite quelqu'un de plutôt vieux, — gras, au crâne largement dégarni — prit son carnet en murmurant : « Voyons un peu, voyons un peu ! » et resta longtemps à le comparer avec le sien, qui paraissait tout noir de noms inscrits. Cela avait l'air de lui poser tant de problèmes que Leïla en fut honteuse. « Oh ! je vous en prie, ne vous tourmentez pas ! » dit-elle avec ferveur. Mais, au lieu de répondre, le gros monsieur écrivit quelque chose, lui jeta de nouveau un regard. « Est-ce que je me rappelle ce charmant petit minois ? dit-il à mi-voix. L'ai-je connu autrefois ? » A cet instant, l'orchestre se mit à jouer ; le gros monsieur disparut. Il fut ballotté, emporté au loin par une grande vague de musique qui déferla sur le parquet luisant, brisa les groupes, en fit des couples, les dispersa, les envoya tourbillonner au loin...

Leïla avait appris à danser en pension. Tous les samedis après-midi, on conduisait les pensionnaires à un petit bâtiment de tôle ondulée, qui servait de salle de mission et où Miss Eccles (de Londres) donnait ses cours « de maintien ». Mais cette salle poussiéreuse, où les murs étaient ornés de textes bibliques sur les banderoles de calicot, où une pauvre petite pianiste en toque de velours marron avec des oreilles de lapin tapait sur le clavier froid et où Miss Eccles piquait les pieds des jeunes filles de sa longue baguette blanche, différait tellement de celle-ci ; Leïla était convaincue que, si son cavalier tardait à venir et s'il lui fallait écouter cette merveilleuse musique, voir les autres glisser, voguer sur le parquet doré, elle en mourrait pour le moins, ou bien s'évanouirait, ou bien étendrait les bras et s'envolerait par une de ces sombres fenêtres qui laissait voir les étoiles.

« Notre danse, je crois... »

Quelqu'un s'inclinait, souriait, offrait son bras ; elle n'aurait pas à mourir, après tout. Une main lui prit la taille et elle flotta comme une fleur jetée dans une pièce d'eau.

« Le parquet est excellent, n'est-ce pas ? dit une voix traînante et vague tout près de son oreille.

— Je trouve qu'on glisse délicieusement, répondit Leïla.

— Pardon ? »

La voix vague avait un accent de surprise. Leïla répéta sa phrase. Il y eut une pause imperceptible avant que la voix fît écho : « Oh ! parfaitement ! » et de nouveau le tournoiement de la danse emporta Leïla.

Comme il savait bien vous diriger ! C'était pour cela qu'il était si différent de danser avec des jeunes filles ou avec des hommes, décida-t-elle. Les jeunes filles se bousculaient, se marchaient sur les pieds ; celles qui faisaient le cavalier vous serraient toujours trop fort.

A présent, les azalées n'étaient plus distinctes, c'étaient des flots blancs et roses qui passaient.

« Étiez-vous à la soirée des Bell, la semaine dernière ? » recommença la voix. Elle semblait chargée de lassitude. Leïla se demanda si elle ne devrait pas proposer à son danseur de s'arrêter.

« Non, répondit-elle, c'est mon premier bal. »

Il eut un petit rire essoufflé.

« Oh ! pas possible ! s'exclama-t-il.

— Oui, vraiment, c'est le premier bal auquel j'aie jamais assisté. »

Leïla parlait avec une extrême ferveur. C'était un si grand soulagement de pouvoir expliquer tout ça à quelqu'un. « Voyez-vous, j'ai vécu toute ma vie à la campagne jusqu'à aujourd'hui... »

A cet instant, la musique cessa ; ils allèrent s'asseoir sur deux chaises, contre le mur. Leïla nicha dessous ses petits pieds de satin rose et s'éventa en regardant avec béatitude les autres couples qui passaient, qui disparaissaient derrière les portes battantes.

« Tu t'amuses, Leïla ? » demanda Josée, hochant sa tête d'or.

Laura passa en lui faisant un imperceptible clin d'œil, si bien que Leïla, un moment, se demanda si on la prenait bien pour une adulte. Évidemment, son danseur ne disait pas grand-chose. Il toussa, fourra son mouchoir dans sa manche, tira son gilet, enleva de son habit un fil minuscule. Mais tout cela importait peu. L'orchestre recommença presque immédiatement à jouer et son second cavalier parut jaillir du plafond.

« Ce parquet n'est pas mauvais », dit la nouvelle voix. Commençait-on toujours à parler du parquet ? Ensuite, ce fut : « Étiez-vous à la soirée des Neave, mardi dernier ? » Et Leïla expliqua encore. C'était un peu singulier, sans doute, que ses danseurs ne montrent pas plus d'intérêt. Car enfin, la chose était poignante. Son premier bal ! Tout ne faisait que commencer pour elle. Il lui semblait n'avoir jamais su avant ce qu'était la nuit. Jusqu'alors, elle l'avait connue sombre, silencieuse, belle souvent — oh ! oui, très belle ! — mais en quelque sorte mélancolique… solennelle. Et maintenant, elle ne serait plus jamais ainsi — elle s'était épanouie en splendeur éblouissante.

« Une glace ? » demanda son cavalier. Ils franchirent les portes battantes, prirent le couloir pour aller au buffet. Les joues de Leïla brûlaient, elle mourait de soif. Que les glaces étaient jolies dans leurs petites coupes de cristal et comme la cuillère était froide sous sa buée, glacée, elle aussi ! Quand ils retournèrent dans la salle, le gros monsieur l'attendait à la porte. Elle eut un vrai frisson de surprise à nouveau de le voir si vieux ; il aurait dû être avec les parents, sur l'estrade. Et puis, quand elle le compara aux autres danseurs, il lui parut miteux. Il portait un gilet froissé, son gant avait perdu un bouton, sa redingote semblait couverte de craie.

« Venez, jeune fille », dit le gros homme. Ce fut tout juste s'il prit la peine de lui tenir la taille, et ils partirent si doucement que leur danse ressemblait à une promenade. Mais lui ne dit pas un mot du parquet.

« Votre premier bal, n'est-ce pas ? murmura-t-il.

— Comment avez-vous fait pour le savoir ?

— Ah ! dit le gros homme, voilà ce que c'est d'être vieux. »

Il soufflait un peu en l'entraînant, il lui fit dépasser un couple maladroit.

« Voyez-vous, Miss, il y a trente ans que je pratique ce genre de chose.

— Trente ans ! » cria Leïla. Il dansait douze ans déjà avant qu'elle fût née !

« On a à peine la force d'y penser, n'est-ce pas ? » dit le gros homme d'un air sombre.

Leïla regarda sa tête chauve et eut vraiment pitié de lui.

« Je trouve que c'est merveilleux que vous puissiez continuer encore, dit-elle avec bonté.

— Petite âme charitable ! répliqua le gros homme, en la serrant un peu plus, et il fredonna une mesure de la valse. Naturellement, dit-il, vous ne pouvez pas espérer durer aussi longtemps que ça. Non… on, continua-t-il, bien avant, vous irez vous asseoir là-bas, sur l'estrade, à regarder les autres, dans votre belle robe de velours noir. Et ces jolis bras seront devenus de gros petits bras courts ; vous battrez la mesure avec un éventail bien différent de celui-ci… un éventail d'ébène noir. » Un frisson sembla la parcourir. « Vous sourirez, comme ces pauvres chères vieilles dames, là-haut ; vous montrerez aux autres votre fille, vous raconterez à la personne d'âge mûr assise auprès de vous qu'un affreux individu a essayé de l'embrasser au bal du Cercle. Et vous aurez le cœur tout endolori, oui, tout endolori » — le gros homme la serra encore davantage, comme s'il avait pitié, vraiment, de ce pauvre cœur — « à la pensée que personne ne veut plus vous embrasser maintenant. Alors, vous direz que ces parquets cirés sont bien désagréables, qu'il est bien dangereux d'y marcher. Hein, Miss Pied-Léger ? » demanda tout doucement le gros monsieur.

Leïla répondit d'un petit rire dégagé, mais elle n'avait pas envie de rire. Était-ce vrai — était-ce possible ? Cela semblait vrai, terriblement. Ce premier bal n'était-il, en somme, que le commencement de son dernier bal ? A cette pensée, la musique parut changer ; elle devint triste, triste ; elle s'éleva sur un grand soupir. Oh ! comme tout changeait vite ! Pourquoi le bonheur ne durait-il pas toujours ? *Toujours* n'était pas long du tout.

« Je voudrais m'arrêter », dit-elle d'une voix épuisée. Le gros monsieur la ramena vers la porte.

« Non, dit-elle, je ne veux pas sortir. Je ne veux pas m'asseoir. Je vais seulement rester là. Merci beaucoup. »

Elle s'appuya au mur, tapant du pied doucement, tiraillant ses gants et essayant de sourire. Mais au plus profond d'elle-même, une petite fille relevait son tablier par-dessus sa tête et sanglotait. Pourquoi lui avait-il tout gâché ?

« Allons, vous savez, dit le gros homme, il ne faut pas me prendre au sérieux, jeune fille.

— Comme si je risquais de le faire ! » riposta Leïla, en secouant sa petite tête brune et en suçant sa lèvre inférieure…

De nouveau, les couples se pavanaient. Les portes battantes s'ouvraient, se refermaient. Maintenant, le chef d'orchestre distribuait de nouveaux morceaux de musique. Mais Leïla n'avait plus envie de danser. Elle aurait voulu être à la maison, ou assise dans la véranda à écouter ululer les petits hiboux. Quand elle regardait les étoiles à travers les fenêtres obscures, elles lui semblaient avoir de longs rayons comme des ailes…

Mais bientôt un air tendre, suave, apaisant se fit entendre ; un jeune homme aux cheveux bouclés s'inclina devant elle. Elle allait être obligée de danser, par politesse, jusqu'à ce qu'elle pût rejoindre Meg. Très raide, elle avança jusqu'au milieu de la salle ; très hautaine, elle posa la main sur la manche de son danseur. Mais, en un instant, au bout d'un tour, ses pieds se mirent à glisser, à glisser. Les lumières, les azalées, les toilettes, les visages roses, les fauteuils de velours, tout ne fut plus qu'une belle roue tournoyante. Et quand son cavalier suivant lui fit heurter le gros monsieur et que le gros monsieur lui dit : « Oh ! *pardon* ! » elle lui sourit d'un air plus radieux que jamais. Elle ne l'avait même pas reconnu.

La leçon de chant

« The Singing Lesson »

Le désespoir — le froid, le lancinant désespoir — enfoui profondément dans son cœur comme un cruel couteau, Miss Meadows, ayant revêtu sa toge et son bonnet carré, prit sa baguette et suivit les froids couloirs qui menaient à la salle de musique. Des filles d'âges divers, roses d'avoir marché au grand air et débordantes de cet émoi joyeux qui vous vient quand on court à l'école par une belle matinée d'automne, se pressaient, sautillaient, passaient en papillonnant ; des salles sonores vint un vif roulement de voix. Une cloche sonna ; quelqu'un appela avec un cri d'oiseau : « Muriel ! » Puis l'escalier résonna d'un formidable *pan-pan-poum*. Quelqu'un avait laissé tomber ses haltères.

Le professeur de sciences arrêta Miss Meadows.

« Bonjour ! cria-t-elle de sa voix douce qui traînait avec affectation. N'est-ce pas qu'il fait froid ? On se croirait en hiver. »

Miss Meadows, serrant le couteau contre son cœur, regarda le professeur de sciences avec haine. Tout en elle était doux et pâle, comme le miel. On n'aurait pas été surpris de voir une abeille se prendre au réseau de ces cheveux dorés.

« L'air est assez vif », dit Miss Meadows.

L'autre sourit de son sourire sucré.

« Vous avez l'air ge-lée », dit-elle. Ses yeux bleus s'ouvrirent tout grands ; une lueur moqueuse y brilla. (Avait-elle remarqué quelque chose ?)

« Oh ! pas à ce point pourtant », dit Miss Meadows ; et elle adressa au professeur de sciences, en échange de son sourire, une grimace rapide, puis continua sa route...

Les classes de quatrième, cinquième et sixième étaient rassemblées dans la salle de musique. Le bruit y était assourdissant. Sur l'estrade, auprès du piano, se trouvait Mary Beazley, l'élève favorite de Miss Meadows, qui jouait les accompagnements. Elle arrangeait le tabouret de piano. En voyant Miss Meadows, elle avertit les autres d'un « Chut ! » bruyant ; et Miss Meadows, les mains enfoncées dans ses manches, la baguette sous le bras, passa à grands pas entre les bancs, gravit les degrés, se retourna brusquement, saisit le pupitre à musique de métal jaune, le planta devant elle, et réclama le silence de deux coups secs de sa baguette.

« Silence, s'il vous plaît ! Et tout de suite ! »

Sans regarder personne, ses yeux parcoururent cette mer de blouses de couleur, qui ballottait des visages et des mains roses, de grands nœuds de ruban palpitants, des cahiers de musique étalés. Elle savait fort bien ce que pensaient les enfants : « Meady est en train de rager ! » Eh bien, qu'elles pensent ce qu'elles voulaient ! Ses paupières frémirent, elle rejeta la tête en arrière, pour les défier. Que pouvaient importer les opinions de pareilles créatures à quelqu'un qui se tenait là, blessé à mort, frappé jusqu'au cœur, oui, jusqu'au cœur, par cette lettre :

« Je sens, de plus en plus fortement, que notre mariage serait une erreur. Ce n'est pas que je ne vous aime plus. Je vous aime autant qu'il m'est possible d'aimer une femme, mais, pour vous dire la vérité, j'en suis arrivé à la conclusion que je ne suis pas fait pour le mariage et l'idée de me mettre en ménage ne m'inspire que du... »

Le mot « dégoût » avait été insuffisamment barré et celui de « regret » avait été écrit par-dessus.

« Basile ! » Miss Meadows s'avança vers le piano à grands pas lourds. Et Mary Beazley, qui attendait cet instant, se pencha ; ses boucles retombèrent sur ses joues, tandis qu'elle murmurait : « Bonjour, Miss Meadows ! » et elle indiqua du geste, plutôt qu'elle ne tendit à sa maîtresse, un magnifique chrysanthème jaune. Ce petit rituel de la fleur durait depuis des siècles, au moins un trimestre et demi. Il faisait partie de la leçon, autant que la cérémonie d'ouvrir le piano. Mais ce matin-là, au lieu de le prendre, au lieu de le glisser dans sa ceinture, en se penchant vers Mary et en disant : « Merci beaucoup, Mary. Comme c'est gentil ! Ouvrez à la page 32 », Miss Meadows, à la grande horreur de Mary, eut l'air d'ignorer totalement le chrysanthème, ne fit aucune réponse à son bonjour, mais dit d'une voix glaciale : « Page 14, s'il vous plaît, et marquez bien les accents ! »

Moment de stupeur ! Mary rougit et les larmes lui vinrent aux yeux ; mais Miss Meadows était revenue à son pupitre : sa voix résonnait vibrante, dans toute la salle.

« Page 14. Nous allons prendre, pour commencer, la page 14 : "*Lamentation*". Mesdemoiselles, vous devriez à présent la savoir à fond. Nous la prendrons toutes ensemble ; pas à plusieurs voix, toutes ensemble. Et sans expression. Chantez-la très simplement et marquez la mesure de.la main gauche. »

Elle leva sa baguette : elle battit la mesure par deux fois. Mary frappa le premier accord ; toutes les mains gauches s'abattirent, battant l'air, les jeunes voix désolées gémirent en chœur :

Tôt, ah ! trop tôt se fanent les corolles
Des roses du Plaisir !
Trop tôt, trop tôt le doux Été s'envole,
L'âpre Hiver va venir.
Si vite, hélas ! Ta joyeuse cadence,
O Musique, s'éteint.
Elle n'est plus ! et moi, dans le silence,
J'écoute en vain.

Ah ! Dieu ! que pouvait-il y avoir de plus tragique que cette lamentation ? Chaque note était un soupir, un sanglot, un cri sourd d'affreuse désolation. Miss Meadows leva les bras dans les larges manches de sa toge et commença à diriger des deux mains.

« ... Je sens, de plus en plus fortement, que notre mariage serait une erreur... » rythma son geste. Et les voix crièrent : *Tôt, ah ! trop tôt !* Qu'est-ce qui lui avait pris, d'écrire une lettre pareille ? Comment y avait-il été poussé ? Elle venait de nulle part. La dernière fois qu'il avait écrit, il n'avait parlé que d'une bibliothèque de vieux chêne qu'il venait d'acheter pour « nos livres » et d'un « chic petit meuble d'antichambre » qu'il avait vu : « quelque chose de tout à fait coquet, avec un hibou sculpté, en applique, tenant trois brosses à chapeau dans ses griffes ». Comme cette phrase l'avait fait sourire ! C'était si bien de la part d'un homme, cette idée qu'on avait besoin de trois brosses à chapeau !

« *J'écoute en vain* », chantèrent les voix.

« Recommencez, dit Miss Meadows. Mais cette fois à plusieurs voix. Toujours sans expression. »

Tôt, ah ! trop tôt ! Maintenant que les contraltos ajoutaient leurs profondeurs, on pouvait à peine s'empêcher de frémir. *Se fanent les corolles des roses du Plaisir*. La dernière fois qu'il était venu la voir, Basile portait une rose à la boutonnière. Qu'il était beau, avec ce costume bleu et cette sombre rose écarlate ! Il le savait bien. Il ne pouvait pas l'ignorer. D'abord, il avait passé la main sur ses cheveux, puis sur sa moustache ; ses dents luisaient quand il souriait.

« La femme du directeur m'invite tout le temps à dîner. C'est vraiment assommant. Je n'ai jamais une soirée à moi, ici.

— Mais ne pouvez-vous pas refuser ?

— Oh ! mais un homme dans ma position ne doit pas vivre comme un ours. »

Ta joyeuse cadence, ô Musique ! gémirent les voix. Les saules, derrière les hautes fenêtres étroites, ondulaient au vent. Ils avaient perdu la moitié de leurs feuilles. Celles qui, toutes petites, tenaient encore aux branches, se tortillaient comme des poissons pris à la ligne...

« Je ne suis pas fait pour le mariage... » Les voix s'étaient tues ; le piano attendait.

« Très bien ! » dit Miss Meadows, mais d'un accent si étrange encore, si figé, que les plus jeunes élèves commencèrent à avoir vraiment peur.

« A présent que nous savons notre morceau, nous allons y mettre l'expression. Toute l'expression que vous êtes capables de donner. Pensez aux paroles, mesdemoiselles. Ayez un peu d'imagination. *Tôt, ah ! trop tôt !* cria Miss Meadows. Ces mots-là devraient jaillir dans un violent, un vigoureux *forte* — comme une plainte. Ensuite à la quatrième ligne, *l'âpre Hiver*, qu'on entende dans cet *âpre* le bruit d'un vent glacé qui le pénètre. *A-pre !* dit-elle d'un ton si terrible que Mary Beazley, sur son tabouret, en eut un frisson dans le dos. — Le cinquième vers doit monter en *crescendo* : *Si vite, hélas ! Ta joyeuse cadence*... Brisez-le au dernier mot du vers suivant *s'éteint*. Puis à partir de *Elle n'est plus*, il faut commencer à mourir... à décroître... jusqu'à ce que *j'écoute... en vain*, ne soit plus qu'un faible murmure... Vous pouvez ralentir sur le dernier vers presque autant qu'il vous plaira. Maintenant, je vous prie ! »

A nouveau deux coups légers ; elle leva les bras, *Tôt, ah ! trop tôt*...

« Et l'idée de me mettre en ménage ne m'inspire que du dégoût... » Du dégoût, voilà ce qu'il avait écrit. Autant dire que leurs fiançailles étaient définitivement rompues. Rompues ! Leurs fiançailles ! Les gens avaient été assez étonnés qu'elle fût fiancée. Le professeur de sciences avait d'abord refusé d'y croire. Mais personne n'avait été aussi surpris d'elle-même. Elle avait trente ans. Basile, vingt-cinq. Elle avait eu l'impression d'un miracle, d'un vrai miracle, en l'entendant dire, lorsqu'ils étaient rentrés de l'église, ce soir où il faisait si sombre : « Vous savez, d'une façon ou d'une autre, que je me suis épris de vous. » Et il avait pris dans sa main le bout de son écharpe de plume. *Dans le silence, j'écoute en vain...*

« Répétez! répétez! dit Miss Meadows. Plus d'expression, les filles! Encore une fois! »

Tôt, ah! trop tôt! Les plus grandes étaient cramoisies; quelques-unes des petites commençaient à pleurer. De grosses gouttes de pluie battaient les vitres et on pouvait entendre les saules chuchoter : « Ce n'est pas que je ne vous aime plus... »

« Mais, mon chéri, si vous m'aimez, pensa Miss Meadows, peu m'importe que ce soit peu ou beaucoup. Aimez-moi aussi peu que vous voudrez. »

Mais elle savait qu'il ne l'aimait pas. Dire qu'il n'avait pas eu assez de tendresse pour effacer ce mot « dégoût » de façon à ce qu'elle ne pût pas le lire! *Trop tôt, le doux Été s'envole, l'âpre Hiver va venir*. Il faudrait aussi qu'elle quitte l'école. Jamais elle n'aurait le courage d'affronter le professeur de sciences, ou les élèves, quand ce serait de notoriété publique. Il faudrait qu'elle disparaisse quelque part. *Et moi, dans le silence...* Les voix commencèrent à mourir, à s'éteindre, à murmurer... à s'évanouir...

Tout à coup, la porte s'ouvrit. Une petite fille en robe bleue traversa la rangée de bancs d'un air agité, baissant la tête, se mordant les lèvres, faisant tourner son bracelet d'argent sur son petit poignet rouge. Elle monta sur l'estrade et s'arrêta devant Miss Meadows.

« Eh bien, Monica, qu'est-ce que c'est?

— Oh! pardon, Miss, dit la petite fille d'une voix entrecoupée, Mrs. Wyatt voudrait vous voir dans son bureau.

— Très bien! » répondit Miss Meadows. Et s'adressant aux élèves : « Je peux compter sur vous pour ne pas faire de bruit pendant mon absence. »

Mais elles étaient trop accablées pour faire quoi que ce soit. La plupart étaient en train de se moucher.

Les corridors étaient silencieux et froids; les pas de Miss Meadows y résonnaient en écho. La directrice était assise à son bureau. Elle ne leva pas tout de suite les yeux. Comme d'habitude, elle était occupée à dégager son lorgnon qui s'était pris dans son rabat de dentelle. « Asseyez-vous, Miss », dit-elle d'un ton aimable. Puis, elle prit sur le sous-main une enveloppe rose. « Je vous ai envoyé chercher, parce que ce télégramme vient d'arriver pour vous.

— Un télégramme pour moi, Miss Wyatt? »

Basile! Il s'était suicidé, décida Miss Meadows. Sa main se tendit vivement, mais Miss Wyatt retint un instant le télégramme. « J'espère que ce ne sont pas de mauvaises nouvelles », dit-elle, d'un ton tout juste aimable. Et Miss Meadows déchira l'enveloppe.

« Ne tenez pas compte de lettre devais être fou ai acheté meuble antichambre aujourd'hui Basile. »

Voilà ce qu'elle lut. Elle ne pouvait plus quitter des yeux le télégramme.

« J'espère bien que ce n'est rien de grave, dit Miss Wyatt, en se penchant vers elle.

— Oh ! non, merci beaucoup, Miss Wyatt, répondit, en rougissant, Miss Meadows. Ce n'est absolument rien de fâcheux. C'est » — et elle eut, pour s'excuser, un petit rire gêné — « c'est de mon fiancé pour me dire que... me dire que... »

Il y eut un silence.

« Je vois », dit Miss Wyatt.

Un autre silence, puis :

« Vous avez encore un quart d'heure de cours à donner, Miss Meadows, n'est-ce pas ?

— Oui, Miss Wyatt. »

Elle se leva. Elle se dirigea vers la porte en courant presque.

« Oh ! une petite minute, Miss, dit la directrice. Je dois vous dire que je n'approuve guère que mes professeurs se fassent expédier des télégrammes pendant les heures de cours, sauf dans le cas de nouvelles très graves, des morts par exemple, ou des accidents très sérieux ou des événements de ce genre. Les bonnes nouvelles, Miss Meadows, peuvent toujours attendre, vous savez. »

Sur les ailes de l'espoir, de l'amour, de la joie, Miss Meadows s'élança vers la salle de musique, la traversa, monta les marches, revint au piano.

« Page 32, Mary, dit-elle, page 32. »

Et ramassant le chrysanthème jaune, elle le pressa contre ses lèvres pour cacher son sourire. Puis elle se tourna vers les élèves, tapotant le pupitre de sa baguette.

« Page 32, mes enfants. Page 32. »

Nous venons aujourd'hui, les bras chargés de [fleurs,
Et des fruits de l'Été emplissant nos corbeilles

Pour fêter l'heureux jour...

« Arrêtez! arrêtez! s'écria Miss Meadows. C'est affreux! C'est terrible! »

Elle regarda ses élèves d'un air rayonnant.

« Qu'avez-vous donc toutes? Pensez, mes enfants, pensez donc à ce que vous chantez! Ayez un peu d'imagination. "*Les bras chargés de fleurs... des fruits de l'Été...*" Et "*fêter l'heureux jour!*" »

Miss Meadows s'interrompit.

« N'ayez pas l'air si désolé, mes petites. Il faut chanter cela avec chaleur, avec allégresse, avec ardeur. "*L'heureux jour!*" Recommençons. Et vite. Toutes ensemble. Allons! »

Et cette fois, la voix de Miss Meadows s'éleva au-dessus de toutes les autres — pleine, profonde, vibrante d'expression.

L’étranger

« The Stranger »

Il semblait à la petite foule rassemblée sur le quai qu'il ne bougerait jamais plus. Il gisait là-bas, immense, immobile sur l'eau grise et plissée ; une volute de fumée se déroulait au-dessus de lui ; un grand vol de mouettes planait avec des cris et plongeait sur les détritus qui tombaient des cuisines à l'arrière. On pouvait tout juste apercevoir de petits couples qui paradaient — petites mouches parcourant un plat posé sur une nappe grisâtre et froissée. D'autres mouches se pressaient et fourmillaient tout au bord. De temps à autre, sur le pont inférieur, quelque chose de blanc luisait — le tablier du cuisinier ou peut-être d'une femme de chambre. Parfois une minuscule araignée noire escaladait en courant l'échelle de la passerelle.

Au premier rang de la foule, un homme d'âge mûr, robuste, très bien et très confortablement habillé, en pardessus gris, avec une écharpe de soie grise, des gants épais, un chapeau de feutre sombre, se promenait de long en large, en faisant tournoyer son parapluie bien roulé. On aurait dit qu'il était le chef de la petite troupe sur le quai et qu'en même temps il l'empêchait de se disperser.

Il semblait tenir à la fois le rôle du chien et du berger.

Mais quel idiot, quel idiot il avait été de n'avoir pas apporté de jumelles! Parmi tous ces gens pas une paire de jumelles!

« C'est vraiment curieux, Mr. Scott, que pas un seul d'entre nous n'ait pensé à des jumelles! On aurait pu attirer leur attention. On aurait pu leur envoyer quelques petits signaux : *N'hésitez pas à débarquer, les indigènes sont inoffensifs.* — Ou encore : *On vous fera bon accueil. Tout est pardonné.* — Quoi ? Hein ? »

Le regard de Mr. Hammond, ce regard vif, impatient, si inquiet et pourtant si amical et si confiant, s'adressait à tout le monde sur le quai, allait même chercher ces vieux bonshommes qui flânaient le long des passerelles. Ils savaient, tous ces braves gens, que Mrs. Hammond arrivait par le paquebot et, dans sa formidable agitation, son mari ne doutait pas un instant que ce merveilleux événement ne les touchât aussi. Il en était tout attendri à leur égard. C'était bien, décida-t-il, la foule la plus sympathique qu'il eût jamais vue. Et ces vieux, là-bas, près des passerelles, sacrés gaillards, solides, bien plantés! Quels torses, sapristi! Et il bomba le sien, fourra ses mains gantées dans ses poches, se balança sur ses talons.

« Eh oui, ma femme a passé dix mois en Europe. Elle était en visite chez notre fille aînée, qui s'est mariée, l'an dernier. Je l'avais accompagnée ici, moi-même, jusqu'à Crawford. Aussi j'ai pensé que je ferais bien de venir aussi la chercher. Oui, oui, oui. »

De nouveau, il plissa ses yeux gris et vifs, scrutant d'un regard rapide, anxieux, le paquebot immobile. Puis il déboutonna encore son pardessus ; il tira sa montre plate, pâle et jaune, et pour la vingtième, la cinquantième, la centième fois, il refit son calcul.

« Voyons un peu, à présent. Le canot du service de santé est parti à deux heures quinze. A deux heures quinze. Il est maintenant exactement quatre heures vingt-huit. C'est-à-dire que le docteur est à bord depuis deux heures treize minutes. Deux heures treize minutes ! U... u... uh ! »

Un petit bruit bizarre, presque un coup de sifflet, s'échappa de ses lèvres et il referma brusquement le boîtier de sa montre.

« Mais il me semble que, s'il y avait eu quelque chose, on nous aurait prévenus — n'est-ce pas, Mr. Gaven ?

— Oh ! certainement, Mr. Hammond. Je ne crois pas qu'il y ait lieu de... de se faire du souci, dit Mr. Gaven en tapant sa pipe contre la semelle de son soulier. Mais tout de même...

— Évidemment, évidemment ! cria Mr. Hammond. Sacrément embêtant ! »

Il fit quelques pas rapides de long en large et revint à sa place, entre Mr. et Mrs. Scott et Mr. Gaven. « Avec cela, il commence à faire noir », et il agita son parapluie roulé, comme pour inviter le crépuscule à avoir au moins la décence d'attendre un peu. Mais l'ombre descendait lentement, s'étendant sur l'eau peu à peu, comme une tache. La petite Jeanne Scott tira sa mère par la main.

« J'veux mon thé, maman ! gémit-elle.

— Je te comprends, dit Mr. Hammond. Je me doute bien que toutes ces dames aussi. »

De nouveau, son bon regard, ému, presque compatissant, les réunit toutes. Il se demanda si

Janey prenait une dernière tasse de thé là-bas, dans le salon du paquebot. Il l'espérait ; il ne le croyait pas. Ce serait bien d'elle de ne pas vouloir quitter le pont. En ce cas, peut-être que le steward lui en apporterait une tasse. S'il avait été là, c'est lui qui serait allé lui en chercher — il en aurait bien trouvé le moyen. Un instant, il fut sur ce pont, debout près d'elle, regardant sa petite main s'arrondir autour de la tasse avec ce geste qu'elle avait, tandis qu'elle buvait la seule goutte de thé qu'il fût possible de se procurer à bord... Mais il se trouva de retour sur le quai ; Dieu seul savait quand ce maudit capitaine en aurait fini de traînasser dans la rade. Mr. Hammond fit un nouveau tour, de long en large. Il alla jusqu'à la station des fiacres pour s'assurer que son cocher n'avait pas disparu ; il s'en revint vers le petit troupeau blotti à l'abri des caisses de bananes. La petite Jeanne réclamait encore son thé. Pauvre gosse ! Il regretta de ne pas avoir un morceau de chocolat dans sa poche.

« Hé, Jeanne, dit-il, tu veux grimper là-haut ? »

Doucement, sans effort, il souleva la petite fille et la posa sur un tonneau élevé. La tenir, l'empêcher de chanceler lui fut un soulagement incroyable, lui allégea le cœur.

« Tiens-toi bien, dit-il, en gardant un bras passé autour d'elle.

— Oh ! ne vous dérangez pas pour *Jeanne*, Mr. Hammond ! pria Mrs. Scott.

— Pas du tout, madame. Ça ne me dérange pas, c'est un plaisir. Jeanne et moi sommes une paire d'amis, pas vrai, Jeanne ?

— Oui, Mr. Hammond », répondit la petite fille, et elle passa le doigt dans le pli de son chapeau de feutre.

Mais tout d'un coup, elle lui saisit l'oreille et poussa un grand cri : « Regardez, Mr. Hammond ! Il bouge ! Regardez : il arrive ! »

Bon Dieu, c'était vrai ! Enfin ! Lentement, lentement, le navire virait de bord. Au loin, sur l'eau une cloche sonna et un grand jet de vapeur jaillit dans l'air. Les mouettes s'envolèrent ; elles se dispersèrent, comme des bouts de papier blanc. Mr. Hammond n'aurait pu dire si la profonde vibration venait des machines du paquebot ou de son propre cœur. Quoi qu'il en fût, il dut faire un effort pour résister. Au même instant, le vieux Johnson, le capitaine du port, arriva à grands pas le long du quai, avec une serviette de cuir sous le bras.

« Ne vous en faites pas pour Jeanne, dit Mr. Scott ; je vais la tenir. »

Il eut juste le temps de la saisir. Mr. Hammond avait oublié Jeanne ; il s'élançait à la rencontre du vieux capitaine Johnson.

« Eh bien, capitaine ! et sa voix résonna de nouveau, impatiente, énervée, finalement vous avez eu pitié de nous !

— Ce n'est pas moi qui suis à blâmer, Mr. Hammond, souffla le vieil officier, les yeux rivés au paquebot. Mrs. Hammond est à bord, pas vrai ?

— Oui, oui, répondit l'autre, restant à côté du maître du port, ma femme est là-bas. Ah ! ah ! Ça ne sera pas long, à présent. »

Le timbre de son téléphone résonnant sans cesse, le ronflement de son hélice emplissant l'air, le grand transatlantique fonçait sur eux ; il fendait l'eau sombre et de grands copeaux blancs retombaient de chaque côté. Hammond et le capitaine du port se tenaient devant tous les autres. Hammond ôta son chapeau ; il parcourut les ponts du regard ; les passagers s'y entassaient. Il agita son chapeau, en lançant un bruyant et bizarre : « Holà ! » vers le navire. Puis il se retourna, éclata de rire et dit quelque chose d'inintelligible au vieux capitaine Johnson.

« Vous l'avez vue ? demanda le maître du port.

— Non, pas encore. Du calme — attendez un peu ! »

Et tout à coup, coincé entre deux grands lourdauds : « Ôtez-vous donc un peu du chemin ! » leur fit-il signe de son parapluie ; il vit une main levée — un gant blanc qui agitait un mouchoir. Encore un instant et — merci, mon Dieu, merci ! — ce fut elle. C'était Janey. C'était Mrs. Hammond, oui, oui, oui... debout auprès du bastingage, souriant, saluant de la tête, secouant son mouchoir.

« C'est parfait, parfait. Bien, très bien, très bien. »

Il trépignait. D'un geste prompt comme l'éclair, il tira son étui à cigares et l'offrit au vieux capitaine Johnson. « Un cigare, capitaine ! Ils ne sont pas mauvais. Prenez-en deux. Tenez — et il vida tous les cigares de l'étui dans la main du maître du port — j'en ai deux boîtes à l'hôtel.

— Merci bien, Mr. Hammond », dit la voix essoufflée du vieux capitaine.

Hammond fourra de nouveau l'étui dans sa poche. Ses mains tremblaient, mais il s'était ressaisi. Il était capable d'affronter Janey. Elle était là-bas, appuyée au bastingage, en train de causer avec une femme et, en même temps, elle l'observait, lui, elle était prête. Tandis que la distance se rétrécissait, il fut frappé de la voir si menue sur cet énorme navire. Il en eut le cœur tellement serré qu'il en aurait crié. Qu'elle semblait petite pour avoir accompli toute seule ce long, ce double voyage ! Pourtant, comme c'était bien d'elle ! Comme c'était bien de Janey ! Elle avait le courage d'un... Voilà que les hommes de l'équipage s'étaient avancés, avaient écarté les passagers ; ils avaient rabattu le bastingage pour jeter les passerelles.

Les voix sur la rive et les voix à bord s'élancèrent, échangeant les paroles d'accueil.

« Tout va bien ?

— Tout va bien !

— Comment va maman ?

— Beaucoup mieux.

— Holà, Jeanne !

— Ohé ! tante Émilie !

— Avez-vous fait bon voyage ?

— Magnifique !

— Ça ne sera pas long, à présent.

— Pas long à présent. »

Les machines stoppèrent. Lentement, le paquebot vint se ranger le long du quai.

« Faites place, là-bas — place — place ! »

Et les hommes de service sur le ponton s'élancèrent à longues enjambées, traînant les lourdes passerelles. Hammond fit signe à Janey de rester en place. Le vieux capitaine du port s'avança ; il le suivit. Quant à « laisser passer d'abord les dames » ou des niaiseries de ce genre, l'idée ne lui en vint pas.

« Après vous, capitaine ! » cria-t-il d'un ton chaleureux. Et, sur les talons du vieil homme, il remonta la passerelle, tout droit vers Janey, et ses bras l'étreignirent.

« Bien, très bien, très bien ! Oui, oui ! Nous y voilà enfin », bégaya-t-il. Ce fut tout ce qu'il put dire. Puis Janey se dégagea et sa petite voix fraîche — la seule voix qui existât pour lui en ce monde — prononça :

« Eh bien, mon chéri ! Tu as attendu longtemps ? »

Non ; non, pas longtemps. De toute façon, peu importait. C'était fini maintenant. Mais le problème, c'était qu'il avait une voiture, attendant au bout du quai. Était-elle prête à partir ? Son bagage était-il prêt ? En ce cas, ils pouvaient filer tout de suite avec ses bagages à main et envoyer le reste au diable jusqu'au lendemain. Il se pencha sur elle, elle leva les yeux avec son demi-sourire coutumier. Elle était restée la même. Pas changée du tout. Telle qu'il l'avait toujours connue. Elle posa sa petite main sur la manche de son mari.

« Comment vont les enfants, John ? » demanda-t-elle. (Au diable les enfants !) « Parfaitement bien. Ils ne se sont jamais si bien portés.

— Ils m'ont écrit ?

— Bien sûr. J'ai laissé leurs lettres à l'hôtel pour que tu les savoures plus tard.

— Nous ne pouvons pas nous en aller si vite que ça, dit-elle. Il y a des gens auxquels je dois faire mes adieux... et puis, il y a le capitaine. »

La figure de Mr. Hammond s'allongea ; elle lui serra le bras d'une petite étreinte compréhensive.

« Si le capitaine quitte la passerelle, je voudrais que tu le remercies d'avoir eu tant d'attentions pour ta femme. »

Ma foi, il la tenait à présent. Si elle voulait rester dix minutes de plus... Tandis qu'il cédait, elle se trouva entourée. Tous les passagers de première classe semblaient vouloir dire au revoir à Janey.

« Adieu, chère, chère Mrs. Hammond ! Et la prochaine fois que vous viendrez à Sydney, je compte absolument sur vous.

— Mrs. Hammond, ma chérie ! vous n'oublierez pas de m'écrire, n'est-ce pas ?

— Ah ! vraiment, Mrs. Hammond, je me demande ce que cette traversée aurait été sans vous. »

C'était clair comme le jour qu'elle avait fait la conquête de tout le monde à bord. Et elle prenait tout ça... juste comme d'habitude. Avec un calme absolu. De son petit air ordinaire. C'était bien Janey, toujours la même ; là, debout, son voile rejeté en arrière. Hammond ne remarquait jamais comment sa femme était habillée ; ce qu'elle portait lui était bien égal. Mais aujourd'hui, pourtant, il s'aperçut qu'elle avait un tailleur noir — c'est bien ainsi que ça s'appelle ? — avec des volants blancs, des garnitures sans doute, au col et aux manches. Pendant ce temps Janey le présenta à tout le monde.

« John, mon chéri ! »

Ensuite : « Je veux te présenter à... »

Ils finirent par s'échapper et elle l'emmena dans sa cabine. La suivre le long du couloir qu'elle connaissait si bien, qui lui était, à lui, si peu familier, écarter après elle les rideaux verts, pénétrer dans la chambre qui avait été la sienne, lui donna un bonheur exquis. Mais voilà que — peste soit d'elle ! — la femme de chambre était là, à genoux par terre, bouclant la courroie des couvertures.

« C'est fini, Mrs. Hammond », dit-elle, en se levant et en rabattant ses manchettes.

De nouveau, on le présenta, puis Janey et la femme de chambre disparurent dans le corridor. Il entendit chuchoter; il supposa qu'elle réglait l'affaire du pourboire. Il s'assit sur le divan rayé et ôta son chapeau. Voilà les couvertures de voyage qu'elle avait emportées; on les aurait crues neuves. Tout son bagage avait l'air pimpant, impeccable; les étiquettes étaient de sa belle petite écriture si nette : « Mrs. John Hammond ».

« Mrs. John Hammond! » Il poussa un long soupir de contentement et se renversa en arrière, les bras croisés. C'en était fini de l'effort. Il eut le sentiment qu'il pourrait rester là, éternellement, à soupirer de joie d'être délivré — délivré de cet horrible tiraillement, de cette tension, de cette étreinte qui lui serrait le cœur! Le danger était passé : telle était son impression. On se retrouvait sur la terre ferme.

Mais, à cet instant, Janey passa sa tête au coin de la porte.

« Mon chéri... si ça t'est égal?... Je voudrais seulement aller dire adieu au docteur. »

Hammond se leva vivement.

« Je t'accompagne.

— Non, non, dit-elle. Ne te dérange pas. Je préfère. Je ne resterai pas même une minute. »

Avant qu'il pût répondre, elle était partie. Il eut presque envie de courir après elle; mais, au lieu de le faire, il se rassit.

Était-ce bien sûr qu'elle ne resterait pas longtemps? Quelle heure était-il à présent? La montre apparut; il regarda fixement le vide. C'était un peu curieux de la part de Janey, non? Pourquoi ne pas avoir chargé la femme de chambre de transmettre ses adieux ? Pourquoi s'en aller courir après le médecin du bord ? Elle aurait, même, bien pu écrire un mot de l'hôtel, si l'affaire était urgente. Urgente ? Est-ce que — se pouvait-il qu'elle eût été malade en route ? Elle lui cachait quelque chose. C'était ça ! Il empoigna son chapeau. Il allait de ce pas trouver ce type et lui arracher la vérité à tout prix. Il croyait bien avoir remarqué quelque chose, un rien. Elle était un tout petit peu trop calme — trop maîtresse d'elle-même. Dès le premier instant...

Les rideaux bougèrent, Janey revenait. Il se leva d'un bond.

« Janey, as-tu été malade pendant cette traversée ? Oui, c'est ça !

— Malade ? »

Sa petite voix légère le raillait. Elle enjamba les couvertures roulées, vint tout près, lui toucha du doigt la poitrine, le regarda.

« Mon chéri, dit-elle, ne me fais pas peur ! Naturellement, je n'ai pas été malade ! Qu'est-ce qui peut te le faire croire ? Ai-je mauvaise mine ? »

Mais Hammond ne la voyait pas. Il sentait seulement qu'elle le regardait et qu'il n'avait besoin de se tourmenter de rien. Elle était là pour s'occuper des choses. C'était parfait. Tout allait bien.

La douce pression de sa main était si apaisante qu'il posa la sienne dessus pour la maintenir là. Et elle dit :

« Reste tranquille. Je veux te regarder. Je ne t'ai pas encore vu. Ta barbe est très bien taillée et tu as l'air... plus jeune, je trouve, et beaucoup plus mince. La vie de célibataire te réussit.

— Me réussit ! »

Il gémit de tendresse et la serra de nouveau contre lui. Et de nouveau, comme toujours, il eut le sentiment qu'il tenait là quelque chose qui n'était jamais tout à fait à lui — à lui. Quelque chose de trop délicat, de trop précieux, qui s'envolerait dès qu'il le laisserait aller.

« Pour l'amour de Dieu, partons pour l'hôtel pour être seuls enfin. »

Et il sonna vigoureusement pour dire qu'on se dépêchât d'enlever les bagages.

En descendant le quai ensemble, elle prit son bras. Voilà qu'il l'avait à son bras, de nouveau ! Et quelle différence cela faisait, de monter en voiture derrière elle, de jeter sur leurs genoux à tous deux la couverture rayée jaune et rouge, de dire au cocher qu'il fallait aller vite parce qu'ils n'avaient encore pris le thé ni l'un ni l'autre. Il n'aurait plus à se passer de son thé ou à se le verser lui-même. Elle était revenue. Il se tourna vers elle, lui serra fort la main, dit tendrement, malicieusement, de cette voix qu'il n'avait que pour elle : « Tu es contente de rentrer chez toi, ma petite chérie ? » Elle sourit ; elle ne prit même pas la peine de répondre, mais, doucement, elle écarta la main de son mari, comme ils arrivaient à des rues mieux éclairées.

« Nous avons la plus belle chambre de l'hôtel, dit-il. Je n'ai pas voulu m'en laisser donner une autre. Et j'ai demandé à la femme de chambre d'allumer une flambée, au cas où tu aurais un peu froid. C'est une brave fille, gentille, pleine d'attentions. Et puis, j'ai pensé que, du moment que nous étions ici, nous n'allions pas nous tracasser pour rentrer demain à la maison, mais que nous passerions la journée à nous promener et que nous partirions le matin d'après. Cela te va-t-il? Inutile de se presser, n'est-ce pas? Les enfants t'auront bien assez tôt... Je me suis dit qu'un jour passé à visiter la ville pourrait être une agréable étape de ton voyage, hein, Janey?

— As-tu pris les billets pour après-demain? demanda-t-elle.

— Bien sûr! »

Il déboutonna son manteau, sortit son portefeuille gonflé de papiers.

« Voilà! J'ai fait réserver un compartiment de première pour Salisbury. Voici le ticket : Mr. et Mrs. John Hammond. J'ai pensé que nous pouvions bien nous donner un peu de confort et puis, nous ne tenons pas à ce que d'autres personnes viennent se fourrer entre nous, pas vrai? Mais si tu avais envie de rester ici un peu plus longtemps...

— Oh non! dit vivement Janey. Pour rien au monde! Après-demain alors. Et les enfants?... »

Mais ils étaient arrivés à l'hôtel. Le directeur se trouvait sous le vaste porche tout illuminé. Il descendit les marches pour les recevoir. Un garçon accourut du vestibule pour prendre leurs malles.

« Bien, Mr. Arnold, voilà enfin Mrs. Hammond! »

Le directeur les escorta lui-même à travers le hall et appela l'ascenseur. Hammond savait que des amis à lui, des relations d'affaires, étaient là, assis devant les petites tables du hall, à boire des apéritifs avant le dîner. Mais il n'allait pas risquer d'être dérangé; il ne regarda ni à droite, ni à gauche. Qu'ils en pensent ce qu'ils voudront!

S'ils ne comprennent pas, ce ne sont que des imbéciles — et, sortant de l'ascenseur, il ouvrit la porte de leur chambre et y fit entrer Janey. La porte se referma. Maintenant, à la fin, ils étaient seuls ensemble. Il alluma l'électricité. Les rideaux étaient tirés ; le feu flambait. Il lança son chapeau sur le grand lit, il alla vers elle.

Mais — le croiriez-vous ? — on vint les interrompre encore. Cette fois-ci, c'était le porteur avec les bagages. Il fit deux voyages pour ça, il laissa la porte ouverte dans l'intervalle, il prit son temps, il sifflota entre ses dents, dans le couloir. Hammond parcourait la chambre de long en large, arrachait ses gants, arrachait son écharpe. Pour finir, il jeta son manteau sur le lit.

Enfin, cet idiot-là était parti. La porte se ferma avec un petit bruit. A présent, ils *étaient* seuls. Hammond dit :

« Il me semblait que je ne t'aurais plus jamais à moi ! Maudites gens ! Janey... »

Il porta sur elle son regard ému, impatient.

« Dînons ici, dans notre chambre. Si nous descendons au restaurant, on nous dérangera et puis il y a cette satanée musique (cette musique qu'il avait si fortement louée, applaudie si bruyamment le soir précédent). Nous ne pourrons pas nous entendre parler. Faisons-nous monter quelque chose ici, devant le feu. C'est trop tard pour le thé ; je commanderai un petit souper, hein ? Qu'est-ce que tu dis de cette idée ?

— C'est ça, mon chéri ! répondit Janey. Et pendant que tu seras absent — les lettres des enfants.

— Oh ! on verra plus tard, dit Hammond.

— Mais on en aurait fini, insista Janey. Et j'aurais d'abord le temps de...

— Oh ! il est inutile que je descende, expliqua son mari. Je n'ai qu'à sonner et à donner l'ordre... Tu ne veux pas me renvoyer, dis ? »

Janey secoua la tête et sourit.

« Mais tu es en train de penser à autre chose. Quelque chose te tourmente, reprit Hammond. Qu'est-ce que c'est ? Viens t'asseoir là — viens t'asseoir sur mes genoux, près du feu.

— Je vais juste ôter mon chapeau, dit Janey, en allant à la table à coiffer. Ah... ah ! »

Elle eut un petit cri.

« Qu'est-ce que c'est ?

— Rien, mon chéri. Je viens de trouver les lettres des enfants. C'est bon ! Elles peuvent attendre. Inutile de se presser, maintenant. »

Elle se tourna vers lui, serrant les lettres dans sa main ; elle les glissa sous sa blouse. Avec vivacité, avec gaieté, elle s'écria : « Oh ! comme cette table est typique de toi !

— Pourquoi ? qu'est-ce qu'elle a ? dit Hammond.

— Si elle flottait sur l'abîme de l'éternité, je dirais encore : Voilà John ! » riposta Janey en riant, les yeux fixés sur le gros flacon de lotion pour les cheveux, la bouteille d'eau de Cologne gainée d'osier, les deux brosses à cheveux et la douzaine de cols neufs attachés d'un cordon rose. « Ce sont toutes tes affaires ?

— Au diable mes affaires ! dit Hammond ; mais, tout de même, c'était un plaisir pour lui d'être taquiné par Janey. — Parlons un peu. Venons-en un peu aux choses sérieuses. Dis-moi... »

Et, comme Janey se juchait sur ses genoux, il se renversa en arrière, l'attirant au creux du fauteuil laid et profond.

« Dis-moi que tu es vraiment heureuse d'être de retour, Janey.

— Oui, chéri, je suis heureuse », dit-elle.

Mais, tout comme lorsqu'il l'étreignait Hammond avait le sentiment qu'elle allait s'envoler, il ne savait jamais — n'avait jamais la certitude absolue qu'elle était aussi heureuse que lui-même. Comment pouvait-il savoir ? Serait-il jamais sûr ? Aurait-il toujours ce désir avide — cette douloureuse envie, pareille en quelque sorte à celle de la faim, d'absorber si complètement Janey en lui que rien d'elle ne pût échapper ? Il voulait effacer pour elle tout le monde, toutes les choses. A présent, il regrettait de n'avoir pas éteint la lumière. L'obscurité aurait pu la rendre plus proche. Et maintenant, ces lettres des enfants faisaient sous sa blouse un bruit de papier froissé. Il aurait voulu les jeter au feu.

« Janey, murmura-t-il.

— Oui, chéri. »

Elle reposait sur sa poitrine, mais si légère, mais si lointaine... Leur souffle s'élevait et retombait en même temps.

« Janey !

— Qu'y a-t-il ?

— Tourne-toi vers moi », chuchota-t-il.

Lentement, une rougeur sombre envahit son front.

« Embrasse-moi, Janey ! Embrasse-moi, toi ! »

Il lui sembla noter une hésitation imperceptible — mais assez longue pour qu'il souffrît le martyre — avant que les lèvres de sa femme touchent les siennes, fermement, légèrement, leur donnant le baiser qu'elle donnait toujours, comme si ce baiser — comment le décrire ? confirmait ce qu'ils venaient de dire, signait le contrat. Mais ce n'était pas ce qu'il voulait ; ce n'était pas du tout la chose à laquelle il aspirait. Brusquement, il se sentit accablé d'une fatigue horrible.

« Si tu savais, dit-il en ouvrant les yeux, ce que cela a été — cette attente d'aujourd'hui ! J'ai cru que le bateau n'entrerait jamais au port. Nous étions là, à traîner. Qu'est-ce qui vous a retenus si longtemps ? »

Elle ne répondit pas. Elle ne le regardait pas, les yeux fixés sur le feu. Les flammes se dépêchaient, se dépêchaient de dévorer les charbons, vacillaient, s'affaissaient.

« Tu ne dors pas, dis ? » demanda Hammond ; et il la fit sauter sur ses genoux.

« Non », dit-elle. Puis : « Ne fais pas ça, mon chéri. Non, je réfléchissais. Le fait est, continua-t-elle, qu'un des passagers est mort, la nuit dernière — un homme. Voilà ce qui nous a retardés. Nous l'avons ramené — je veux dire, on ne l'a pas enseveli en mer. Aussi, naturellement, le médecin du bord et celui du service sanitaire...

— Qu'est-ce que c'était ? » demanda Hammond mal à l'aise.

Il détestait qu'on parlât de la mort. Il détestait l'idée qu'une chose pareille fût arrivée. C'était, d'une façon bizarre, la même impression que si Janey et lui avaient rencontré un enterrement, en allant à l'hôtel.

« Oh ! ce n'était rien du tout de contagieux ! » dit Janey. Sa voix n'était presque qu'un souffle. « C'était le cœur. »

Un silence.

« Pauvre garçon ! dit-elle. Tout jeune. »

Elle regarda les flammes palpiter et retomber.

« Il est mort dans mes bras », dit Janey.

Le coup fut si soudain que Hammond crut s'évanouir. Il ne pouvait bouger, il ne respirait plus. Il sentait toute sa force s'écouler — ruisseler dans le grand fauteuil sombre et le grand fauteuil sombre le tenait solidement, l'étreignait, le forçait à endurer.

« Quoi? demanda-t-il d'un ton hébété. Que dis-tu?

— La fin a été tout à fait paisible, reprit la petite voix. Au dernier moment, il a seulement » — et Hammond la vit lever sa douce main — « laissé fuir sa vie dans un souffle. »

Et sa main retomba.

« Qui... d'autre était là? réussit à demander Hammond.

— Personne. J'étais seule avec lui. »

Ah! mon Dieu, ce qu'elle disait là! Ce qu'elle lui faisait à lui! Cette chose-là le tuerait! Et tout le temps elle continuait à parler :

« J'ai vu le changement se produire et j'ai envoyé le garçon chercher le docteur, mais il est arrivé trop tard. En tout cas, il n'aurait pu rien faire.

— Mais pourquoi *toi*... pourquoi *toi*? » gémit Hammond.

A ces mots, Janey se retourna vivement et vivement scruta son visage.

« Tu ne m'en veux pas, John, n'est-ce pas? demanda-t-elle. Tu... Cela n'a rien à voir avec toi et moi. »

Il parvint, tant bien que mal, à esquisser une espèce de sourire, en la regardant. Tant bien que mal, il balbutia :

« Non — conti...nue, continue! je veux que tu me racontes.

— Mais, John chéri…

— Raconte-moi, Janey !

— Il n'y a rien à raconter, dit-elle, songeuse. C'était un des passagers de première classe. J'ai vu qu'il était très malade, dès qu'il est venu à bord… Mais il paraissait aller tellement mieux jusqu'à hier matin. Dans l'après-midi, il a eu une crise violente : l'agitation — l'énervement de l'arrivée, je pense. Après, il ne s'est jamais remis.

— Mais, pourquoi la femme de chambre ne l'a-t-elle pas…

— Oh ! mon chéri — la femme de chambre ! dit Janey. Qu'aurait-il pensé ? Et, en outre… il aurait pu avoir le désir de laisser un message… pour…

— Ne l'a-t-il pas fait ? murmura Hammond ? N'a-t-il rien dit ?

— Non, mon chéri, pas un mot ! »

Elle secoua doucement la tête :

« Tout le temps que je suis restée avec lui, il était trop faible… trop faible même pour remuer un doigt. »

Janey se tut. Mais ses paroles, si légères, si douces, si glacées, semblaient planer dans l'air, pleuvoir dans la poitrine de son mari comme de la neige.

Le feu était devenu rouge. Alors, il s'effondra avec un bruit soudain et la chambre fut plus froide. Le froid monta le long des bras de Hammond. La chambre était vaste, immense, étincelante ; elle envahissait tout son univers. Le grand lit aveugle était là, avec son manteau gisant au travers, comme un homme sans tête qui disait ses prières. Le bagage était là aussi, prêt à être emporté de nouveau, n'importe où, à être jeté dans des trains, embarqué sur des paquebots.

« Il était trop faible. Il était trop faible même pour remuer un doigt. » Pourtant, il était mort dans les bras de Janey. Elle, qui jamais — jamais une seule fois pendant toutes ces années — jamais à aucun moment…

Non — il n'y devait pas songer. Y penser, c'était la folie. Non, il n'affronterait pas cette vision. Il ne pouvait l'endurer. C'était trop dur à supporter !

Et maintenant, voilà que Janey touchait du doigt sa cravate. Elle en pinça le nœud.

« Tu n'es pas… fâché que je t'aie dit ça, John chéri ? Ça ne t'a pas rendu triste ? Ça n'a pas gâché notre soirée — notre solitude à deux ? »

Mais, à ces mots, il fut obligé de cacher son visage. Il le pressa sur la poitrine de sa femme et l'entoura de ses bras.

Gâché leur soirée ? Gâché leur solitude à deux ? Plus jamais ils ne seraient seuls ensemble.

Jour férié

« Bank Holiday »

Un homme fort au visage rose porte un pantalon de flanelle d'un blanc douteux, une veste bleue, de la poche de laquelle émerge un mouchoir rose, et un chapeau de paille bien trop petit pour lui, perché en arrière sur sa tête. Il joue de la guitare. Un petit bonhomme chaussé de toile blanche, la figure cachée par un feutre rabattu comme une aile cassée, souffle dans une flûte ; un individu grand, mince, avec des bottines à boutons, éclatées par l'usure, tire d'un violon les rubans — les longs rubans enroulés, onduleux — d'une mélodie. Sans sourire, mais non pas graves pourtant, ils se tiennent debout au grand soleil, en face d'un étalage de fruits ; la main rose, comme une araignée, gratte la guitare ; la petite main carrée ornée d'une bague de cuivre à turquoise force la flûte rebelle ; et le bras du violoniste tente de se scier en deux son instrument.

Une foule s'assemble ; on mange des oranges, des bananes, on arrache les peaux, on sépare les quartiers, on partage. Une jeune fille tient même un panier de fraises, mais elle n'en mange pas : « Ce qu'elles sont chères, hein ! » Elle contemple fixement les petits fruits pointus, comme si elle en avait peur. Le soldat australien qui l'accompagne se met à rire : « Allons, vas-y donc, on n'en fait qu'une bouchée ! » Mais lui non plus ne veut pas qu'elle les mange. Il aime à regarder sa petite mine effarée, ses yeux étonnés levés vers lui : « Quel prix que ça coûte ! » Il bombe le torse et grimace. Des vieilles femmes grasses en corsage de velours — pelotes antiques et poussiéreuses —, des vieilles mégères décharnées, pareilles à des parapluies usés, coiffées d'un bonnet tremblotant ; des femmes jeunes en robes de mousseline, avec des chapeaux qui auraient pu pousser sur les haies et des souliers pointus à hauts talons ; des hommes en uniforme kaki, des marins, des employés en costumes râpés, de jeunes Juifs bien habillés de drap fin, jaquettes rembourrées aux épaules, larges pantalons ; des hommes, de bleu vêtus, sortis manifestement d'un hôpital, le soleil les révèle, la musique sonore et hardie les tient réunis un instant, en un seul grand groupe. Les jeunes s'amusent, se bousculent sur le trottoir, montant, descendant, s'esquivant, avec des coups de coude ; les vieux bavardent : « Alors, j'y ai dit : Si c'est que tu veux le docteur, va le chercher toi-même, que j'y dis. »

« Et quand ils ont été cuits, y en avait pas même assez pour me remplir la main. »

Seuls, les enfants déguenillés se tiennent tranquilles. Ils se sont mis aussi près que possible des musiciens, les mains derrière le dos, les yeux écarquillés. Parfois, une jambe sautille, un bras s'agite. Un petit enfant chancelant n'en peut plus, tourne deux fois sur lui-même, s'assied solennellement et se relève.

« Pas, que c'est joli ? » chuchote derrière sa main une petite fille.

Et la musique se brise en éclats lumineux, qui se rejoignent de nouveau pour se briser encore et se dissoudre ; la foule se disperse, elle monte lentement la pente du coteau.

Au coin de la route commencent les baraques.

« A la chatouille ! Quat'sous la chatouille ! Qui n'en veut ? Chatouillez vos dames, mes gaillards ! »

Ce sont de petits écouvillons montés sur fil de fer. Les soldats les achètent avec empressement.

« Achetez un diablotin ! Quat'sous le diablotin !

— Achetez l'âne sauteur ! Ça bouge, ça bouge, oh !

— Chewing-gum *estra !* Achetez de quoi vous distraire, les gars.

— Achetez une rose. Offrez une rose à la dame, jeune homme ! Des roses, ma bonne dame !

— Des plumes, des plumes ! »

Elles sont irrésistibles, ces plumes. De charmants panaches flottant au vent, vert d'émeraude, écarlate, bleu vif, jaune serin. Les bébés eux-mêmes portent des plumes passées à leurs bonnets.

Et une vieille coiffée d'un tricorne de papier clame, comme si c'était son ultime conseil avant le départ, la seule façon de sauver votre vie ou de ramener quelqu'un au devoir : « Acheter un tricorne, ma belle, et mettez-le ! »

C'est un temps variable, moitié soleil, moitié vent. Quand le soleil se cache, une ombre plane ; quand il se montre de nouveau, il est ardent. Hommes et femmes le sentent leur brûler le dos, la poitrine, les bras ; ils ont l'impression que leurs corps se dilatent, prennent vie... si bien qu'ils font de grands gestes avides, lèvent en l'air les bras pour un rien, enlacent brusquement les filles, éclatent de rire.

De la limonade ? Il y en a tout un fût sur une table drapée d'une nappe ; et des citrons pareils à des poissons courtauds sautillent dans le liquide jaunâtre. On la dirait solide comme une gelée, dans les verres épais. Pourquoi ne peut-on pas la boire sans en répandre ? Tout le monde en renverse et, avant de rendre le verre, on jette en demi-cercle les dernières gouttes.

Autour de la charrette du marchand de glaces, avec sa tente rayée et sa carapace de cuivre poli, les enfants s'attroupent. Les petites langues lèchent, lèchent tout le tour des cornets de crème, des rectangles de biscuit. Le couvercle est retiré, la cuillère de bois plongée à l'intérieur ; on ferme les yeux pour mieux savourer, on grignote en silence.

« Faites-vous dire l'avenir par ces petits oiseaux ! » La femme est là près de la cage, c'est une Italienne ridée, sans âge, serrant et desserrant ses griffes brunes. Son visage, merveille de délicate ciselure, est entouré d'une écharpe vert et or. Dans leur prison, les petites perruches voltigent pour saisir les bouts de papier dans la mangeoire.

« Vous avez une grande force de caractère. Vous épouserez un homme roux, vous aurez trois enfants. Méfiez-vous d'une femme blonde. Attention ! Attention ! Voilà qu'une auto, conduite par un gros chauffeur, descend la colline à toute vitesse. Dedans une femme blonde qui fait la moue, se penche — elle fait irruption dans votre vie... méfiez-vous ! méfiez-vous ! »

« Mesdames et messieurs, je suis commissaire-priseur de mon état et, si ce que je vous dis là n'est pas la vérité, je m'expose à me voir retirer mon agrément, et à être puni de prison. »

L'homme étale son agrément sur sa poitrine ; la sueur coule de son visage jusqu'à son faux col ; ses yeux semblent vitreux. Quand il ôte son chapeau, on voit la chair irritée se creuser sur son front en une ride profonde. Personne ne lui achète ses montres.

Attention encore ! Une immense calèche descend de là-haut, balançant deux vieux, vieux bébés. Elle tient une ombrelle de dentelle ; il suce le pommeau de sa canne et les vieux corps obèses se heurtent quand oscille leur berceau ; le cheval fumant laisse, en trottant le long de la pente, un sillage de crottin.

Sous un arbre, le professeur Léonard, en toge et en bonnet carré, se tient auprès de sa bannière. Il n'est ici que « pour un seul jour » en revenant des Expositions de Londres, de Paris, de Bruxelles, tout exprès pour vous dire la bonne aventure d'après votre physionomie. Il sourit d'un air encourageant, comme un dentiste, maladroit. Quand les grands gaillards qui, l'instant précédent, se bousculaient et juraient, lui tendent leur pièce de dix sous et comparaissent devant lui, ils deviennent tout à coup sérieux, muets, timides, presque rougissants, tandis que la main prompte du professeur pointe une carte imprimée. Ils ressemblent à de petits enfants surpris à jouer dans un jardin défendu, par le propriétaire qui surgit de derrière un arbre.

On est arrivé au sommet du coteau. Comme il y fait chaud ! Et que c'est beau ! Le café est ouvert, la foule s'y rue. La maman s'assied avec son bébé au bord du trottoir et le père lui apporte un verre de liquide foncé, brunâtre ; puis rentre, en se frayant un passage à coups de coude forcenés. Du café, une âcre odeur de bière se répand dans l'air et des chocs bruyants et le tumulte des voix.

Le vent est tombé, le soleil brûle, plus ardent que jamais. Devant les deux battants mobiles de la porte, la masse compacte des enfants s'entasse, comme les mouches au bord d'un pot de confiture.

Et la foule monte, monte la colline, les mains pleines de petits écouvillons, de diablotins, de roses, de plumes. Les gens grimpent, grimpent, se précipitent dans la lumière et la chaleur, avec des appels, des rires, des cris perçants, comme s'ils étaient poussés par quelque chose bien loin derrière eux, happés par le soleil bien loin devant — attirés dans l'universelle, l'éclatante, l'éblouissante splendeur... vers quoi ?

Une famille idéale

« An Ideal Family »

Ce soir-là, pour la première fois de sa vie, en poussant la porte battante et en descendant les trois larges marches vers le trottoir, le vieux Mr. Neave eut conscience qu'il était trop vieux pour le printemps. Le printemps — tiède, impatient, inquiet — était là ; il l'attendait dans la clarté dorée, prêt, devant tout le monde, à l'assaillir, à souffler sur sa barbe blanche, à peser tendrement sur son bras. Et il était incapable de l'affronter, oui ; il ne pouvait plus redresser les épaules, une fois encore, et s'en aller à grands pas, insouciant comme un jeune homme. Il était las et, bien que le soleil du soir brillât encore, il se sentait tout engourdi. Brusquement, l'énergie lui faisait défaut, le cœur lui manquait pour supporter davantage cette gaieté, cette agitation joyeuse ; il en était troublé. Il aurait voulu rester immobile, écarter tout cela d'un geste de sa canne, dire : « Allez-vous-en ! » Tout à coup, ce lui était un effort terrible de saluer comme de coutume, en effleurant son large feutre plat du bout de sa canne, les gens qu'il connaissait, amis, relations, boutiquiers, facteurs, cochers. Mais le regard animé qui accompagnait le salut, la petite lueur cordiale qui semblait dire : « Je suis de force à vous tenir la dragée haute, tous tant que vous êtes ! » voilà ce que le vieux Mr. Neave ne pouvait plus faire. Il s'en alla pesamment, levant haut les genoux, comme s'il avançait à travers un air devenu, en quelque sorte, compact et lourd comme de l'eau. Et la foule passait près de lui, rapide, chacun rentrant chez soi ; les trams filaient avec un cliquetis métallique, les charrettes légères allaient à grand fracas, les gros fiacres roulaient en oscillant, avec cette indifférence téméraire et provocante qui n'appartient qu'aux choses vues en rêve...

La journée au bureau avait été pareille aux autres journées. Rien de particulier ne s'était produit. Harold n'était revenu que vers quatre heures. Où avait-il donc été ? Qu'avait-il manigancé encore ? Ce n'était certes pas lui qui le dirait à son père. Le vieux Mr. Neave s'était trouvé par hasard dans le vestibule, disant adieu à un client, quand Harold était entré en flânant, très bien habillé comme toujours, l'air dégagé, suave, souriant de ce singulier petit demi-sourire que les femmes trouvaient si fascinant.

Ah ! Harold était trop beau, bien trop beau : voilà ce qui avait toujours été le problème. Un homme n'avait pas le droit de posséder des yeux pareils, et ces cils, et ces lèvres-là ; c'était de l'impudence. Quant à sa mère, ses sœurs, les domestiques, ce n'était pas exagéré de dire qu'elles le traitaient en jeune dieu ; elles l'adoraient, elles lui pardonnaient tout ; et il en avait eu besoin depuis le temps où, à treize ans, il avait volé la bourse de sa mère, pris l'argent et caché celle-ci dans la chambre de la cuisinière. Le vieux

Mr. Neave tapa brusquement de sa canne le bord du trottoir. Mais, réfléchit-il, ce n'était pas seulement sa famille qui gâtait Harold, c'était tout le monde ; il n'avait qu'à regarder, à sourire, et l'on cédait. Donc, il ne fallait peut-être pas s'étonner s'il s'attendait à voir cette tradition se poursuivre au bureau. H'm, h'm ! Mais c'était impossible. On ne plaisante pas avec les affaires — même avec celles d'une grosse maison solide, qui réussit, qui rapporte. Il faut qu'un homme y mette tout son cœur, toute son âme, ou bien elle s'effondre sous ces yeux…

Et puis Charlotte et leurs filles étaient toujours après lui pour le persuader de remettre toute l'entreprise à Harold, de se retirer et de jouir de sa retraite. Jouir de sa retraite ! Le vieux Mr. Neave stoppa net sous un groupe d'antiques palmiers, devant l'hôtel du Gouverneur. Jouir de sa retraite ! Le vent du soir, agitant les feuilles sombres, les faisait claquer, très légèrement. Restez chez soi à se tourner les pouces, en ayant conscience, tout le temps, que l'œuvre de sa vie s'en allait, se dissolvait, disparaissait entre les beaux doigts de Harold tandis que Harold souriait…

« Pourquoi t'obstiner à être si déraisonnable, père ? Il n'y a absolument aucune nécessité pour toi d'aller au bureau. Cela rend seulement la situation très gênante pour nous, quand les gens persistent à nous dire que tu as l'air bien fatigué. Nous avons cette immense maison, ce grand jardin. Tu pourrais certainement être heureux à... à... à... en jouir, pour changer. Ou bien tu pourrais te trouver un passe-temps. »

Et Lola, la benjamine, avait fait chorus, d'un air

supérieur : « Les hommes devraient tous avoir des passe-temps. Sans quoi, cela rend la vie impossible. »

Bien, bien! Il ne put réprimer son sourire d'âpre ironie, en commençant à gravir péniblement la pente qui menait à l'avenue d'Harcourt. Où en seraient-elles, Lola et ses sœurs et Charlotte, s'il s'était permis des passes-temps ? Il aurait bien voulu le savoir. Ce n'étaient pas des passe-temps qui pouvaient leur payer leur maison en ville et la villa au bord de la mer et leurs chevaux et leur golf et le gramophone de soixante guinées dans la salle de musique, pour leur permettre de danser. Non pas qu'il leur donnât ces choses à regret. Non; ses filles étaient jolies, étaient chic, et Charlotte était une femme remarquable; tout naturellement, elles suivaient le mouvement. En fait, pas une maison de la ville n'était aussi appréciée que la leur; aucune autre famille ne recevait si largement. Et combien de fois, en poussant la boîte de cigares vers un convive, à travers la table du fumoir, le vieux Mr. Neave n'avait-il pas écouté l'éloge de sa femme, de ses filles, de lui-même parfois :

« Vous êtes une famille idéale, monsieur, une famille idéale. Cela ressemble à ce qu'on lit ou qu'on voit au théâtre.

— Ça va, mon garçon, répliquait le vieux Mr. Neave. Essayez un de ces cigares; je crois qu'il vous plaira. Et si vous avez envie d'aller fumer au jardin, vous trouverez ces demoiselles sur la pelouse, j'imagine. »

C'était pour cela que les filles ne s'étaient pas mariées, disait-on. Elles auraient pu épouser n'importe qui. Mais elles avaient la vie trop agréable à la maison. Elles étaient trop heureuses ensemble, les petites et Charlotte. H'm, h'm! Enfin, enfin! Peut-être bien...

A cet instant, il parvint au bout de l'élégante avenue d'Harcourt; il arrivait à la maison du coin, leur maison. La grande grille était béante; la large allée portait des traces récentes de roues. Puis, il se trouva en face de la vaste maison blanche, avec ses fenêtres grandes ouvertes, ses rideaux de tulle que le vent faisait flotter au-dehors, ses jardinières bleues pleines de jacinthes, posées sur le large rebord des croisées. De chaque côté du perron, leurs hortensias — célèbres dans la ville — commençaient à fleurir; les touffes roses et bleues s'étalaient comme une lumière parmi les feuilles déployées. Et il sembla, en quelque sorte, au vieux Mr. Neave que la maison, les fleurs, même les traces fraîches des roues sur l'allée disaient : « Il y a ici des vies toutes neuves. Il y a des jeunes filles... »

Le grand vestibule, comme d'habitude, était plongé dans la pénombre; des manteaux, des ombrelles, des gants s'entassaient sur les coffres de chêne. Le son du piano venait de la salle de musique, pressé, bruyant, plein d'impatience. Par la porte entrouverte du salon, des voix montaient, flottant dans l'air.

Celle de Charlotte disait : « Y avait-il des glaces? » Puis on entendit le craquement répété de son fauteuil à bascule.

« Des glaces! cria Ethel. Ma chère maman, tu n'en as jamais vu de pareilles. Rien que deux sortes! Et l'une des deux était une vulgaire petite glace à la fraise qu'on trouve dans les boutiques, servie dans une collerette de papier détrempé.

— Leur buffet, dans l'ensemble, était lamentable, dit la voix de Marion.

— Enfin, c'est un peu tôt pour des glaces, répondit Charlotte d'un ton d'indulgence.

— Mais pourquoi, du moment qu'on en offre..., commença Ethel.

— Oh! évidemment, ma chérie », roucoula Charlotte.

La porte de la salle de musique s'ouvrit brusquement et Lola se précipita dehors. Elle sursauta, elle faillit crier à la vue du vieux Neave.

« Grand Dieu, papa! Quelle peur tu m'as faite! Tu viens seulement de rentrer! Pourquoi Charles n'est-il pas là pour t'aider à ôter ton pardessus? »

Ses joues étaient écarlates d'avoir joué, ses yeux étincelaient, ses cheveux lui retombaient sur le front. Et elle respirait comme si elle avait couru dans le noir et avait encore peur. Le vieux Mr. Neave regarda fixement sa plus jeune fille; il lui semblait ne l'avoir encore jamais vue. Ainsi donc, c'était Lola? Mais elle paraissait avoir oublié son père; ce n'était pas à cause de lui qu'elle attendait là. Maintenant, elle fourrait le coin de son mouchoir froissé entre ses dents et le tiraillait avec irritation. Le téléphone sonna. A-ah! Lola poussa un cri tel un sanglot et passa en trombe devant lui. La porte de la pièce où se trouvait le téléphone claqua et, au même moment, Charlotte appela : « Est-ce toi, papa? »

« Te voilà de nouveau fatigué », dit-elle d'un air de reproche, et elle arrêta le mouvement de son fauteuil à bascule pour lui tendre sa joue chaude, lisse comme une prune. Ethel à la chevelure éclatante lui bécota la barbe; les lèvres de Marion lui effleurèrent l'oreille.

« Es-tu rentré à pied, papa ? demanda Charlotte.

— Oui, j'ai marché jusqu'à la maison, dit le vieux Mr. Neave — et il se laissa tomber dans l'un des immenses fauteuils du salon.

— Mais pourquoi n'as-tu pas pris un taxi ? dit Ethel. Il y en a des centaines dans les rues, à cette heure-ci.

— Ma chère Ethel, cria Marion, son père préfère se tuer de fatigue, je ne vois vraiment pas ce que nous avons à y voir.

— Les enfants, les enfants ! » plaida Charlotte.

Mais Marion ne se laissa pas interrompre.

« Non, maman, tu gâtes papa et ce n'est pas bien. Tu devrais être plus ferme avec lui. Il est très vilain ! »

Elle partit de son rire clair et dur et tapota ses cheveux devant la glace. Étrange ! Quand elle était petite, elle avait une voix si douce, si hésitante, elle avait même bégayé ; et maintenant, quoi qu'elle eût à dire — ne fût-ce que : « Passe-moi la confiture, papa, s'il te plaît », elle déclamait comme si elle était sur scène.

« Harold a-t-il quitté le bureau avant toi, chéri ? demanda Charlotte, en recommençant à se balancer.

— Je n'en suis pas certain, dit le vieux Mr. Neave. Je n'en suis pas certain ; je ne l'ai plus vu après quatre heures.

— Il avait dit... », reprit Charlotte.

Mais à ce moment Ethel, qui parcourait une revue quelconque, courut vers sa mère et se laissa tomber à côté de son fauteuil.

« Là, tu vois ! cria-t-elle. Voilà ce que je voulais dire, maman. Du jaune rehaussé d'argent par-ci, par-là. Tu n'es pas d'accord ?

— Fais-moi voir, mon chou », dit Charlotte.

Elle chercha en tâtonnant ses lunettes à monture d'écaille, les mit, donna à la page une petite tape de ses doigts courts et potelés, avança les lèvres. « Ravissant ! » roucoula-t-elle d'un air vague ; elle regarda Ethel par-dessus ses lunettes. « Mais je supprimerais la traîne.

— Pas la traîne ! gémit tragiquement Ethel. Mais c'est la traîne qui fait tout !

— Allons, maman, laisse-moi décider. »

Marion s'empara du journal en riant.

« Je suis de l'avis de maman, cria-t-elle, triomphante. La traîne l'alourdit. »

Oublié, le vieux Mr. Neave s'enfonça au creux profond de son fauteuil et, s'assoupissant, les entendit comme en rêve. On n'en pouvait douter, il était accablé de fatigue ; il avait perdu prise. Même la présence de Charlotte et des filles, ce soir, dépassait ses forces. Elles étaient trop... elles étaient trop... son cerveau ensommeillé ne put trouver qu'un mot... trop « exubérantes ». Et quelque part là-bas, derrière tout le reste, il regardait un petit vieillard desséché gravir un escalier sans fin. Qui donc était-ce ?

« Je ne m'habillerai pas pour dîner, ce soir, murmura-t-il.

— Que dis-tu, papa ?

— Eh quoi, qu'est-ce que c'est ? »

Le vieux Mr. Neave se réveilla en sursaut et son regard fixe se posa sur sa femme et ses filles.

« Je ne m'habillerai pas pour dîner, ce soir, répéta-t-il.

— Mais, papa, nous avons Lucile, et Henry Davenport, et Mrs. Teddie Walker.

— Ce serait tellement déplacé.

— Est-ce que tu ne te sens pas bien, chéri ?

— Tu n'as pas besoin de te fatiguer pour ça. A quoi sert Charles ?

— Mais si tu n'en as vraiment pas le courage..., ajouta Charlotte, indécise.

— C'est bon ! c'est bon ! »

Le vieux Mr. Neave se leva et s'en alla rejoindre ce petit vieillard sur l'escalier, montant avec lui jusqu'à son cabinet de toilette.

Le jeune Charles l'y attendait. Avec précaution, comme si tout dépendait de ce geste, il roulait une serviette autour du broc d'eau chaude. Le jeune Charles avait été son domestique préféré dès le jour où, petit gamin rougeaud, il était entré dans la maison pour s'occuper des feux. Le vieux Mr. Neave s'affala dans la chaise longue de rotin, devant la fenêtre, allongea les jambes et prononça sa petite plaisanterie du soir : « Habillez-le, Charles ! » Et Charles, respirant avec vigueur et fronçant les sourcils, se pencha pour retirer l'épingle de la cravate.

H'm, h'm ! enfin ! Il faisait bon près de la fenêtre ouverte, très bon ; c'était une belle soirée douce. On fauchait le gazon du tennis, en bas ; il entendait le susurrement de la tondeuse. Bientôt, les filles recommenceraient leurs parties. En y songeant, il lui semblait entendre la voix sonore de Marion : « Joli coup, partenaire !... Oh ! bien joué !... Oh ! oui, très bien !... » Puis, c'était Charlotte qui criait de la véranda : « Où est donc Harold ? » Ethel répondait : « Il n'est certainement pas ici, maman. » Et vaguement, Charlotte commençait : « Il avait dit... »

Le vieux Mr. Neave soupira, se leva, passa une main sous sa barbe et, prenant le peigne des mains du jeune Charles, peigna avec soin les poils blancs. Charles lui tendit un mouchoir plié, sa montre et les breloques, son étui à lunettes.

« Ça suffit comme ça, mon garçon. »

La porte se referma, il se laissa retomber dans son fauteuil; il était seul...

Et voilà que maintenant ce vieux petit bonhomme redescendait un escalier sans fin qui conduisait à une salle à manger scintillante de lumières, gaiement décorée. Quelles jambes il avait, ce pauvre vieux! Des pattes d'araignée — maigres, desséchées.

« Vous êtes une famille idéale, monsieur, idéale. »

Mais si c'était la vérité, pourquoi donc Charlotte et les filles ne l'arrêtaient-elles pas? Pourquoi était-il tout seul à monter et à descendre? Où était Harold? Ah! il était bien inutile de compter sur Harold! La vieille petite araignée s'en allait dégringolant, dégringolant toujours; et puis, à sa grande horreur, le vieux Mr. Neave la vit se faufiler, sans entrer, devant la salle à manger, se diriger vers le porche, vers la sombre allée, la grille, le bureau. Arrêtez-le, arrêtez-le donc, quelqu'un!

Le vieux Mr. Neave sursauta. Il faisait noir dans le cabinet de toilette; la fenêtre était une clarté pâle. Combien de temps avait-il dormi? Il écouta : à travers la vaste maison spacieuse, obscurcie, flottaient des voix lointaines, des bruits lointains. Peut-être, se dit-il vaguement, il avait fait un long somme. On l'avait oublié. Qu'est-ce que tout cela avait à faire avec lui? — cette maison, Charlotte, les filles, Harold? Que savait-il d'eux? Ils lui étaient étrangers. La vie l'avait laissé de côté. Charlotte n'était pas sa femme. Sa femme...

... Un porche sombre, à demi caché par une treille qui retombait douloureuse, désolée, comme si elle comprenait. Deux petits bras tièdes lui entouraient le cou. Un visage, un petit visage pâle se levait vers le sien, une voix murmurait : « Adieu, mon trésor ! »

Mon trésor ! « Adieu, mon trésor ! » Qui avait parlé, elle ou lui ? Pourquoi se disaient-ils adieu ? Il y avait eu une terrible erreur. C'était elle qui était sa femme, cette petite fille pâle ; tout le reste de sa vie n'avait été qu'un rêve.

Alors, la porte s'ouvrit et le jeune Charles, debout dans la lumière, les mains plaquées le long du corps, cria d'un ton martial : « Le dîner est servi, Monsieur !

— Je viens, je viens », dit le vieux Mr. Neave.

La femme de chambre

« The Lady's Maid »

Onze heures du soir. On frappe à la porte.

... J'espère que je ne vous dérange pas, Madame. Vous ne dormiez pas encore, n'est-ce pas ? Mais je viens d'apporter le thé à Ma Dame et il en reste une si bonne tasse que j'ai pensé que, peut-être, vous aimeriez...

... Pas du tout, Madame. Je lui fais toujours sa tasse de thé en dernier. Elle la prend au lit, après avoir dit ses prières, pour se réchauffer. Je mets l'eau sur le feu quand elle s'agenouille, et je lui dis : « Maintenant, ne te dépêche pas trop de faire ta prière, toi. » Mais elle bout toujours avant que Ma Dame ait dit la moitié des siennes. Vous comprenez, Madame, nous connaissons tant de monde et il faut prier pour chacun séparément. Ma Dame a une liste des noms dans un petit carnet rouge. Seigneur! toutes les fois que quelqu'un de nouveau est venu nous voir et que Ma Dame me dit ensuite : « Ellen, donnez-moi mon petit carnet rouge », je suis furieuse, vrai. Je pense : « En voilà encore un autre qui va l'empêcher, par tous les temps, d'aller se mettre au lit. » Et vous savez, Madame, elle ne veut pas de coussin; elle s'agenouille sur le tapis dur. Ça me fait un souci terrible de la voir comme ça, la connaissant comme je le connais. J'ai essayé de la tromper ; j'ai étendu l'édredon. Mais la première fois que j'ai fait ça — oh ! elle m'a jeté un regard — d'une sainte que c'était, Madame. « Est-ce que Notre Seigneur avait un édredon, Ellen ? » qu'elle m'a demandé. Mais moi — j'étais plus jeune à l'époque — j'avais envie de lui répondre : « Non, mais Notre Seigneur n'avait pas votre âge, et il ne savait pas ce que c'est d'avoir votre lumbago. » Une mauvaise pensée, n'est-ce pas ? Mais elle, elle est trop bonne, vous savez, Madame. Quand je l'ai bordée dans son lit, tout à l'heure, et que je l'y ai vue — que je l'ai vue couchée les mains en dehors et la tête sur l'oreiller — si jolie — je n'ai pas pu m'empêcher de me dire : « A présent, vous êtes tout le portrait de votre chère mère, quand elle est morte et que je lui ai fait sa dernière toilette. »

... Oui, Madame, c'est à moi qu'on avait confié ça. Oh ! qu'elle était charmante ! J'avais arrangé ses cheveux, tout légers autour de son front, en jolies petites boucles et d'un côté de son cou, j'avais posé un bouquet de belles pensées violettes. Ces pensées, Madame, elles la faisaient ressembler à un tableau ! Jamais je ne les oublierai. Ce soir, en regardant Ma Dame, je me disais : « A présent, si les pensées y étaient, personne ne pourrait voir la différence. »

... C'est l'année dernière seulement, Madame. Seulement après être devenue un peu — enfin — affaiblie, comme qui dirait. Bien sûr, elle n'a jamais été dangereuse ; c'était une si gentille vieille dame. Mais ça l'a prise comme ça : elle se figurait avoir perdu quelque chose. Elle ne pouvait pas rester tranquille, elle ne pouvait pas tenir en place. Toute la journée, elle allait et venait, elle montait et descendait ; on la rencontrait partout ; sur l'escalier, dans l'entrée, à la porte de la cuisine. Elle vous regardait et elle disait — tout comme un enfant : « Je l'ai perdu, je l'ai perdu. » Je disais : « Venez un peu, venez avec moi, et je vais vous sortir les cartes pour votre patience. » Mais elle m'attrapait la main — elle avait une préférence pour moi — et elle chuchotait : « Trouvez-le-moi, Ellen. Trouvez-le-moi. » Triste, n'est-ce pas ?

... Non, Madame, elle ne s'est jamais remise. Elle a eu une attaque à la fin. Les derniers mots qu'elle a prononcés c'était, très lentement : « Cherchez dans... cherchez dans... » Et puis, elle s'en est allée.

... Non, Madame, je ne peux pas dire que je m'en sois aperçue. Peut-être quelques-unes des filles... Mais vous comprenez, voilà ce que c'est : je n'ai personne, excepté Ma Dame. Ma mère est morte de la poitrine quand j'avais quatre ans et j'ai été vivre chez mon grand-père qui tenait un salon de coiffure. Je passais tout mon temps dans le salon, assise sous une table, à coiffer mes poupées, à copier ce que faisaient les assistants, je suppose. Ils étaient si gentils pour moi ! Ils me faisaient de petites perruques, de toutes les couleurs, à la dernière mode. Et moi, je restais tout le temps là, sage comme une image — les clients ne s'apercevaient de rien. Seulement, de temps à autre, je regardais en cachette par-dessous la nappe.

... Mais voilà qu'un jour, je trouvai moyen de chiper une paire de ciseaux et — le croiriez-vous,

Madame ? — je me coupai les cheveux complètement ; je les tailladai en tout petits bouts, comme un vrai petit singe que j'étais. Grand-père fut *furieux* ! Il attrapa le fer à friser — je ne l'oublierai jamais ! — me saisit la main et referma le fer sur mes doigts. « Ça t'apprendra ! » me dit-il. Ce fut une brûlure affreuse. J'en porte encore la marque...

... Ma foi, Madame, vous comprenez, il était si fier de mes cheveux. Il m'asseyait sur le comptoir, avant que les clients arrivent, et il me coiffait, quelque chose de magnifique ! — de grosses boucles floues, des ondulations sur le haut de la tête. Je me rappelle les assistants debout tout autour de nous, et moi, sérieuse comme un pape, avec le sou que grand-père me donnait à tenir pendant qu'il arrangeait mes cheveux... Seulement, il me reprenait toujours le sou après. Pauvre grand-père ! C'est qu'il en était furieux, de la façon dont je m'étais massacrée. Mais, cette fois-là, il me fit peur. Savez-vous ce que j'ai fait, Madame ? Je me suis sauvée. Oui, je suis partie, j'ai couru dans tous les coins, ne sais jusqu'où j'ai pu aller. Oh ! mon Dieu, je devais être jolie avec ma main enveloppée dans mon tablier et mes cheveux tout hérissés. Les gens ont dû bien rire, quand ils me voyaient...

... Non, Madame, grand-père ne s'en est jamais remis. Après ça il n'a plus pu supporter ma vue. Il ne pouvait même pas dîner si j'étais là. Alors ma tante m'a prise. Elle était ouvrière tapissière et elle était infirme. Toute petite ! Elle était obligée de grimper sur les canapés pour tailler l'étoffe des dossiers. Et c'est quand je l'aidais dans le travail que j'ai rencontré Ma Dame...

... Pas tellement, Madame. J'avais treize ans passés. Et je ne me souviens pas de m'être jamais sentie – enfin – une enfant, comme qui dirait. Voyez-vous, je portais un uniforme, et puis, d'une chose à l'autre. Ma Dame m'avait fait mettre dès le début des cols et des manchettes. Ah! si – une fois! C'était... cocasse! Voilà comment ça s'est fait : Ma Dame avait ses deux petites nièces en visite chez elle; nous étions à la campagne à ce moment-là et il y avait la foire au village.

« Voyons, Ellen, me dit-elle, je veux que vous emmeniez ces demoiselles faire une promenade sur les ânes. »

Nous voilà parties; les petites étaient des amours, toutes sérieuses; elles me tenaient chacune une main. Mais, une fois arrivés à l'endroit où on louait les ânes, elles furent trop timides pour vouloir monter; alors, on resta à regarder les bêtes, à la place. Ils étaient si beaux, ces ânes. C'étaient les premiers que je ne voyais pas tirer de charrette – pour le plaisir comme qui dirait. Ils étaient d'un beau gris argent, avec de petites selles rouges, des brides bleues, des clochettes aux oreilles, qui tintaient, qui tintaient. Et de grandes filles – même de plus âgées que moi, – étaient montées dessus et s'amusaient tant! Pas du tout vulgaire, Madame, ce n'est pas ce que je veux dire; elles s'amusaient, c'est tout. Et je ne sais pour quelle raison, mais le trot des petites pattes des ânes, leurs yeux si doux, leurs oreilles soyeuses me donnèrent une envie folle de faire une promenade.

... Naturellement, c'était impossible. J'avais mes petites demoiselles. Et puis, de quoi aurais-je eu l'air, perchée là-dessus, avec mon uniforme? Mais tout le reste du jour, je ne fis que penser aux ânes et toujours aux ânes. Il me semblait que j'allais exploser si je ne parlais pas de ça à quelqu'un ; et à qui le dire ? il n 'y avait personne. Mais quand je montai me coucher — je partageais la chambre de Mrs. James, notre cuisinière à l'époque — dès que la lumière fut éteinte, voilà qu'ils arrivèrent, mes ânes, avec leurs clochettes qui tintaient et leurs mignonnes petites pattes, et leurs yeux tristes... Eh bien, Madame, le croiriez-vous, j'attendis un grand moment, en faisant semblant d'être endormie ; et puis tout à coup, je me redressai et je criai aussi fort que je pus : « *Je voudrais monter sur un âne! Je voudrais aller me promener sur un âne...!* » Vous comprenez, il fallait que je le dise et je pensais qu'on ne se moquerait pas de moi, si on croyait que je parlais en rêve. C'était une belle ruse, n'est-ce pas ? Tout à fait l'idée d'une petite sotte...

... Non. Madame, à présent, je n'y pense jamais. Bien sûr, il y a eu un temps où j'y ai songé. Mais ça ne devait pas se faire. Il tenait un petit magasin de fleurs, un peu plus bas sur l'avenue, en face de la maison où nous demeurions. Amusant, non ? Et moi qui aime tant les fleurs! Nous recevions beaucoup de monde à ce moment-là, et, comme on dit, j'étais plus souvent dans le magasin que dehors. Et après nous avons commencé à nous disputer, Harry et moi (c'est Harry qu'il s'appelait), à propos de la façon d'arranger les fleurs — voilà comment ça a commencé. Ces fleurs! Vous ne voudriez pas croire, Madame, quels bouquets il m'apportait. Rien ne l'arrêtait. Plus d'une fois, c'était du muguet et je n'exagère pas! Bien sûr, nous devions nous marier et habiter dans l'appartement au-dessus du magasin; tout devait marcher sur des roulettes et ce serait moi qui arrangerais les fleurs dans la devanture... Oh! cette vitrine, ce que je l'ai souvent faite, ces samedis soir! Pas pour de bon, Madame, bien sûr, mais en rêve comme qui dirait. Je l'ai décorée pour Noël, avec une inscription en feuilles de houx et tout ce qui s'ensuit; pour Pâques, j'y ai mis des lys, avec une étoile au milieu tout en jonquilles, magnifique. J'y ai suspendu... enfin, ça suffit comme ça. Le jour arriva où mon fiancé vint me chercher pour aller choisir les meubles. Pourrai-je l'oublier jamais? C'était un mardi. Cette après-midi-là, Ma Dame n'était pas tout à fait comme d'habitude. Ce n'est pas qu'elle eût rien dit, bien entendu; jamais elle ne dit rien et jamais elle ne parlera. Mais je le voyais bien à sa manière de se tenir tout enveloppée et de me demander tout le temps s'il faisait froid — et son petit nez avait l'air... pincé. Ça me faisait de la peine de la quitter; je savais que je me tourmenterais tout le temps. A la fin, je lui demandai si elle préférait que je ne sorte pas ce jour-là. « Oh! non, Ellen, me dit-elle, il ne faut pas faire attention à moi. Il ne faut pas désappointer votre jeune homme. » Si gaie, vous savez, Madame, sans jamais penser à elle. Ça me rendit plus malheureuse que jamais. Je commençais à me demander si... et voilà qu'elle laisse tomber son mouchoir et se penche pour le ramasser elle-même — ce qu'elle ne faisait jamais. « Mais que faites-vous donc! » que je m'écrie, en courant pour l'en empêcher. « Eh bien! mais », dit-elle en souriant, Madame, vous savez, « il faut bien que je commence à m'habituer. » Oh! alors, tout ce que j'ai pu faire, c'est de ne pas éclater en sanglots. Je suis allée à la coiffeuse, j'ai fait semblant de frotter la garniture en argent et puis je n'ai pas pu me retenir, je lui ai demandé si elle aimerait mieux que je ne... que je ne me marie pas. « Non, Ellen », m'a-t-elle dit — sa voix, Madame, était comme ça exactement comme celle que je fais — « Non, Ellen, *pour rien au monde*! » Mais, pendant qu'elle parlait, Madame — je regardais dans sa glace; bien sûr, elle ne savait pas que je la voyais — elle a posé sa petite main sur son cœur..., tout comme faisait toujours sa chère mère, et elle a levé les yeux au ciel... Oh, *Madame!*

Quand Harry est venu, je tenais ses lettres toutes prêtes, et la bague, et une mignonne petite broche qu'il m'avait donnée — c'était un oiseau d'argent avec une chaîne dans son bec et au bout de la chaîne un cœur percé d'un poignard. Une belle chose! Je lui ai ouvert la porte; je ne lui ai pas laissé le temps de dire un mot : « Tenez, que j'ai dit, reprenez tout ça, que j'ai dit, tout est fini! Je ne vais pas vous épouser, que j'ai dit, je ne peux pas quitter Ma Dame. » Il est devenu blanc, aussi pâle qu'une femme. Il a fallu que je claque la porte et je suis restée là, toute tremblante, jusqu'à ce que je sois sûre qu'il était parti. Quand j'ai rouvert la porte — croyez-moi ou ne me croyez pas, Madame — il s'en est allé pour de bon, cet homme! Je suis sortie en courant, sur la route, telle que j'étais, en tablier et en pantoufles, et je suis restée là, au beau milieu... à regarder fixement. Les gens ont dû rire, si on m'a vue...

... Bonté divine! qu'est-ce que c'est? C'est la

pendule qui sonne ! Et moi qui vous ai empêchée de dormir ! Oh ! Madame, vous auriez dû m'arrêter... Puis-je vous border ? Je borde toujours Ma Dame dans son lit, chaque soir, toujours la même chose ; et elle me dit : « Bonne nuit, Ellen. Dormez bien et réveillez-vous de bonne heure. » Je ne sais pas ce que je ferais, si elle ne me disait plus ça, maintenant.

... Oh ! mon Dieu, je pense quelquefois... que m'arriverait-il à présent, si quelque chose venait à... Mais, voyons, ça ne sert à rien de réfléchir, n'est-ce pas, Madame ? Réfléchir ne change rien. Ce n'est pas que je le fasse souvent. Et si je me surprends à penser, je me reprends bien vite : « Voyons donc, Ellen. Voilà que tu recommences, pauvre sotte ! Comme si tu ne pouvais rien trouver de mieux à faire que de te mettre à penser ! »

Table

DANS LA MÊME COLLECTION

(Extrait du catalogue)

Abé Kôbô
La face d'un autre.
La femme des sables.
L'homme-boîte.
Le plan déchiqueté.

Allende Isabel
Les contes d'Eva Luna.

Amado Jorge
La bataille du Petit-Trianon.
Cacao.
Les deux morts de Quinquin-la-Flotte.
Le vieux marin.

Anderson Sherwood
Tar.

Ariyoshi Sawako
Kaé ou les deux rivales.
Les dames de Kimoto.
Les années du crépuscule.

Baldwin James
Si Beale Street pouvait parler.
Harlem quartet.

Ballard J.G.
La bonté des femmes.

Bang Herman
Tine.
Maison blanche. Maison grise.

Barnes Julian
Le perroquet de Flaubert.
Le soleil en face.

Blixen Karen
Sept contes gothiques.

Bounine Ivan
Le monsieur de San Francisco.
Le village.
Le sacrement de l'amour.

Brink André
Un turbulent silence.
Le mur de la peste.

Čapek Karel
La vie et l'œuvre du compositeur Foltyn.

Carver Raymond
Les vitamines du bonheur.
Tais-toi, je t'en prie.
Parlez-moi d'amour.

D'Annunzio Gabriele
Terre vierge.
Triomphe de la mort.

Desai Anita
Un héritage exorbitant.

Fujiwara Tomomi
Le conducteur de métro *suivi de* Echec au roi.

Garcia Morales Adelaïda
Le silence des sirènes.

Geiszler Horst
Cher Augustin.

Gorki Maxime
Tempête sur la ville.

Goytisolo Juan
Paysages après la bataille.
Chasse gardée.
Les royaumes déchirés.

Hackl Erich
Le mobile d'Aurora.

Haïk Farjallah
L'envers de Caïn.

Han Suyin
Ton ombre est la mienne.

Herlihy James Leo
Macadam cow-boy.

Hesse Hermann
Demian.

Hoffmann E.T.A.
Nouvelles musicales.
Les élixirs du diable.

Inoué Yasushi
Confucius.
Les chemins du désert.
Combat de taureaux.
Le faussaire.
Le fusil de chasse.
Histoire de ma mère.
Le Maître de thé.

Jacobsen Jen Peter
Niels Lyhne.

James Henry
L'autel des morts.
Les papiers de Jeffrey Aspern.
Le regard aux aguets.
Daisy Miller.
Le tour d'écrou.
Impressions d'une cousine.
L'Américain.
Roderick Hudson.

Johnson Eyvind
Le roman d'Olof.

Kadaré Ismail
Récits d'outre-temps.
Les adieux du mal.
Le firman aveugle.
Concours de beauté masculine.

Kaniuk Yoram
Confessions d'un bon Arabe.

Kästner Erich
Trois hommes dans la neige.

Kazan Elia
America, America.

Kenzaburo Oé
Une affaire personnelle.

Kesey Ken
Vol au-dessus d'un nid de coucou.

Kharitonov Mark
Prokhor Menchoutine.

Kivi Aleksis
Les sept frères.

Lagerkvist Pär
Le bourreau.
Contes cruels.
La mort d'Ahasverus.
Le nain.
La sibylle.
L'exil de la terre.

Lagerlof Selma
L'anneau du pêcheur.
Les écus de messire Arne.
L'empereur du Portugal.
Jérusalem en Dalécarlie.
Jérusalem en Terre sainte.
La légende de Gösta Berling.

Lange Hartmut
Une fatigue.

Lawrence D.H.
Ile, mon île.
Le renard.
Matinées mexicaines.

Luxun
Journal d'un fou.

McCarthy Mary
L'oasis et autres récits.

Malerba Luigi
Clopes.
Le feu grégeois.

Mann Thomas
Tonio Kröger.
La mort à Venise.

Mansfield Katherine
Cahier de notes.
Lettres.
Pension allemande.

Martinson Harry
Voyages sans but.

McCullers Carson
Le cœur hypothéqué.
Frankie Addams.
Reflets dans un œil d'or.
La ballade du café triste.
L'horloge sans aiguilles.

Meras Icchokas
La partie n'est jamais nulle.

Meyrink Gustav
Le Golem.

Miller Henry
Virage à 80.
Max et les phagocytes.
Dimanche après la guerre.
Entretiens de Paris.

Nabokov Vladimir
Don Quichotte.

Nasreen Taslima
Lajja.
Scènes de mariage.

Nicolson Nigel
Portrait d'un mariage.

Nin Anaïs
Les miroirs dans le jardin.
Les enfants de l'Albatros.
Les chambres du cœur.
Une espionne dans la maison de l'amour.

Oates Joyce Carol
Solstice.

O'Brien Edna
Qui étais-tu, Johnny ?
Les grands chemins.
Lanterne magique.

O. Henry
New York tic tac.

Olivia
Olivia par Olivia.

Ozyck Cynthia
La galaxie cannibale.

Pa Kin
Le secret de Robespierre.

Penn Warren Robert
La grande forêt.
Les fous du roi.

Pingwa Jia
Le porteur de jeunes mariées.

Prawer Jhabvala Ruth
Chaleur et poussière.
La vie comme à Delhi.
Cette lutte incertaine.

Purdy James
L'oiseau de paradis.

Queiroz Rachel de
L'année de la grande sécheresse.

Radičević Branko
Le trou de la serrure.

Ribeiro Aquilino
Casa Grande.

Rushdie Salman
Les enfants de minuit.

Sackville-West Vita
Escales sans nom.

Savinio Alberto
La maison hantée.

Schnitzler Arthur
Madame Béate et son fils.
Mademoiselle Else.
Mourir.
La pénombre des âmes.
La ronde.
Vienne au crépuscule.
L'étrangère.

Scott Walter
La fiancée de Lammermoor.

Singer Isaac Bashevis
Amour tardif.
La corne du bélier.
Le domaine.
Le manoir.
Ennemies.
Yentl.
L'esclave.
Le fantôme.
Au tribunal de mon père.
Le blasphémateur.

Spark Muriel
Le pisseur de copie.
L'unique problème.
Memento mori.
L'appropriation.
Robinson.
L'abbesse de Crewe.

Stangerup Henrik
Lagoa Santa.
Le séducteur.

Tanizaki Junichiro
Deux amours cruelles.

Tekin Latife
Contes de la montagne d'ordures.

Tolstoï Léon
La mort d'Ivan Ilitch.
Un cas de conscience.

Tolstoï Comte Léon L.
La vérité sur mon père.

Tourguenieff Ivan
L'abandonnée.
L'exécution de Troppmann.
Fumée.
Journal d'un homme de trop.
Dimitri Roudine.

Traven B.
Le visiteur du soir.

Tyler Anne
Toujours partir.

Uhlman Fred
Il fait beau à Paris aujourd'hui.
La lettre de Conrad.

Undset Sigrid
L'âge heureux.
Jenny.
Printemps.
Vigdis la farouche.

Vanderbeke Birgit
Le dîner de moules.

Werfel Franz
Le passé ressuscité.

Wiechert Ernst
La servante du passeur.

Wilde Oscar
Intentions.
De profundis.
Nouvelles fantastiques.

Wilson Angus
Saturnales.

Wolf Christa
Cassandre.
Aucun lieu, nulle part.
Scènes d'été.
Ce qui reste.
Incident.

Wolfe Thomas
De la mort au matin.

Woolf Virginia
Orlando.

Yamata Kikou
Masako.
La dame de beauté.

Zweig Stefan
Amok.
La confusion des sentiments.
Le joueur d'échecs.
Vingt-quatre heures de la vie d'une femme.
Nietzsche.

Imprimé en France par Hérissey à Évreux – N° 79180
N° d'éditeur : 6911 - Dépôt légal : Mars 1998 - 54-12-4634-02/9 - ISBN 2-234-04634-3